HISTOIRES À FAIRE PÂLIR LA NUIT

RECUEILS D'ALFRED HITCHCOCK
CHEZ POCKET :

Histoires terrifiantes
Histoires épouvantables
Histoires abominables
Histoires à lire toutes portes closes
Histoires à lire toutes lumières allumées
Histoires à ne pas fermer l'œil de la nuit
Histoires à déconseiller aux grands nerveux
Histoires préférées du maître ès crimes
Histoires qui font mouche
Histoires sidérantes
Histoires à claquer des dents
Histoires qui riment avec crime
Histoires à donner le frisson
Histoires à lire avec précaution
Histoires drôlement inquiétantes
Histoires percutantes
Histoires à faire froid dans le dos
Histoires à donner des sueurs froides
Histoires à vous glacer le sang
Histoires à suspense
Histoires à frémir debout
Histoires à vous faire dresser
les cheveux sur la tête
Histoires renversantes
Histoires qui font tilt
Histoires à faire pâlir la nuit
Histoires noires pour nuits blanches
Histoires à vous mettre k.-o.
Histoires diaboliques
Histoires fascinantes
Histoires qui virent au noir
Histoires à vous couper le souffle
Histoires à faire peur
Histoires ténébreuses
Histoires à lire et à pâlir
Histoires ciblées
Histoires à rendre tout chose
Histoires en rouge et noir

ALFRED HITCHCOCK
présente :

HISTOIRES À FAIRE PÂLIR LA NUIT

POCKET

TITRE ORIGINAL :
THIS ONE WILL KILL YOU

ISBN 2-266-07169-6

Faut pacifier !

par

ED LACY

— Monsieur Albert ? Je suis venu pour l'annonce offrant un emploi temporaire de surveillant de magasin.

C'était un petit bonhomme trapu, de plus de cinquante ans, à la voix douce. Il était vêtu d'un pantalon et d'un blouson fatigués. Le visage était banal, plutôt rond, avec des yeux d'un bleu pâle dans un teint très clair. Sans son crâne chauve, il aurait pu passer pour un gamin.

Voyez-vous, c'est ça, l'ennui. Embauchez un surveillant en uniforme appartenant à une grande agence de police privée et on vous envoie un singe — absolument pas ce qu'il faut pour ma boutique de cadeaux et de cartes postales. Mettez une annonce, et vous voyez débarquer des petits vieux sans expérience. Je m'efforçai de décourager gentiment celui-ci :

— Ce boulot, c'est à cause de Noël. Il durera une semaine, une quinzaine au plus. Dans un magasin comme le mien, qui vend des cartes de vœux, c'est bourré de 17 à 21 heures six jours par semaine. Il n'y a que quatre heures de service par jour, aussi...

— Oui. Et vous payez deux dollars cinquante de l'heure ?

— Exact. Habituellement, je prends un gars dans une agence, mais franchement, leurs types ne me plaisent pas. On dirait des gorilles en uniforme. Après tout, je ne connais pas de gros pépins ici — de minables vols à l'étalage de temps à autre, quelques pochards des jours de fête et une bousculade entre deux types qui veulent la même carte. La simple vue d'un homme en uniforme suffit à maintenir l'ordre. Mais je crains que vous aussi vous...

— Vous ne vous trompez pas, monsieur Albert. J'ai moi aussi horreur de la violence.

— Vraiment ?

En fait, il n'était pas aussi petit que je l'avais jugé de prime abord. Il avait à peu près ma taille, 1,68 m environ, mais sa carrure imposante le faisait paraître plus petit.

— Ce doit être terriblement ennuyeux de rester planté là. Je veux dire que... les autres surveillants m'ont pour la plupart donné l'impression qu'ils espéraient un peu plus d'animation.

— Ce n'est pas mon cas, Monsieur. Il y a de nos jours tant de violence aveugle que ça me rend malade. Tout ce baratin sur le fait qu'il faut savoir se montrer dur, c'est dément !

— Je partage votre point de vue. Dans une boutique de cadeaux et de cartes postales, se comporter avec brutalité ferait mauvaise impression et, par-dessus le marché, ça démolit les tourniquets. Néanmoins, monsieur... euh...

— Harry Lund, Monsieur.

— Bon, monsieur Lund, j'aimerais pour ce poste un homme d'expérience...

— Depuis sept ans, je suis employé dans les services de sécurité à l'usine Willard Moore. Voici ma carte d'identification. Je termine ma garde à 8 heures le matin, j'aurai donc le temps de dormir un peu avant de me présenter chez vous, et je ne dois retourner à l'usine qu'à minuit. Les horaires me conviennent et ce supplément d'argent me sera utile.

Il avait l'air d'un homme correct et comme il possédait l'expérience, changeant d'avis, je décidai de l'engager.

— Entendu, monsieur Lund. J'ai loué une casquette

et une veste d'uniforme. Si vous disposez d'une matraque, tenez-la en main, mais je ne veux pas que vous vous en serviez. Et naturellement, pas d'arme à feu ici.

— Je ne porte ni gourdin ni arme, me répondit-il en se frottant nerveusement les paumes. Autant vous en avertir, monsieur Albert. J'ai été pendant plus de quinze ans détective de première classe dans la police. On m'a licencié parce que je ne supportais pas la violence.

— Je comprends. Vous avez dû en voir de toutes les couleurs... fis-je. Les incidents où il est fait allusion aux brutalités policières me navrent toujours.

— Oui. J'étais un bon officier de police, mais les violences dont j'ai été le témoin m'ont presque conduit à la dépression nerveuse. D'accord, je ne suis pas allé jusque-là, mais j'ai été heureux de quitter la police. Il était plus loyal que vous sachiez à quoi vous en tenir sur mon passé.

— Merci de m'avoir prévenu. Je suis certain qu'avec votre expérience, vous serez ici bien à votre place. Harry, si vous commenciez lundi à 16 h 45 ?

— Entendu, Monsieur.

Après son départ, je téléphonai à l'usine Moore où l'on m'assura que Lund était un excellent gardien, sobre et régulier.

Le lundi, dès 16 h 30, il était au magasin. La veste d'uniforme de location faisait sur lui un effet assez comique, étriquée qu'elle était aux épaules — au point qu'il ne parvenait pas à boutonner le haut — et trop large à la taille. Harry était vraiment costaud. Lorsque je lui demandai comment, malgré son âge, il se maintenait mince et musclé (moi, je suis tracassé par ma bedaine), il m'expliqua qu'il avait joué au football parmi les professionnels, fait de la boxe dans son jeune temps et beaucoup travaillé en plein air. Lorgnant son visage de bébé rondouillard, je restai quelque peu sceptique, mais pour le reste, il me donna l'impression d'être honnête, intelligent et très compétent. Il était poli avec les clients, évoluait avec précaution dans le magasin encombré. Il apprenait rapidement à connaître le stock, ne pelotait pas les deux vendeuses et m'appelait toujours monsieur Albert plutôt que Al.

Le mercredi, un ivrogne entra en titubant après une petite fête à son bureau. Grâce à Harry, il se retrouva dans la rue avant de comprendre ce qui lui arrivait. Quand des cartes de vœux dégringolaient par terre, Harry avait tôt fait de les ramasser, et il profitait de ses moments perdus pour les replacer convenablement. Il connaissait son métier. Le jeudi, il vit une femme d'un certain âge rafler un livre de poche. Il l'attendit à la sortie pour lui proposer :

— Voulez-vous un sac pour emporter le livre que vous désirez acheter, Madame ?

— Oh que je suis distraite ! s'exclama-t-elle. Ai-je oublié de le payer ? ajouta-t-elle, mentant sans vergogne.

— Ça fera cinquante-deux cents avec la taxe, et voici un sac pour l'emporter, dit-il avec un sourire aimable.

A l'heure de la fermeture, le soir de Noël, il me demanda :

— Je suppose que là s'arrête mon remplacement, monsieur Albert ?

— Etant donné que nous avons beaucoup à faire, j'aimerais que vous reveniez la semaine prochaine, Harry. Nous soldons les cartes de Noël et il y a des clients qui les achètent pour les garder jusqu'au prochain Noël.

Noël tombait un samedi. Le lundi ne fut pas très actif, mais Harry se porta volontaire pour approvisionner le stock de cartes d'anniversaire et ranger les cartes de Noël dans des cartons sur la table à cinquante-deux cents la pièce. Les clients furent si rares que je renvoyai les filles chez elles dès 6 heures, en recommandant à Harry de boucler à 7 heures bien qu'il perçût le salaire d'une journée normale.

Ce fut alors que les ennuis commencèrent.

Quand on a eu affaire au public aussi longtemps que c'est mon cas, on pressent les ennuis, on les repère immédiatement. Cette fois, ce furent des jeunes qui les occasionnèrent, des garçons costauds de dix-huit ans, en jeans moulants, boots, blousons, le cheveu long soigneusement *brushé* en mèches, « à l'iroquoise ». Des gamins prêts à tous les mauvais coups.

Ils louchèrent vers les cartes et le plus grand d'entre eux s'enquit :

— Hé, mon pote, il vous reste des cartes de Noël ? J'ai oublié d'en envoyer une à mes vieux.

Je lui en montrai plusieurs pendant que ses trois copains épluchaient les cartes d'anniversaire, lisant à haute voix les légendes pour y ajouter des obscénités. Du coin de l'œil, je m'aperçus qu'Harry les observait, la mine maussade. Il finit par dire à l'un d'eux :

— Vous abîmez ces cartes en y laissant des traces de doigts.

— Moi, j'ai fait ça ? demanda le jeune costaud, la voix aiguë. Quoi, pépé, vous prétendriez que j'ai les mains sales ?

— Ouais, elles ont besoin d'être lavées. Si vous désirez une carte, montrez-la-moi. Sinon, ôtez vos mains de là.

La voix basse et grave d'Harry ressemblait à un grognement.

— Hé, les copains, on a un surveillant qui n'aime pas mes mains ! grinça le jeune type.

Celui dont je m'occupais alla se joindre à ses camarades pour affronter Harry qu'ils dévisagèrent.

Après m'être assuré que le tiroir-caisse était fermé à clé, je fis rapidement le tour du comptoir.

— Allons, les enfants, pas de brutalités. Vous comprenez, une carte maculée ne peut pas...

— La ferme, gros lard, gronda le plus fort dont les yeux brillaient d'un éclat étrange.

S'approchant pour se placer devant moi, Harry chuchota :

— Je m'en occupe, monsieur Albert... on ferme, vous autres, lança-t-il aux punks. Si vous voulez une carte, achetez-la. Sinon, dehors.

— J'ai l'impression que le poulet de la boutique nous fout à la porte, remarqua celui à la voix pointue, un sourire torve sur la figure. Vous êtes pas un peu vieux pour ouvrir vos grandes gueules, les pépés ?

— Ecoutez, je ne cherche pas les ennuis, déclara Harry, la voix soudain redevenue calme. Vous achetez ou vous filez pour qu'on puisse fermer. S'il vous plaît.

Le plus grand cligna de l'œil vers ses camarades.

— Ho, le pépé avec son insigne en plaqué commence à caner. Je vous parie qu'il souffre de ses pieds plats !

— Allez, les gars, elle pue, cette taule. D'ailleurs, qui a envie d'une de ces horribles cartes ?

— Non, on va d'abord régler cette histoire, intervint la voix stridente.

Celui-là s'empara d'une carte, y appuya son pouce et, désignant la tache :

— Maintenant, elle ne vaut plus rien, flicard, n'est-ce pas ?

— Elle vous appartient, à présent, vous n'avez plus qu'à la payer, déclara Harry, le ton dur.

— Je n'en veux pas, pépé, elle est sale. Je veux seulement vous aider à vous débarrasser d'un stock inutile.

Déchirant la carte, il en jeta les morceaux aux pieds d'Harry.

— Vous vous êtes amusés, les gars, m'interposai-je. Moi, je suis un commerçant fatigué de sa journée et je ne veux pas d'histoires. Partez pour qu'on puisse fermer et...

— Oui, punk, mais d'abord ça fera vingt-six cents avec la taxe, aboya Harry.

— Vous entendez ça, vous autres ? Le vieux poulet veut me faire payer sa saleté de carte. Et il m'a traité de punk. Vous croyez qu'il se propose pour un peu d'exercice ?

— Tout ce que je vous demande, c'est de payer la carte et de sortir ! grommela Harry.

— Et si nous refusons, vous comptez nous flanquer dehors ? interrogea l'un des quatre voyous.

— Si c'est ce que vous souhaitez, bande de minables ! grinça Harry en s'avançant vers eux.

Les deux garçons les plus rapprochés lui décochèrent un coup de poing. Tout ensuite se déroula si vite que j'eus peine à en croire mes yeux. Harry était devenu comme fou.

Un des poings l'atteignit à l'épaule, l'autre à la bouche. Mais dans le même temps, il gratifia l'un des gars d'un coup de genou dans l'aine et un autre de son coude dans le ventre. Après quoi, il crocheta le troisième d'une droite en pleine figure et happa le bras du quatrième juste à l'instant où il tirait un couteau de sa botte. D'un revers de main, Harry fractura le nez du voyou. Puis, il se tourna vers deux des autres gaillards qui, pliés en deux sous l'effet de la douleur, cherchaient leur souffle. Il leur cogna la tête l'une contre l'autre, produisant un bruit horrible. Pivotant sur lui-même, il frappa le garçon au nez cassé d'un coup terrible à l'estomac, le botta dans les tibias pour mieux le déséquilibrer, moyennant quoi le dur ne heurta pas la table sur laquelle étaient empilées les cartes de Noël.

Le punk qui avait été sonné à la mâchoire était affalé par terre, l'œil vitreux. Harry l'empoigna par les cheveux pour le remettre debout. Il s'apprêtait à le rosser de nouveau quand je me jetai entre eux :

— Assez, Harry, vous allez les tuer !

L'espace d'une seconde, le regard bleu délavé d'Harry se posa sur moi et, le cœur au bord des lèvres, j'eus la sensation qu'il allait moi aussi me cogner. Mais, sous mes doigts, les muscles de son bras se décontractèrent et il marmonna :

— J'ai horreur de la violence ! Horreur !

— Contrôlez-vous, Harry ! Vous les avez presque tués !

Il lâcha le punk qui s'effondra, et il me repoussa doucement :

— Excusez-moi, monsieur Albert, j'ai perdu la tête. Je ne supporte pas cette violence arrogante et imbécile, ces punks prétentieux prêts à tuer pour une carte postale.

Je regardai les quatre durs qui, écroulés par terre, geignaient et dégoulinaient de sang, je murmurai :

— Ils étaient dans leur tort, Harry, et... il fallait bien que vous vous défendiez, mais... regardez ce que vous en avez fait.

— Ils l'ont cherché, monsieur Albert, et vous devriez téléphoner à la police, dit-il, avant d'abaisser calmement le store derrière la porte.

— D'accord, fis-je en décrochant le combiné du téléphone.

Quelques minutes plus tard, une voiture radio stoppait devant le magasin et deux jeunes policiers faisaient irruption. Je leur expliquai exactement ce qui était arrivé. Dans le fond de la boutique, Harry restait tête basse, comme honteux de ce qu'il avait fait.

Un des officiers de police téléphona pour obtenir une ambulance cependant que l'autre, carnet ouvert, questionnait :

— Vous voulez dire que ce vieil homme a fait le nettoyage à lui tout seul ? Avec quoi a-t-il opéré ? Un tuyau de plomb ?

— Non, avec ses mains nues. Ils l'ont bousculé, boxé, ils ont sorti un couteau. Harry était bien obligé de se défendre. Une bande de gosses turbulents prêts à faire des histoires pour n'importe quoi.

— Des gosses, marmonna le policier. Chacun d'eux pèse dans les quatre-vingt-dix kilos ! Vous vous débrouillez plutôt bien, monsieur, ajouta-t-il en souriant à Harry.

Celui-ci, sans répondre, s'obstina à fixer le sol. Le veston d'uniforme pendait sur lui comme si ses épaules avaient rétréci. Le policier me demanda si je réclamais l'arrestation des punks pour tapage. Quand je lui répondis que je ne voulais pas envenimer les choses, Harry brusquement intervint :

— Faites-les arrêter, monsieur Albert, sinon ils pourraient vous assigner en justice. Vous pouvez également inculper le plus grand d'entre eux de port d'arme prohibée, monsieur l'agent.

Une ambulance emporta les trois punks mal en point et le quatrième fut embarqué dans une voiture de patrouille. Je fus soulagé que tout se termine sans qu'il y ait eu trop de témoins au-dehors. Du sang maculait le carrelage, mais ma marchandise était intacte. Harry prit un linge mouillé pour nettoyer le sang. Je lui dis que cela pouvait attendre et lui conseillai de rentrer chez lui.

— J'en ai pour une seconde, répliqua-t-il. Le sang séché part plus difficilement. Je suppose que vous ne voulez pas me revoir demain, Monsieur ?

— Bien sûr que si, Harry ! dis-je tandis qu'il poursuivait son nettoyage. Vous n'êtes pas responsable de l'incident. Vous ne faisiez que vous défendre, mais nous aurions peut-être pu les convaincre de déguerpir...

— Non, ils n'auraient pas accepté de discuter. Les punks n'écoutent jamais.

Il était parti depuis dix minutes et j'étais en train de verrouiller ma porte lorsqu'une voiture s'arrêta. Un homme grisonnant, de haute taille, avec le mot *détective* gravé sur son masque dur, en descendit. Il m'exhiba sa plaque au creux de la main, et s'enquit :

— Où est Harry ?

— Il est parti. Ecoutez, je suis le propriétaire du magasin et j'ai assisté à toute la scène. Vous ne pouvez pas arrêter Harry pour...

L'autre ébaucha un sourire :

— Je ne voulais pas l'arrêter, mais simplement lui dire bonjour. C'était mon équipier jusqu'à ce qu'on le licencie de la police pour brutalité. Il sera là demain ?

— Brutalité ? répétai-je. Mais Harry Lund est un homme qui hait la violence.

— C'est vrai, mais il la hait de toutes ses forces ! Au point que ces maudits punks ont de la chance de s'en être tirés vivants !

Store Cop.
Traduction de Simonne Huinh.

Je te tiens par la barbichette...

par

STANLEY ABBOTT

A vingt-cinq ans, Walter Mills était fatigué de la vie et de lui-même. Il en avait marre, comme il disait. Depuis l'âge de dix-sept ans, il travaillait chez un avocat, près de Piccadilly, s'élevant lentement du haut tabouret de jeune clerc au bureau de comptable.

Durant huit années il avait accompli son travail routinier sans se plaindre, mais au fond, il éprouvait un intense sentiment d'injustice. De riches clients laissaient derrière eux la bouffée tentatrice d'un bon cigare ou d'un élégant parfum et Walter Mills, dans son imagination, leur prêtait une vie romantique et pleine d'aventures. Il les enviait, car il n'avait jamais eu de petite amie. Il était convaincu que le secret en était l'argent. Aussi, depuis deux ans, détournait-il tranquillement de petites sommes d'une façon indécelable.

Un jour, il quitta l'étude à l'heure du déjeuner pour aller acheter un costume. Ce fut vraiment ce costume qui déclencha tout. Un Glen Urquhart à carreaux, très chic. Si le vendeur n'avait pas tant insisté, Walter Mills n'eût pas même songé à l'essayer. Il n'avait jamais porté autre chose que du gris ou du noir. Quand il se vit dans le miroir à trois faces, il fut stupéfait du changement. Il hésita un peu quand le vendeur lui présenta un chapeau vert olive à bord incliné, pour aller avec le costume. Jamais il ne portait de chapeau. Il se tourna pour se regarder et aperçut son visage dans la glace de côté. Il détourna brusquement les yeux. Mais le vendeur avait déjà vu.

— Ce costume fait de vous un tout autre homme, monsieur, s'exclama-t-il avec une surprise calculée.

Walter Mills acheta le tout et, satisfait de lui-même, ne retourna pas à l'étude.

Mais quand, dans sa mansarde nichée sous les toits dominant la Tamise, il mit le costume à carreaux devant le miroir fendu de l'armoire, ses doutes l'assaillirent de nouveau. La timidité en personne fixait sur lui des yeux bleu pâle. C'était son menton — ou plutôt son manque de menton — qui était ennuyeux. Il disparaissait tout de suite dans son cou. Il ressemblait, avait dit un jour sans pitié un sergent de l'armée, à « une grosse marionnette ». Le costume à carreaux ne pourrait cacher cela. Et Walter commença à regretter de l'avoir acheté. Il ne pourrait pas le mettre pour aller travailler, et il n'allait jamais nulle part ailleurs.

Avec ses livres pour toute compagnie, il passait ses soirées dans sa chambre sous les toits, seul, amer, à rêver des jolies femmes qu'il voyait dans les magazines ou bien aux pin-up dont les photographies décoraient ses murs. Il soupirait après quelque chose d'autre qu'une simple existence de tous les jours. Mais il n'avait pas d'amis. Son physique, il le savait, ne lui donnait pas la chance d'en rencontrer.

Un jour, il avait essayé de se laisser pousser la barbe. Malheureusement il n'avait obtenu que quelques poils épars. A se voir ainsi dans son élégant costume neuf, coiffé du chapeau vert olive, il se demanda s'il ne pourrait pas s'en procurer une comme certains comédiens.

Il se souvint qu'il y avait un costumier de théâtre connu dans Wardour Street. Il prétendit être acteur et, qu'on le crût ou non, on lui montra une barbe qui allait avec la couleur de ses cheveux. Il apprit comment la fixer avec un ruban adhésif, et vit qu'elle pouvait être mise ou retirée à tout moment très facilement. Quand cette barbe fut taillée court et de façon distinguée, l'effet, il le constata dans le miroir, fut presque incroyable. Le faible, le timide Walter Mills avait disparu.

En descendant Piccadilly il s'imaginait que tout le monde le regardait. Mais quand il se rendit compte qu'au contraire personne ne lui accordait le moindre intérêt, il se mit à admirer, fasciné, son image dans les vitrines des magasins. La carrure de ses épaules n'était plus la même. Il tenait sa tête plus droite. Il décida de rentrer chez lui par les quais. Quand il arriva au Black Swan, un bar au coin de Corson Street où il habitait, et dans lequel il n'avait jamais mis les pieds jusque-là, il entra sans l'ombre d'une hésitation et commanda un verre.

C'était agréable d'être assis sur un haut tabouret dans cette pièce où brûlait un bon feu. Par la fenêtre on apercevait, de l'autre côté du fleuve l'horloge de Big Ben dont le cadran venait de s'éclairer. La barmaid s'approcha et, s'appuyant des coudes sur le comptoir, elle se pencha vers Walter Mills. Il avait entendu dire qu'elle s'appelait Mabel. C'était une fille qui semblait venir de la campagne, avec des joues colorées et de jolis yeux bruns.

— Vous débarquez d'un bateau ? demanda-t-elle doucement.

— Non. J'habite là, dans la rue.

— Oh, excusez-moi.

Elle sourit.

— Je ne vous ai jamais vu. Je vous prenais pour un marin.

Il en fut ravi.

— Vous ne vous trompez pas beaucoup, dit-il, mentant délibérément. J'étais dans la marine marchande. Je viens juste de m'installer ici.

— Un beau métier pour un homme, murmura-t-elle d'un ton rêveur.

Après un second verre, Walter se mit à parler des 40° et 50° de latitude nord et du cours supérieur de l'Amazone. Tout cela venait des livres qu'il avait lus, car il n'était jamais allé plus loin que la Tour de Londres sur un bateau de plaisance.

Un couple, au bar, se joignit à la conversation, et pendant plus d'une heure il les régala de ses récits. La barmaid était loin de valoir les pin-up de ses murs et elle devait, se dit-il, être plus âgée que lui. Mais elle avait un teint agréable et de doux cheveux noirs.

— Vous avez plu à Noreen, dit-elle quand le couple fut parti.

— Etait-ce son mari ? demanda-t-il.

Mabel eut un petit rire.

— Curly ? Non, mais il le voudrait bien. Noreen est une fille qui a de la chance. Elle n'a pas besoin de travailler. Elle a de l'argent, suffisamment pour n'avoir pas de soucis.

En montant la rue pour regagner sa chambre, Walter riait tout bas. Comme il était facile de tromper les gens ! Il pensait à Noreen et se demandait quel pouvait être son nom de famille, quand il lui vint à l'esprit que ce serait une bonne idée de changer le sien. Walter Mills avait une consonance trop ordinaire. Il aimerait être Capitaine quelque chose. Mais peut-être était-ce trop risqué. Et Marshall ? Ce n'était pas mal... Phillip Marshall.

Il montait les marches du perron de la maison quand il vit sa logeuse revenir du sous-sol. Il faisait sombre, et Mme Jones regarda Walter d'un air soupçonneux. Sous son nouvel aspect, il était un étranger pour elle.

— Que voulez-vous ?

— Je suis un ami de M. Mills, répondit-il d'une voix plus basse que d'ordinaire. Savez-vous s'il est là ?

— Il ne sort jamais. Il doit donc y être. Comment vous appelez-vous ?

Le nom était prêt sur le bout de sa langue.

— Marshall, répondit-il.

— Eh bien, c'est là-haut, sous le toit, si vous voulez monter.

Et elle se détourna en reniflant.

Dans sa mansarde, il souriait en enlevant sa barbe.

S'il pouvait tromper Mme Jones, il tromperait n'importe qui. Elle n'était pas facile à abuser.

Etre un gentleman désœuvré, se lever quand il voulait et faire ce qui lui plaisait, était chose nouvelle pour Walter Mills. Avec les cinq cents livres détournées de l'étude, il n'avait pas l'intention de chercher à travailler tant qu'il n'en aurait pas besoin. Et s'il ne tenait qu'à lui, se dit-il, ce serait jamais. Souvent il avait rêvé d'épouser une femme riche et de passer son temps à flâner. D'autres le faisaient bien. Pourquoi pas lui ? Et s'il ne pouvait supplanter Curly, il y avait d'autres filles que Noreen.

Mais, à sa grande surprise, il s'aperçut que Mabel avait raison. Noreen Harper s'était amourachée de lui. Bien qu'il dût admettre qu'elle n'arrivait pas à la cheville de celles auxquelles il rêvait, il pouvait difficilement croire à sa chance. Il avait une petite amie. Tant pis si elle ne disposait pas de jolies rentes et d'une élégante voiture de sport.

Bientôt, il l'emmena dans des restaurants et autres établissements du West End où jamais il n'aurait pensé entrer. Un jour qu'ils prenaient un verre au Black Swan, Curly arriva et vint s'asseoir près d'eux. Walter n'aima ni la façon qu'il avait de s'habiller, ni le coup d'œil froid et dur qu'il lui lança. Aussi fut-il content quand Noreen lui fit comprendre qu'il était temps de s'en aller.

Une seule chose l'ennuyait : sa logeuse. Chaque fois qu'il sortait sous l'apparence de Phillip Marshall, Walter devait descendre furtivement l'escalier et se glisser dehors quand il était sûr que Mme Jones travaillait dans la cuisine en sous-sol. Une fois, il la rencontra et se dépêcha de passer en disant qu'il venait de voir M. Mills. Il savait que si elle avait vent de ce qu'il faisait, aussitôt tout le voisinage l'apprendrait. On l'entendrait raconter au Black Swan, et c'en serait fini de son idylle avec Noreen. Il n'osait pas risquer cela. Il décida donc de quitter sa chambre la nuit, quand personne ne pourrait le voir.

Il en trouva une autre dans une maison de Maybury Street, voisine de Corson Street, car il tenait à rester dans le quartier. Il la loua sous le nom de Phillip Marshall.

Comme il aimait faire du canotage sur le fleuve, et aussi pour impressionner Noreen, il acheta un petit bateau à voiles à un club nautique de l'Embankment. Ce bateau était d'occasion et ne coûtait que vingt livres. Il avait grand besoin d'être poncé et verni.

Un matin qu'il y travaillait, l'outil qu'il tenait glissa et lui entailla le bras. Du sang jaillit sur un sac en toile et le plancher, avant qu'il ait pu l'empêcher. Mais il parvint à nouer son mouchoir sur la blessure et courut au Black Swan.

Noreen venait d'arriver en voiture. En voyant Walter elle s'écria :

— Oh, pauvre Phil ! Il vous faut un pansement convenable. Montez dans ma voiture. Je vous emmène chez moi.

Tandis qu'elle bandait le bras de Walter, son parfum, capiteux et tentateur, entourait celui-ci. Sans se rendre compte de ce qu'il faisait, il se pencha pour déposer un baiser sur sa nuque, juste au-dessous des douces boucles brunes. A ce moment-là Noreen tourna la tête et leurs lèvres se rencontrèrent. Il en reçut un choc. Il n'avait encore jamais embrassé de fille, mais il s'aperçut vite que cela n'avait aucune importance.

L'après-midi finissait quand il revint à son bateau, transporté de joie et très content de lui-même. Il restait encore assez de lumière, et comme Walter voulait mettre le bateau à l'eau pour le week-end, il se remit au travail tout en pensant à Noreen. Il attendrait quelques jours avant de lui demander de l'épouser. Après, tout serait facile. Quand il se sentirait fatigué d'elle, comme il savait déjà qu'il le serait un jour, il n'aurait qu'à s'en débarrasser. Il y avait maintes façons de le faire. Et alors il disposerait de beaucoup d'argent et pourrait chercher l'une des filles de ses rêves.

Ses pensées tourbillonnaient quand il entendit un

bruit de pas du côté de l'escalier qui descendait au chantier. Il faisait presque nuit mais il reconnut la mince silhouette de Curly qui marchait vers lui.

— Ça va comme vous voulez, Phil ?

— Je viens de finir, répondit Walter tout en regardant le bateau et s'essuyant les mains. Je le mets à l'eau demain.

Curly tendit sa main large et dure et attrapa Walter par le devant de sa chemise.

— Je ne parle pas de bateau, imbécile. Je parle de Noreen. Ça va comme vous voulez, hein, Phil ?

Le visage méchant de Curly était tout près du sien. Il puait l'alcool.

— Je ne sais pas ce que..., bégaya Walter.

Curly avança son autre main avec laquelle il saisit sa barbe.

— Alors, Wally ? Si je t'enlevais ça et que je t'emmène au Black Swan ?

Walter se débattait pour échapper à Curly et essayait de lui faire un croche-pied. Mais Curly lui donna une secousse qui lui ébranla les dents et arracha presque la barbe.

— Essaie ça encore une fois, gronda-t-il, et je t'étends raide. Wally Mills, la marionnette sans menton de Corson Street... qui aurait cru ça ? Tu ne savais pas que je t'avais à l'œil, hein, Wally ? Mais je ne dirai rien parce que toi et moi, nous allons conclure un marché. Maintenant écoute, j'ai un paquet de marchandise que je ne veux pas garder chez moi pendant les deux mois à venir. Volée, naturellement, et tu vas m'aider à l'immerger dans le fleuve. Tu as des blocs de ciment d'amarrage avec des cordes et une bouée munie d'un anneau, n'est-ce pas ?

Wally hocha affirmativement la tête. Curly le lâcha et sortit un paquet de cigarettes. Quand ils en eurent allumé chacun une, Wally demanda :

— Y... y a-t-il beaucoup de cette marchandise ?

Curly le regarda.

— Un sac... et lourd.

Wally avait lu le récit d'importants cambriolages, et il vit aussitôt ce sac rempli d'or et de vaisselle d'argent.

— Je veux dire... quelle sorte de marchandise est-ce ?

— Moins tu en sauras, mieux cela vaudra. Pour qui me prends-tu ?... pour un imbécile ? Tout est enveloppé solidement, de sorte que l'eau ne l'abîmera pas. Ma voiture est en haut de l'escalier, allons-y.

Wally hésitait. Curly vint tout près de lui.

— Aimerais-tu aller au Swan et que j'arrache cette barbe devant tout le monde ?

Wally avait déjà réfléchi à cela, se demandant si ce ne serait pas mieux de l'enlever et se débarrasser de toute l'affaire. La vie était bien plus simple quand il était assis sur le haut tabouret de l'étude. Mais, à ce moment-là, il songea au peu d'argent qu'il avait, à Noreen. Et il était si près de réussir. Il savait que Curly ne dirait rien à personne maintenant qu'il lui avait proposé ce marché.

Quand le travail fut fait et que Curly eut aidé Walter à hisser le bateau dans le chantier, ils gravirent l'escalier ensemble.

— Ne te monte pas la tête au sujet de cette marchandise, Wally, dit Curly. Dans deux mois, quand tout sera redevenu tranquille, toi et moi irons la récupérer. Si quelqu'un y a touché, je te promets que tu prendras sa place dans le fleuve !

Sous le réverbère situé devant le Black Swan, Curly s'arrêta et regarda Walter.

— Qui aurait imaginé ça ? Wally le barbu, dit-il et il lui donna une tape amicale à hauteur de l'estomac qui le plia presque en deux. Puis, en riant, il disparut dans la nuit.

Ce soir-là, Phillip Marshall eut du mal à s'endormir. Le lendemain, il se réveilla tard, fatigué et nerveux. Il décida d'aller à pied chez Noreen et de l'emmener déjeuner quelque part. Quand il eut mis son beau costume et sa barbe, il se sentit mieux. Il descendait les marches du perron quand il aperçut Mme Jones, sa vieille logeuse de Corson Street au regard perçant. Il espéra qu'elle ne le reconnaîtrait pas et fit mine de ne pas la voir. Mais elle se dirigea droit sur lui.

— Vous êtes bien monsieur Marshall, l'ami de Walter Mills ? Vous étiez venu le voir.

Il marmonna qu'il devait prendre un autobus et se hâta de s'éloigner, mais pas avant que Mme Jones eût remarqué qu'il portait un imperméable à ceinture appartenant à Walter Mills. Elle en était sûre. Elle avait réparé elle-même la ceinture.

Pleine de sagesse à la manière des logeuses, elle se demanda si Walter Mills ne partageait pas là une chambre avec M. Marshall, et si ce n'était pas, pour elle, une bonne occasion de récupérer le loyer qu'il lui devait depuis son départ précipité. Elle sonna. La propriétaire de Phillip Marshall vint lui ouvrir et, en un rien de temps, les deux femmes étaient dans la chambre de celui-ci, s'abandonnant au passe-temps favori des logeuses de Londres. Aussitôt Mme Jones reconnut tout ce qui appartenait à Walter Mills.

— Et regardez ! s'écria-t-elle comme elles découvraient un livret de la Caisse d'épargne montrant qu'il avait retiré cinq cents livres les semaines précédentes.

Quand elles furent tombées sur le sac en toile couvert de taches d'un brun rouge, Mme Jones trouva que cela suffisait. Elle ne lisait pas la *Gazette du Tribunal* pour rien. Pour elle, le mot tache n'allait qu'avec un autre... sang. Elle se rendit à la police.

Phillip Marshall rentra chez lui en fin d'après-midi. Sa logeuse l'accueillit dans l'entrée en lui disant que deux hommes l'attendaient dans sa chambre.

— Aussi je vous prierai de faire vos bagages et de partir, ajouta-t-elle. Vous êtes ici dans une maison honorable.

Il comprit. Quelle peut être la peine pour un détournement de fonds ? se demanda-t-il. La journée, décidément, avait été mauvaise d'un bout à l'autre. Noreen n'était pas chez elle. L'endroit semblait désert. Quand il demanda à Mabel au Black Swan si elle l'avait vue, elle lui répondit que Noreen avait envoyé par

Curly un message disant qu'elle partait pour Brighton passer quelques jours auprès d'une sœur malade.

Pourquoi Curly ? Il n'arrivait pas à comprendre. D'après Mabel, il avait fait cette commission la veille vers dix heures et demie du soir. Deux heures, par conséquent, après qu'il l'eut quitté dans la rue.

Wally eut envie de faire volte-face et de laisser tout cela derrière lui. Mais une voix l'appelait de la cage d'escalier.

— Monsieur Marshall, voulez-vous monter, s'il vous plaît ?

L'homme se présenta.

— Inspecteur Marples. Et voici mon adjoint, le sergent Atkins.

En entendant l'inspecteur lui dire qu'ils enquêtaient sur la disparition de Walter Mills et aimeraient savoir pourquoi il détenait ce qui appartenait à ce dernier, Phillip Marshall eut du mal à ne pas rire. En réalité, c'était un grand soulagement pour lui.

— Cela s'explique facilement, répondit-il. Wally a quitté la maison de Mme Jones pour aller travailler dans le Nord. Il m'a demandé de veiller sur ses affaires. Il doit me faire savoir quand il sera installé pour que je les lui fasse parvenir.

Après quelques questions, l'inspecteur désigna le sac fourre-tout en toile.

— Peut-être pourriez-vous nous expliquer ces taches, monsieur Marshall ?

— C'est du sang. Je me suis coupé... voyez vous-même.

Il releva sa manche pour montrer son bras.

— En somme, monsieur Marshall, vous prétendez que c'est votre sang qui a taché le sac de Walter Mills ? demanda posément l'inspecteur.

— Oui. Je me suis blessé en travaillant à mon bateau. Du sang est tombé sur ce sac.

— Vous avez donc un bateau.

— Oui. Il se trouve au chantier de Bunton, juste en bas de la rue.

L'inspecteur et le sergent échangèrent un coup d'œil.

— Je crois que nous ferions bien d'aller le voir, dit l'inspecteur.

Sur le chantier ils examinèrent le bateau de Phillip Marshall pendant que celui-ci allumait une cigarette en pensant que ces flics n'étaient décidément pas malins.

— Il vient d'être repeint et verni, monsieur, fit remarquer le sergent.

— Figurez-vous que je m'en étais aperçu, sergent.

Le sergent Atkins se pencha, prit quelque chose. Quand il se releva, il tenait dans la main un morceau du plancher.

— Regardez, chef.

Il montrait quelques taches à peine visibles sur le bois.

— Je m'interrogeais justement à ce sujet, sergent, dit l'inspecteur. Mais vous avez omis de noter quelque chose de très intéressant. Ce bois n'est pas verni.

— On ne vernit pas les planchers, fit observer Phillip.

— Cela m'est égal, coupa brusquement l'inspecteur. Pouvez-vous expliquer ces taches ?

— Toujours du sang. (Phillip s'impatientait.) Je vous ai dit que je m'étais blessé, du sang est tombé sur le sac et les planches.

— On voit très bien que ces taches ont été frottées de façon à les faire disparaître. Lessivées, je dirais...

— Avec de l'eau de Javel, précisa Phillip.

— Pourquoi vouliez-vous effacer ces taches, monsieur Marshall ?

Phillip eut un rire.

— Pourquoi ? Mais parce que je ne voulais pas de sang partout sur mon bateau.

L'inspecteur Marples regarda un instant le brouillard qui couvrait la Tamise. Ne voyant rien d'extraordinaire dans cette affaire, il se préparait à partir quand il demanda tout à fait par hasard :

— Gardez-vous toujours votre bateau ici ?

— Oui. Mais j'ai maintenant des amarres et je vais...

Phillip laissa la phrase en suspens, sentant soudain le

terrain devenir dangereux. Mais l'inspecteur Marples se penchait en avant comme un oiseau de proie !

— Vous disiez, monsieur Marshall, que vous aviez des amarres ?

Il jeta un coup d'œil du côté du fleuve où des bateaux dansaient sur l'eau, puis vit les deux bouées flottant à quelque distance.

— Celles-là, monsieur Marshall ? demanda-t-il en pointant le doigt.

— Oui. Mais comme je viens de vous le dire, je ne m'en suis pas encore servi.

— Sergent, vous allez emporter le morceau de planche et le sac pour faire analyser les taches par le laboratoire. Ne vous absentez pas, monsieur Marshall. Nous reviendrons ici demain matin.

En rentrant chez lui, le premier réflexe de Phillip fut de fuir. Puis il se dit qu'on le rattraperait vite, et que cela irait encore plus mal. De plus, il y avait une chance pour que l'inspecteur Marples abandonnât l'affaire. Et il n'aurait alors pas à révéler qu'il était Walter Mills. En mettant les choses au pire, s'il devait le dire, mieux valait le faire avant que les choses n'aillent trop loin et que la police ne découvre ce que Curly avait caché dans le sac, au fond du fleuve.

S'il y avait une chose qui l'épouvantait, plus encore que le fait de voir Noreen et tout le monde au Black Swan découvrir sa véritable identité, c'était ce que Curly ferait si les flics remontaient le sac plein de marchandise.

Walter fut sur le chantier très tôt le lendemain matin. Il fit les cent pas pendant plus d'une heure dans l'attente d'un bruit de pas sur l'escalier de bois qui descendait du quai. Soudain, une vedette de la police accosta la jetée, moteur ronflant. L'inspecteur Marples et le sergent Atkins sautèrent à terre, puis l'embarcation s'éloigna.

— Nous ferions bien de trouver un endroit pour parler, monsieur Marshall, dit l'inspecteur. Et il se dirigea vers le hangar à bateaux. Après avoir refermé la porte et s'être assis, il alla droit au but.

— Notre laboratoire précise, dans son rapport, que le sang du sac et de la planche correspond à celui de Walter Mills selon le dossier militaire de celui-ci. Vous avez délibérément cherché à tromper la police, monsieur Marshall. Vous n'êtes pas non plus dans la marine marchande. Nous l'avons vérifié.

Ça y est, pensa Phillip tandis que l'inspecteur s'arrêtait pour allumer une cigarette. *Pas moyen d'en sortir. Il va falloir que je leur dise.*

— Vous pouvez rendre les choses plus faciles, pour vous comme pour nous — mais surtout pour vous —, en nous avouant la vérité, dit l'inspecteur avec un mince sourire. Peut-être Walter Mills est-il mort dans un accident et craignez-vous de le dire ? Si vous ne nous parlez pas ouvertement, monsieur Marshall, je dois vous prévenir que je vous ferai arrêter grâce à la preuve que nous possédons et accuser du meurtre de Walter Mills.

Très content de soi, l'inspecteur se rassit. Il savait, par expérience, que rien n'effrayait davantage un homme que la menace d'une arrestation.

Avec un soupir, Phillip décolla sa barbe.

— Je suis Walter Mills, dit-il calmement.

Un profond silence tomba sur le hangar à bateaux. Pas pour longtemps. L'inspecteur Marples parut exploser, et prononça des paroles absolument incohérentes où il était question d'un homme arrêté pour s'être assassiné lui-même.

Quand il se fut suffisamment calmé, Walter Mills raconta aux deux policiers pourquoi il avait fait cela. Il parla éloquemment de son amour pour Noreen Harper. Il fit appel au bon cœur de l'inspecteur pour que celui-ci ne révélât pas cette petite mascarade, sans quoi il perdrait sûrement sa fiancée. Et il souriait en appuyant autant qu'il le pouvait sur ce point.

Mais c'était trop attendre de l'inspecteur Marples.

Une magnifique affaire lui passait sous le nez ! Il bondit sur ses pieds.

— Jamais encore je n'avais rencontré pareil exemple de duplicité ! Et si vous vous figurez que vous allez vous en tirer comme cela, vous vous trompez, hurla-t-il. Je vais vous faire accuser de mensonge, de substitution de personnalité, et tout ce que je pourrai imaginer !

Il se laissa tomber sur sa chaise, haletant, et regarda fixement, le visage malheureux, sans menton, qui lui faisait face.

— Dehors ! cria-t-il brusquement. Dehors, sinon je vous tue de mes propres mains !

Walter Mills se mit debout en hésitant. Il se tournait vers la porte quand celle-ci s'ouvrit toute grande sous la poussée de l'un des hommes de la Brigade fluviale.

— Nous avons trouvé le cadavre, chef ! annonça-t-il, très excité.

L'inspecteur Marples, lentement, se leva. *Je dois rester calme,* se disait-il. *A tout prix, je dois rester calme.*

— Sergent, fit-il d'un ton las, voici Walter Mills. Emportez ce que vous avez trouvé et allez-vous-en.

— Je n'ai pas dit qu'il s'agissait du cadavre de Walter Mills, chef. C'est...

Avant qu'il pût continuer il fut poussé de côté par deux de ses collègues qui entrèrent, portant un sac ruisselant d'eau. Ils le laissèrent tomber sur le sol, et le choc ébranla le hangar à bateaux.

— Le nom est Harper, chef, dit l'un des arrivants en tendant à l'inspecteur un portefeuille de cuir trempé. Il était au fond de l'eau, attaché aux blocs de ciment, exactement comme vous l'aviez pressenti.

Stupéfait, l'inspecteur regarda l'homme, puis le portefeuille.

— Harper ? répéta-t-il en se tournant vers Walter Mills qui avait reculé contre un mur. (Lentement, un petit sourire apparut sur son visage mince.) Ne nous parliez-vous pas de votre grand amour pour Noreen Harper ?

Mais le regard horrifié de Walter Mills était fixé sur

les deux hommes qui secouaient l'une des extrémités du sac, laissant peu à peu apparaître le cadavre. Cela ne ressemblait pas à Noreen. Des cheveux noirs mouillés étaient collés sur le front d'un visage jaunâtre. Puis il s'aperçut que le corps portait des vêtements masculins.

— Le mari de Noreen Harper, hein ? fit l'inspecteur Marples. Je l'aurais parié.

— Je... j'ignorais qu'elle en avait un, bégaya Walter Mills.

— N'est-ce pas toujours ce qu'ils disent, sergent ?

— Toujours, chef, répondit Atkins. Cela ne manque jamais.

Walter Mills regardait le cadavre en pensant à Noreen. Curly et Noreen... probablement maintenant à l'autre bout du monde. Mais qu'importait ? Rien n'avait d'importance à présent.

— Je n'ai jamais vu cet homme, dit-il d'une voix lasse.

— Gardez ce que vous avez à dire, coupa l'inspecteur. Gardez-le pour les assises.

Mais Walter Mills ne l'entendit pas car ses oreilles bourdonnaient tandis qu'il se tenait debout, immobile, l'élégante barbe étroitement serrée dans sa main.

The Chinless Wonder.
Traduction de Simone Millot-Jacquin.

Le sang qui parle

par

HENRY SLESAR

Vernon Wedge n'avait aucune envie de voir le vieux. Sa secrétaire, Olga, avait reçu Blesker de façon plus que glaciale, mais il attendait toujours pour voir l'avocat. Le dos raide, les doigts désespérément serrés, le visage d'une pâleur de craie, il offrait le portrait même de l'entêtement et de la détermination. Finalement, Vernon dut céder.

— Asseyez-vous, monsieur Blesker, dit-il d'un air las en montrant le fauteuil de cuir réservé aux clients. Je sais pourquoi vous êtes ici : mon téléphone n'a pas cessé de sonner toute la matinée. Quatre journaux, un instructeur, et même une maison des Jeunes. Vous avez une organisation à votre disposition, on dirait ?

Le vieux eut un air confus.

— Je vous en prie, dit-il, je viens juste vous voir pour mon fils...

— Oui, j'ai lu les journaux. Et je suppose que vous le pensez innocent ?

— Il l'est !

— Naturellement. Vous êtes son père. Lui avez-vous parlé depuis que ça s'est passé ?

— Je suis allé à la prison ce matin. Ils ne le traitent pas bien, il a l'air tout maigre.

— Il n'y est que depuis quelques jours, monsieur Blesker. Cela m'étonnerait qu'on ne lui donne pas assez à manger. Ecoutez-moi, poursuivit Vernon avec humeur, votre fils est accusé d'avoir poignardé un autre garçon dans la rue. Savez-vous combien il y a de témoins ? Savez-vous quel genre de preuves a le district attorney ?

— Je sais qu'il est innocent, dit le vieux. C'est tout ce que je sais. Benjy est un bon petit. Sérieux...

— Bien sûr, dit Vernon, les sourcils froncés. Ils le sont tous, monsieur Blesker, jusqu'à ce qu'ils fassent partie d'une bande. Alors, ils changent.

Il criait presque maintenant.

— Monsieur Blesker, l'Etat désignera un avocat pour votre fils. Vous n'avez pas besoin de moi.

— J'ai de l'argent, murmura Blesker. La famille, tout le monde s'est mis ensemble. J'ai une affaire de fuel. Je vends le gros camion. Je peux payer ce que vous me demanderez, maître Wedge.

— Ce n'est pas une question d'argent...

— C'est une question de quoi, alors ?

Le vieux se faisait soudain violent.

— De savoir s'il est coupable ou non ? Vous avez déjà conclu ? Par la lecture des journaux ? Maître ?

Vernon ne pouvait relever le défi ; ces paroles étaient trop proches de la vérité. Il avait en effet préjugé du cas d'après ce qu'avaient raconté les journaux ; et ce qu'il avait lu l'avait persuadé qu'il pouvait se passer de ce client. Ses références en tant qu'avocat étaient trop bonnes, et l'ennui était que son dernier client était mort sur la chaise électrique à Ossining. On tolère bien à un avocat d'assises quelques condamnations. Mais deux de suite ?

— Monsieur Blesker, reprit-il sur un ton malheureux, voulez-vous me dire pourquoi vous êtes venu ici ? Pourquoi vous m'avez choisi, moi ?

— Parce qu'on m'a dit que vous étiez un bon avocat.

— Savez-vous ce qui m'est arrivé à ma dernière affaire ?

Obstiné, le vieux :

— On m'a dit que vous étiez un bon avocat, maître Wedge.

— Vous avez annoncé à tous les journalistes de la ville votre intention de m'engager. Cela me met dans une position très difficile. Et vous aussi. Comprenez-vous ce qu'on pensera si je refuse ? Que votre fils est coupable, que l'affaire est désespérée.

— J'ai cru bien faire, dit le vieux avec gêne. J'ai seulement voulu avoir ce qu'il y a de mieux pour Benjy.

Il se mit à pleurer doucement.

— Je vous en prie, maître Wedge, ne me renvoyez pas.

Vernon savait voir quand une cause est perdue. Peut-être avait-il su dès le début comment se terminerait l'entrevue. Sa voix se radoucit.

— Je n'ai pas dit que votre fils était coupable, monsieur Blesker. Mais l'affaire se présente mal. Et même très mal.

Le vieux attendait, immobile.

— Bon, soupira Vernon, je vais réfléchir.

***

Sur le registre de la police, il était inscrit que Benjy avait dix-sept ans. Il avait l'air plus jeune ; et ses yeux apeurés lui donnaient un air d'égarement juvénile. Vernon ne s'y laissa pas prendre ; il en avait trop vu, de ces tueurs au visage innocent et au cœur de glace.

La cellule était propre, et Benjy ne portait aucune marque de mauvais traitement. Assis sur le bord de son lit, il gardait les mains jointes. Quand Vernon entra, il lui demanda une cigarette.

Vernon hésita, puis haussa les épaules et lui tendit son paquet :

— Pourquoi pas, dit-il, si tu es assez grand pour être ici...

Benjy alluma une cigarette et un masque de dur recouvrit ses traits d'adolescent :

— C'est vous l'avocat que mon vieux a engagé ?

— Oui. Je m'appelle Vernon Wedge.

— Quand est-ce que je sors d'ici ?

— Tu ne sors pas, pas avant le procès. On a refusé la liberté sous caution.

— Et ce sera quand, le procès ?

— Ne sois pas trop pressé, grommela Vernon. Nous aurons besoin de chaque minute du temps que nous pourrons gagner. Ne crois pas que ça va être facile.

L'air indifférent, Benjy se laissa aller en arrière sur son lit.

— Ce n'est pas moi qui ai saigné le mec, dit-il d'un ton égal. Je n'y suis pour rien.

Vernon émit un grognement et tira de sa poche une feuille couverte de notes manuscrites.

— Tu as admis que tu connaissais Kenny Tarcher ?

— Bien sûr que je le connaissais. Nous étions ensemble à l'Ecole Technique.

— On m'a dit que Kenny était membre de la bande des *As*. Tu es sorti quelquefois avec eux ?

— Moi, avec ces types-là, ça me ferait mal ! ricana Benjy en soufflant une colonne de fumée. J'étais un *Baron*. Et les *Barons* ne se mélangent pas avec ces mecs. Vous savez ce qu'ils prennent dans leur bande ? Un tas de...

— Laissons ça, l'interrompit sèchement Vernon. Nous nous occuperons une autre fois de ta vie sociale. Le fait est que tu étais un *Baron* et lui un *As*, ce qui vous rendait naturellement ennemis. Vous vous êtes disputés le mois dernier et Kenny t'a flanqué une bonne raclée. Ne discutons pas de ça, c'est de l'histoire ancienne.

Les lèvres de Benjy tremblaient :

— Ecoutez, monsieur, notre bande n'est pas comme ça. Vous connaissez M. Knapp...

— Le moniteur ? Je viens de chez lui.

— Il vous parlera des *Barons*. Il vous dira que nous ne sommes pas une bande de cloches. Nous avons une équipe de basket, et tout...

Vernon cacha un sourire :

— Pourquoi portes-tu un couteau, Benjy ?

— Ce n'est pas un couteau à cran d'arrêt. Plutôt un

couteau de boy-scout. Je veux dire qu'on en trouve partout. Je m'en sers pour écorcer des branches, des trucs comme ça…

— Ah ! oui ?

Vernon avait si peu l'air d'y croire que la colère de Benjy éclata.

— Dites donc, de quel côté vous êtes ? Je n'ai pas saigné Kenny, c'est quelqu'un d'autre. Je vous le jure !

— Du calme ; je ne t'accuse pas, petit, c'est l'affaire de la Cour. Rassieds-toi et détends-toi un peu. Je repasse l'affaire du point de vue de la police, et tu pourras me dire sur quels points ils ont tort. N'importe quel petit détail, tu comprends ?

Benjy avala sa salive avec difficulté et fit un signe d'assentiment.

— Il était minuit moins dix le 21 juin, dit Vernon en observant le jeune garçon. Tu descendais Thurmond Street avec deux autres types. Vous veniez d'un cinéma. A ce moment, Kenny Tarcher est sorti de la maison qui est au coin de Thurmond Street et de l'Avenue C et vous vous êtes heurtés. Il y a eu une petite bagarre et, tout à coup, on t'a vu partir en courant avec tes copains. Kenny s'écroule et essaye de se traîner vers l'escalier de sa maison. Il y avait deux personnes assises sur les marches ; elles t'ont vu courir. Et elles ont vu Kenny mourir juste à leurs pieds. Il avait la poitrine ouverte sur vingt centimètres…

Benjy l'écoutait sans mot dire ; il n'avait pas l'air brillant.

— Les flics t'ont trouvé dix minutes plus tard dans le dépôt de mazout de ton père, Chester Street. Tu avais toujours le couteau dans la poche.

— C'est pas moi qui l'ai saigné ! protesta farouchement le jeune homme. Tout le reste, c'est vrai. Mais je ne sais pas qui a fait ça.

— Quels étaient ces deux types avec toi ?

— Je ne les avais jamais vus. Je les ai rencontrés au ciné.

— Tu ne vas pas me faire croire ça ?

— Et que voulez-vous que je vous dise ! cria Benjy. Je ne connais pas ces gars-là ; c'est un des deux qui a dû faire le coup. Ce n'est pas moi. Moi, je me suis enfui quand j'ai vu qu'il était blessé. C'est tout.

— Tu avais le couteau...

— Je ne m'en suis pas servi !

— Ce couteau est la pièce à conviction n° 1, dit l'avocat. Tu le sais, n'est-ce pas ? Les gens te l'ont vu à la main...

— Foutez-moi la paix ! Vous n'êtes pas venu pour m'aider !

Vernon se leva.

— Mais si, mon petit. Et je vais te dire la seule chose à faire. Il faut t'étendre.

— Quoi ?

— Je veux dire qu'il faut plaider coupable. Crois-moi, c'est la seule chose sensée. Si l'affaire va devant le jury, je te jure que tu passeras en cage le reste de ta vie. Plaide coupable, et le plus que tu récolteras, ce sera vingt ans. Ce n'est pas si terrible que ça en a l'air. Au bout de cinq ans, tu peux être mis en liberté sur parole.

— Non, je ne veux pas ! cria Benjy. Je suis innocent. Je ne veux pas aller en prison pour quelque chose que je n'ai pas fait !

— Je te parle raisonnablement, mon petit. Pourquoi ne pas m'écouter ?

— Ce n'est pas moi. Ce n'est pas moi !

Vernon poussa un soupir. Les coins de sa bouche s'adoucirent. Il posa une main sur l'épaule du garçon.

— Ecoute-moi, fiston, je veux réellement t'aider.

Un instant, Benjy demeura immobile. Puis il repoussa violemment cette marque de sympathie et grimaça :

— Je ne suis pas votre fils ! J'ai mon père à moi !

***

Tel père, tel fils, pensa Vernon en regardant la bouche têtue du vieux et ses petits yeux ronds comme des billes. Pourtant, il en était sûr, Blesker devait avoir un côté plus agréable. En d'autres circonstances, il aurait sans doute souri, raconté des histoires, et fredonné des airs du vieux pays. Mais, maintenant, après l'avis brutal que lui donnait l'avocat, il restait dur comme un roc.

— Vous devriez lui faire entendre raison, lui dit Vernon. Il ne comprend pas où est son intérêt. S'il plaide coupable de meurtre au second degré, le juge se montrera indulgent.

— Mais si on le met en prison ? Et pour quelque chose qu'il n'a pas fait ?

— Vous êtes son père, monsieur Blesker. Vous ne connaissez pas les faits.

— Les faits sont faux ! cria Blesker en frappant ses genoux du poing.

Quand il releva les yeux, ils avaient une autre expression.

— Dites-moi, maître Wedge...

— Oui ?

— Vous n'aimez pas perdre vos procès, n'est-ce pas ? C'est ce qu'on dit de vous.

— Est-ce que j'ai tort ?

— Si mon fils plaide coupable, vous n'avez rien à perdre. Vous restez avec vos procès gagnés.

— Pensez-vous que ce soit ma seule raison ?

Blesker haussa les épaules.

— Je vous pose la question, maître Wedge, c'est tout. Je ne connais rien à la loi.

Dans l'impossibilité où il se trouvait de réfuter cette appréciation exacte de ses pensées intimes, Vernon aurait bien voulu opposer au vieux une dénégation furieuse, mais il se borna à hausser les épaules.

— N'en parlons plus, dit-il à contrecœur. Nous plaiderons donc non coupable. Je ferai tout mon possible pour que ça colle.

Blesker chercha sur le visage de l'avocat des signes de sincérité et parut satisfait.

***

Le jour de l'ouverture du procès, Vernon arriva au tribunal le cœur aussi lourd que sa serviette. A sa surprise, le premier jour ne se passa pas trop mal. C'était le juge Angus Dwight qui présidait. En dépit de son air sévère, Vernon le savait très objectif et un peu sentimental. Wickers, l'avocat général, était un Adonis aux cheveux dorés, à la voix théâtrale, qui plaisait fort aux dames. Heureusement, la liste des jurés ne comprenait que des hommes, à deux exceptions près — et les deux femmes avaient de loin dépassé l'âge de la coquetterie. Au cours de la première heure, la facétie que montra Wickers dans ses premières remarques lui attira les remontrances du président, qui lui rappela le sérieux de l'affaire ; les espoirs de Vernon montèrent d'un cran.

Mais ce fut son seul bon jour. Pendant le deuxième après-midi, Wickers appela au fauteuil des témoins un nommé Sol Dankers.

— Monsieur Dankers, dit-il aimablement, vous étiez présent lors de l'assassinat de Kenneth Tarcher, n'est-ce pas ?

— C'est exact, dit lourdement Dankers.

Il avait la respiration courte, des lunettes, et le nez veiné de rouge.

— J'étais assis sur le perron, quand j'ai aperçu ces gosses qui commençaient à faire les imbéciles. Et, tout de suite, il y en a eu un d'entre eux qui s'est écroulé sur le perron en saignant comme un porc. Il est tombé mort à nos pieds, à ma femme et moi. Il m'a fallu une heure pour enlever le sang de mes souliers.

— C'est tout ce que vous avez vu ?

— Oh ! non, monsieur. J'ai vu ce garçon, celui qui est assis là, s'enfuir avec un couteau à la main.

Ce fut ensuite le tour de Vernon.

— Monsieur Dankers, est-il exact que votre vue a diminué ?

— Je ne dis pas le contraire. J'ai soixante-deux ans, fils.

Cela provoqua le rire de l'audience et des coups de martelet du juge.

— Il était environ minuit dans une rue qui n'est pas particulièrement éclairée. Pourtant vous avez vu un couteau... (ce disant il montrait du doigt la table où était posée la pièce à conviction n° 1), ce couteau-là, dans la main de Benjamin Blesker ?

— Ça a brillé dans la lumière, vous voyez ce que je veux dire. Mais, à la vérité, je ne l'aurais pas remarqué si Mme Dankers ne m'avait dit : Regarde ce garçon, il a un couteau à la main !

L'assistance émit une sorte de bourdonnement. Vernon fronça les sourcils en entendant ce témoignage de seconde main. Il n'aurait pas dû être admis, mais le mal était fait de toute manière et il ne se donna même pas la peine de protester.

Mme Dankers témoigna ensuite ; ses yeux, à *elle*, étaient excellents, dit-elle avec force ; elle savait reconnaître un couteau quand elle en voyait un. Mais ce fut le troisième témoin, Marty Knapp, un moniteur de jeunes dévoué à la communauté, qui fit le plus de mal.

— Non, déclara-t-il d'un air pensif, on ne peut pas dire que Benjy soit un mauvais garçon. Mais il est assez coléreux. Il n'a jamais pardonné à Kenny Tarcher la raclée qu'il a reçue.

— Vous pensez donc, dit Wickers, triomphant, que ç'ait *pu* être un meurtre à base de vengeance ? Non pas seulement le fait d'une bagarre ou d'une attaque non préméditée, mais un meurtre délibéré et de sang-froid...

Vernon bondit, criant qu'il faisait objection. Le juge Dwight prit immédiatement son parti, mais l'impression n'en demeurait pas moins indélébile sur la mentalité collective du jury. Lorsque Vernon se rassit, il se sentit aussi abattu que le paraissait Benjy.

La veille du quatrième jour du procès, il alla le voir.

— Qu'en penses-tu, Benjy ? demanda-t-il calmement. Tu vois comment ça se dessine ? J'essaye absolument tous les trucs, et je ne trompe personne...

— Essayez mieux que ça, dit sèchement Benjy.

— Si je savais faire des miracles, j'en ferais un. Ecoute-moi bien. Notre Etat n'aime pas condamner des enfants à la pendaison, mais ça s'est pourtant déjà vu...

— La pendaison ? répéta le garçon d'un air incrédule. Mais vous êtes fou !

— Même si on te condamne à perpétuité, tu sais ce que ça veut dire ? Libéré sur parole dans vingt ans, tu auras tout de même trente-sept ans, presque l'âge mûr, et un casier...

Les yeux de Benjy s'emplirent de larmes. C'était le premier signe d'une défense qui se démantelait, et l'avocat attaqua vivement :

— Plaide coupable, dit-il avec gravité. Plaide coupable, Benjy. Ce n'est pas trop tard.

Le garçon releva la tête avec violence.

— Non ! cria-t-il. Je n'ai rien fait.

Le quatrième jour fut le pire de tous. Vernon ridiculisa, sans merci, les témoins de l'accusation. Il traita Dankers de menteur alcoolique à vue basse. Il força Mme Dankers à admettre qu'elle détestait les gosses du quartier, et tout spécialement les *Barons*. Il fit réciter à Knapp, le moniteur de jeunes, chaque détail pouvant jouer en faveur de Benjy. Malgré tout, le jury restait agité, ennuyé, irrité et pas le moins du monde impressionné par le témoignage de « moralité », désireux d'entendre seulement des faits et que ça saigne !

Wickers leur donna exactement ce qu'ils voulaient. Il leur servit une reconstitution coup par coup de l'assassinat. Il saigna pour eux ; il se serra convulsivement les mains sur la poitrine. Il amena la mère de la victime à la barre. Il la fit pleurer pendant les dix minutes d'un témoignage sans objet, jusqu'à ce que même le juge Dwight fût écœuré du spectacle. Mais tout cela portait. Vernon, qui connaissait les réactions des jurys, le sentait bien.

Le procès arrivait presque à son terme. Wickers,

brandissant le couteau sous le nez de Benjy Blesker, lui fit admettre que c'était le sien, admettre qu'il ne s'en séparait jamais, admettre qu'il l'avait dans sa poche — peut-être même à la main — la nuit de l'assassinat. Ce fut son baisser de rideau. Wickers se rassit, l'accusation en avait fini.

Un jour de plus, et tout serait terminé.

Le week-end interrompit le déroulement du procès. Vernon le passa à réfléchir.

C'est la faute du vieux, pensait-il amèrement. C'est le vieux Blesker qui est cause de tous les ennuis. Sa foi en Benjy est la foi indomptable, obstinée du fanatique. Même si le jeune est coupable, le souci de ce qu'en penserait son père l'empêche de dire la vérité.

— Le plus drôle, dit-il à Olga, sa secrétaire, c'est que si j'étais membre du jury, je ne saurais comment me prononcer.

Olga caqueta comme une mère poule :

— Vous n'avez pas l'air bien. De l'anémie, on dirait. Quand tout ça sera fini, vous devriez aller voir un docteur.

— Un psychiatre, voilà ce qu'il me faut.

— Non, un vrai docteur, rectifia Olga avec fermeté.

C'est de cette phrase que surgit l'idée. Vernon regarda sa secrétaire d'un air bizarre, et se leva derrière son bureau.

— Vous savez que c'est une idée ? Je devrais peut-être voir quelqu'un. Vous vous rappelez Doc Hagerty ?

— Non.

— Mais si ! L'affaire Hofstraw, en 1958...

— Ce n'est pas le genre de docteur dont je parle. Je voulais dire un bon praticien de médecine générale.

— Je sors, dit Vernon subitement. Si vous avez besoin de moi, je serai au Dugan Hospital. Mais ne me dérangez que si c'est très urgent.

Il trouva Hagerty dans son laboratoire, au sous-sol du Dugan Hospital. Olga avait raison : Hagerty n'était pas de ces médecins qui vous tapotent le thorax et vous abaissent la langue avec une cuillère ; c'était plutôt un biochimiste. Mais c'était justement ce dont Vernon avait besoin.

Les cheveux blancs, les épaules voûtées par des années passées à se pencher sur un microscope, Hagerty sentait vaguement le soufre. Il ignorait tout du procès. Vernon lui en fit un bref résumé, puis se mit à parler de sang.

— Vous voulez dire qu'il n'y a pas eu test à la benzidine ? s'enquit vivement Hagerty. Sur l'arme du crime ?

— Si, admit Vernon, mais le test a été négatif. Vous comprenez, il n'y avait pas de taches de sang sur le couteau, la lame était propre. L'accusation prétend que toutes les traces ont été essuyées ou lavées. On n'en a pas beaucoup parlé jusqu'à présent. Mais je vous ai entendu une fois faire allusion à un test plus sensible que la benzidine...

— Il y en a bien un, grogna Hagerty. Le test classique du sang dans notre ville est la benzidine, mais il en existe un autre. Il est beaucoup plus délicat à mon sens, et on ne l'emploie pas toujours. On l'appelle le test réduit à la phénolphtaléine, et si l'on tient compte de quelques facteurs, c'est peut-être juste ce que vous voulez. Tout d'abord la qualité du métal — même s'il est assez poreux pour retenir des particules microscopiques de sang, il peut être impossible de déterminer à qui celui-ci appartient. Si le garçon qui vous intéresse s'est par hasard coupé le doigt, ou si quelqu'un d'autre...

— Que faut-il que nous fassions ? demanda Vernon au comble de l'excitation.

— Apportez-moi le couteau.

— C'est impossible ; il est pour l'instant propriété de la Cour.

— Alors apportez-moi une douzaine de couteaux identiques.

L'avocat passa tout son samedi matin à chercher les équivalents du couteau du crime. Il le revoyait très exactement. Chaque sinuosité du manche ; et même les lettres à la base de la lame : B.L. CO. USA.

Il en trouva finalement dans un petit bazar, à quatre rues du lieu du meurtre. Il en restait cinq en stock, et il les acheta tous.

Dans l'après-midi, il lui fallut attendre deux heures avant de voir Hagerty. Le vieux médecin ne s'excusa pas lorsqu'il le rejoignit dans le laboratoire.

— La solution est toute prête, dit-il d'un ton assuré. Vous êtes sûr que c'est la même marque de couteaux ?

— Certain.

Hagerty sortit la grosse lame, puis la trempa dans une bouteille pleine de sang. Vernon lutta contre le dégoût en voyant Hagerty essuyer le sang avec un chiffon propre, puis marquer le couteau avec un crayon.

— Voyez-vous une trace quelconque ? demanda-t-il en lui tendant l'arme.

— C'est propre comme un sou neuf.

Hagerty porta les cinq couteaux près d'un bocal rempli d'un liquide sombre. Vernon l'aida à sortir toutes les lames.

— Mélangez-les bien, dit Hagerty. Comme pour un truc de prestidigitation. Et je me charge de trouver la bonne.

Vernon lui obéit et Hagerty les trempa l'une après l'autre dans la solution.

Ce fut le troisième couteau qui fit virer le liquide au rose. Et c'était bien celui qui avait été marqué.

— Ça marche, dit Vernon. Il n'y a pas d'erreur.

— Le métal est poreux. S'il y avait des taches de sang sur la lame, même vieilles de plusieurs années, elles ressortiraient.

— Merci, dit humblement Vernon. Vous m'avez sauvé la vie, Doc.

— Je *vous* ai sauvé la vie ?...

***

Quand Vernon pénétra dans la cellule de Benjy, celui-ci lisait un magazine populaire avec un air d'intense concentration. Il semblait détaché de tout. Cela n'étonna pas Vernon, qui avait souvent remarqué cette attitude chez des condamnés.

— Ecoute-moi bien, dit-il sévèrement. J'ai une idée qui peut te sauver, mais il faut que je sache la vérité.

— Je vous ai tout dit...

— Il existe un test, l'interrompit l'avocat, qui peut déterminer s'il y a jamais eu ou non du sang sur ton couteau.

— Et alors ?

— J'ai l'intention de faire ce test au tribunal lundi. S'il est négatif, le jury saura que tu n'as pas tué Kenny Tarcher.

— Je ne comprends pas ce genre de trucs...

— Je ne te demande pas de comprendre, dit Vernon d'un ton rapide. Si tu as poignardé ce garçon, un liquide tournera au rose et tu pourras dire adieu à ta liberté. Qui plus est, si tu as fait saigner *quelqu'un* avec ce couteau — même s'il s'agit de toi — le liquide deviendra rose. Je veux donc que tu me dises une bonne fois. *Y a-t-il jamais eu du sang sur le couteau?*

— Je vous ai dit que c'était pas moi qui l'avais tué !

— Espèce de crétin ! cria Vernon. Comprends-tu ma question ? Y a-t-il jamais eu le sang de n'importe qui sur cette lame ?

— Non, le couteau était tout neuf. Je n'ai jamais blessé personne avec.

— Tu en es sûr ? Absolument sûr ?

— Je vous l'ai dit, non ?

— Mon garçon, il s'agit d'une expérience scientifique. Ne va pas croire que tu seras plus malin qu'une éprouvette !

— Je vous ai dit que le couteau était propre !

Vernon Wedge soupira et se leva pour partir.

— Okay, Benjy. Nous verrons à quel point il est propre. Nous le tremperons dans le bain. Et que Dieu te vienne en aide si tu m'as menti.

Le lundi, quand Wickers se leva pour sa péroraison, son visage suave était l'image même de la confiance en soi. Vernon regarda l'expression des jurés qui attendaient béatement le message émotionnel qu'allait leur administrer le procureur. Il n'avait pas la moindre intention de le laisser faire.

Il se leva et s'adressa au juge Dwight.

— Votre Honneur, il s'est passé pendant le week-end quelque chose que j'estime être d'une importance primordiale en cette affaire. Je demande à la Cour l'autorisation de produire une nouvelle preuve.

— Objection, dit calmement Wickers. La défense a eu tout le temps nécessaire pour produire ses preuves. Je pense qu'il s'agit là d'une manœuvre dilatoire.

Vernon prit un air abattu. En réalité, il faisait le mort. Le juge Dwight lui facilita les choses.

— De quel genre de preuve s'agit-il, maître Wedge ?

— Il s'agit d'une démonstration, Votre Honneur, dit l'avocat d'une voix faible. A mon sens, elle établira clairement la culpabilité ou l'innocence de mon client. Mais si la Cour décide...

— Très bien, maître. Je vous y autorise.

Vernon rabattit vivement les pans d'une boîte en carton noir qu'il avait posée devant lui. Il en sortit le bocal à large col et en ôta le couvercle. Puis il le déposa sur la table des pièces à conviction.

— Qu'est-ce que c'est ? demanda le juge.

— Ceci, Votre Honneur, est une solution chimique spécialement préparée pour la détection du sang.

La salle s'emplit de rumeurs ; du côté de l'accusation, on se consulta hâtivement.

Vernon se tourna vers les jurés.

— Mesdames et Messieurs, la pièce à conviction n° 1 en cette affaire est le couteau qui est censé avoir causé la mort de Kenneth Tarcher. C'est le couteau qui était en la possession de Benjamin Blesker la nuit de l'assassinat. Et pourtant, au cours de ce procès, on n'a pas produit le moindre embryon de témoignage sur le facteur primordial du *sang*.

Il saisit le couteau et en fit jaillir la longue lame brillante.

— Ce couteau, poursuivit-il en l'agitant au-dessus de sa tête, regardez-le bien. Depuis l'arrestation de mon client, il est toujours resté en possession de la Cour. Et pourtant cette lame propre et brillante peut encore prouver innocence ou culpabilité. En effet, comme tout biochimiste le sait, il existe un test infaillible pour déterminer si un métal de semblable porosité a été taché de sang, ne fût-ce que d'une seule goutte !

Il étendit la lame au-dessus de l'ouverture du bocal.

— Mesdames et Messieurs, j'ai l'intention d'établir une fois pour toutes si j'ai défendu un jeune garçon faussement accusé ou un meurtrier qui nie son crime. J'ai l'intention de plonger la lame dans cette solution. Si elle vire au rose, vous devrez le condamner. Mais si elle reste propre, vous devrez prendre la seule décision juste : le remettre en liberté.

Il fit lentement descendre la lame en direction du liquide.

— Votre Honneur ! clama Wickers en bondissant. Objection ! Objection !

Vernon arrêta son mouvement.

— Qu'y a-t-il, maître Wickers ? demanda le juge.

Les yeux du procureur brillaient de colère.

— L'avocat de la défense n'agit pas correctement. Le laboratoire de police a déjà fait sur l'arme le test standard à la benzidine et n'a trouvé aucune tache de sang sur la lame. Nous admettons que le couteau a été nettoyé...

— Votre Honneur, interrompit Vernon avec force, le test dont il s'agit est beaucoup plus sensible que celui de la benzidine...

— Ce que demande la défense est sans aucune base ni pertinence et, de plus, absolument incorrect !

Wickers se tournait maintenant vers le jury.

— A aucun moment de ce procès l'accusation n'a nié

l'absence de sang sur le couteau de Benjamin Blesker. Tout prétendu « test » qui corroborerait ce fait est complètement gratuit. Ce n'est qu'une comédie dans le but d'égarer les jurés et semer la confusion dans leur esprit ! Cette démonstration est une farce ; je demande qu'on l'arrête immédiatement.

Il y eut un moment de silence. Vernon leva les yeux vers le juge, en une attente chargée d'espoir.

Dwight joignit les mains.

— Maître Wedge, je crains que vous ne puissiez prétendre être expert chimiste près les tribunaux. Et comme le fait remarquer Me Wickers, une simple corroboration du rapport du laboratoire de police est une preuve gratuite qui ne peut être régulièrement acceptée. J'admets donc l'objection.

— Mais, Votre Honneur...

— Objection admise, répéta gravement le juge. Vous n'êtes pas autorisé à faire ce test, maître Wedge.

***

Sa plaidoirie fut la plus brève de sa carrière.

— Je crois que Benjamin Blesker est innocent, dit-il d'un ton las. Je le crois à cause du test que l'on ne m'a pas permis de faire. Ce jeune homme savait que les résultats de ce test auraient pu amener sa condamnation, et pourtant il m'a dit de le faire. Aucun coupable ne l'aurait fait ; aucun innocent n'aurait agi autrement que lui.

Le jury revint au bout d'une heure à peine. Il déclara Benjamin Blesker innocent.

On autorisa Vernon à voir son client dans une salle à côté du tribunal. On n'aurait pas dit la célébration d'une victoire. Le garçon paraissait comme écrasé, et la joie qu'on lisait sur le visage du vieux Blesker ressemblait plutôt à du souci. Quand l'avocat entra dans la pièce, il lui tendit une main tremblante.

— Dieu vous bénisse, murmura-t-il. Dieu vous bénisse pour ce que vous venez de faire !

— Je ne suis pas venu pour qu'on me congratule, dit Vernon avec froideur. Je veux vous voir tous les deux pour une autre raison.

Un huissier entra, qui déposa le bocal sur le bureau. Une fois qu'il fut parti, Vernon tira le couteau de sa poche et le mit à côté du bocal. Le vieux s'en saisit et regarda l'arme comme s'il ne l'avait jamais vue auparavant.

— Wickers avait raison, dit Vernon. Ce que j'ai fait devant la Cour n'était que comédie. Je ne voulais pas procéder à la démonstration ; je comptais sur l'accusation pour l'arrêter.

— Vous ne vouliez pas ? demanda Blesker d'une voix blanche, vous ne vouliez pas réellement faire le test ?

— J'aurais facilement pu amener un expert, un vrai, comme le docteur Hagerty. Je n'ai pas voulu courir le risque ; si la solution avait tourné au rose... Non, le risque était trop grand. Si Wickers avait marché, j'aurais été forcé d'aller jusqu'au bout. Mais j'ai pensé qu'il soulèverait une objection et qu'ensuite je pourrais impressionner le jury dans le sens que je désirais. Et il en a été ainsi, grâce à Dieu !

Blesker émit un long soupir.

— Mais maintenant, dit Vernon, il y a une chose que nous devons faire. Une chose de nature à nous satisfaire tous.

— Que voulez-vous dire ?

Vernon regarda le jeune garçon, qui gardait les yeux baissés.

— Je ne connais toujours pas la vérité, poursuivit l'avocat. Je ne la connais pas, ni vous non plus. Il n'y a que Benjy.

— Vous ne pouvez pas penser ça ! Vous avez vous-même dit...

— Ne nous occupons pas de ce que j'ai dit à côté. Il

n'y a qu'un moyen de savoir la vérité, monsieur Blesker.

L'avocat tendit la main.

— Donnez-moi ce couteau, monsieur Blesker. Nous allons procéder au test que le juge n'a pas permis. Pour nous.

— Mais pourquoi ? s'écria le vieux. Quelle différence cela fait-il ?

— *Parce que je tiens à savoir !* Même si vous, vous ne le voulez pas, monsieur Blesker, pour moi c'est essentiel ! Donnez-moi ce couteau.

Blesker prit le couteau et en toucha la lame froide, l'air pensif.

— Bien sûr, dit-il.

Alors, lentement, délibérément, il se passa la lame sur le dos de la main qui fut profondément entaillé. Le sang coula comme un flot cramoisi, tacha le reste de sa main, son poignet de chemise, sa manche, le dessus du bureau. Il regardait la blessure avec une sorte d'indifférence triste. Puis il tendit l'arme dégouttante de sang à l'avocat.

— Faites votre test maintenant, dit-il d'un air absent.

Et devant Vernon abasourdi, le vieux tira de sa poche un mouchoir chiffonné dont il entoura sa main blessée. Puis il prit son fils par le bras et ils sortirent tous deux de la pièce.

Thicker than Water.
Traduction de Marc Flury.

Thacker [illegible]
Traduction de Marc [illegible]

L'ironie du sort

par

HELEN NIELSEN

Lorsque Eddie Wanamaker franchit la porte de la prison, il savait que Hilda l'attendrait. Elle n'avait pas manqué un seul jour de visite pendant l'année qu'il venait de passer derrière les barreaux pour homicide involontaire, ce qui, dans son cas, signifiait qu'il avait tué un homme au volant d'une voiture dans laquelle il ne se rappelait pas être monté, une nuit où, vraisemblablement, il avait été ailleurs.

— Mon chéri...

L'espace d'un merveilleux instant, les bras de Hilda autour de son cou et la douceur de ses lèvres lui firent oublier son amertume. C'était son premier vrai baiser depuis un an, son premier baiser loin des regards des surveillants et des autres détenus. Un long baiser, plein de promesse, comme si rien ne s'était passé, comme si tout était redevenu comme avant...

Mais il s'était passé quelque chose. Leurs bouches se séparèrent et Eddie revint à la réalité.

— Nos sacs à dos et ton matériel de pêche sont dans le coffre, déclara Hilda alors qu'il s'asseyait à côté d'elle, à l'avant de leur Ford. J'ai vu dans le journal que l'ouverture de la truite avait eu lieu la semaine dernière à Indian Gorge.

— Je préférerais rentrer à la maison.

— Mais, toi qui aimes tant...

— Plus tard, l'interrompit-il. Pour le moment, j'ai

d'autres idées en tête. Des idées auxquelles je n'ai cessé de penser depuis un an et dont je désire vérifier la justesse — ou l'inexactitude.

Hilda était belle. Mariée depuis six ans avec Eddie, elle avait encore la fraîcheur et le regard innocent d'une jeune première. Elle était blonde, avec çà et là une mèche blanche, décolorée par le soleil, car elle aimait conduire leur coupé capote ouverte. Elle avait les yeux gris et le menton volontaire de son grand-père dont le portrait était accroché à l'un des murs du cabinet du Dr Huston. Cabinet où il l'avait rencontrée pour la première fois. Mais cet après-midi, il y avait une lueur d'anxiété dans son regard et il n'allait pas la rassurer, au contraire.

— Je t'en prie, Eddie... C'est fini maintenant. Il vaut mieux oublier.

— J'ai passé un an en prison.

— C'est vrai, concéda-t-elle, mais personne ne t'en veut pour ce qui est arrivé. Papa moins qu'un autre et quant à Paul, il t'a gardé ton poste et toute son estime. S'il te plaît, essaie de ne plus y penser.

— Ne plus y penser ! répéta-t-il avec une grimace amère. C'est facile à dire. Jusqu'à l'an dernier, j'étais honorablement connu et mon nom était sans tache. J'avais travaillé dur pour cela et je n'aurai de cesse qu'il le redevienne.

Il tourna la tête vers elle, en quête de soutien, ou au moins de compréhension, mais il ne trouva que de la peur dans le gris de ses prunelles. Brusquement, la vérité s'imposa à lui. Cette vérité qu'il avait refusé d'admettre pendant cette longue année qu'il venait de passer derrière les barreaux.

— Tu crois que c'était vraiment moi qui conduisais cette voiture, n'est-ce pas ?

— Je t'aime, Eddie, murmura-t-elle, et je ne voudrais pas que tu souffres encore.

Elle n'avait pas nié. Un mur invisible les séparait désormais et il ne connaissait qu'un seul moyen pour l'abattre.

— En partant maintenant, déclara-t-il, nous devrions être à la maison avant la nuit.

Emerald City. Une vieille bourgade aux maisons de pisé, poussiéreuse et assoupie au milieu d'un paysage semi-désertique battu par le vent en hiver et assommé par un soleil de plomb en été... jusqu'au jour où l'armée avait jugé son site idéal pour l'installation d'une base aérienne d'entraînement. Une base dont la panoplie guerrière s'était par la suite enrichie de missiles intercontinentaux, ce qui avait transformé l'ancienne cité hispanique en une ville de plus de vingt mille âmes dont la majorité avaient moins de trente-cinq ans et se reproduisaient avec enthousiasme.

Sept ans plus tôt, Eddie était descendu d'un car à la gare routière d'Emerald City avec pour tout viatique sa veste en cuir d'aviateur, des cheveux roux ébouriffés, un visage franc et aucune famille proche. Il avait également un éclat d'obus de D.C.A. nord-coréen dans l'épaule droite et un certificat de démobilisation attestant de sa conduite courageuse face à l'ennemi.

Il était revenu à Emerald City pour deux raisons. La première parce qu'il n'avait aucune attache ailleurs aux Etats-Unis et la seconde parce que, deux ans plus tôt, il avait glissé sur le trottoir de la grand-rue et s'était foulé la cheville.

La jeune fille qui l'avait accueilli au cabinet du Dr Huston l'avait ébloui et, surmontant sa timidité naturelle — grâce, sans doute, à la douleur et aux deux bières qu'il avait consommées avant sa chute — il avait eu le courage de l'inviter au cinéma. Trois jours plus tard, il lui avait demandé sa main.

— Quand tu seras démobilisé, reviens me voir, avait répondu Hilda Huston.

Une réponse qui était restée gravée dans la mémoire d'Eddie.

A son retour de Corée, il avait donc pris le car. L'idée qu'elle ait eu la patience de l'attendre était peut-être un peu folle, mais depuis l'âge de douze ans, depuis qu'il s'était enfui de l'orphelinat, il avait beaucoup souffert de sa solitude. Hilda et Emerald City, c'étaient l'espérance d'un foyer, d'un bonheur familial auquel il avait rêvé pendant toute la durée des hostilités en Extrême-Orient.

Il l'avait trouvée derrière le bureau de la réception au cabinet du Dr Huston, mais elle n'était pas seule. Un homme, d'une dizaine d'années plus âgé que lui, était juché sur le rebord du comptoir. Il bavardait avec elle et, s'il s'en tenait aux apparences, leur conversation n'avait rien de professionnel. Il avait ébauché une prudente retraite, mais c'était alors que le premier miracle de son existence s'était produit.

Levant les yeux, Hilda l'avait regardé et, presque aussitôt, un sourire avait éclairé son visage.

— Eddie ! s'était-elle exclamée. Eddie Wanamaker ! Tu es revenu...

Pendant le trajet en taxi depuis la gare routière Eddie avait répété dans sa tête une entrée en matière brillante et spirituelle.

— Hello... l'avait-il résumée laconiquement.

— Paul, je te présente Eddie Wanamaker.

Paul Fenton était descendu de son perchoir et lui avait serré la main chaleureusement, comme s'ils avaient été de vieilles connaissances.

Une fois les présentations terminées, il y avait eu les questions. Combien de temps allait-il rester ? Avait-il des projets ?

Questions auxquelles il avait répondu sans quitter des yeux la jeune fille.

S'il réussissait à trouver un travail, il resterait. Il ne savait pas ce qu'il pouvait faire, car hormis sa spécialité militaire de mitrailleur, il n'avait aucune qualification.

C'était alors que Paul lui avait déclaré être un vétéran de la guerre du Pacifique, au cours de laquelle il avait servi dans l'aéronavale, et au nom de la solidarité entre anciens combattants, il lui avait proposé un poste de vendeur.

— C'est un métier qui exige seulement du caractère

et de la personnalité, avait-il expliqué. Le produit se vend tout seul.

— Quel produit ? avait questionné Eddie.

— Emerald City, avait répondu Paul. Voici ma carte. Mes bureaux sont à cinquante mètres plus bas dans la grand-rue. Venez me voir demain matin et nous discuterons des clauses de votre contrat. Quant à vous, jeune demoiselle, avait-il ajouté en se retournant vers Hilda et en lui adressant un coup d'œil qui avait rendu Eddie jaloux, je viendrai vous prendre à 7 h 30. Tâchez d'être prête. Je suis déjà assez nerveux comme cela.

Sur ces mots, il était sorti du cabinet, l'air affairé. Eddie n'avait pas osé poser la question qui lui brûlait les lèvres, mais Hilda l'avait lue dans son regard et l'avait rassuré.

— Il doit m'accompagner au dîner annuel du Club des Cent, avait-elle expliqué. Un club qui réunit les cent notables les plus en vue d'Emerald City. Mon père en est le président sortant et ce soir il doit passer le relais à Paul pour le prochain exercice.

Les réceptions et les mondanités. Brusquement Eddie s'était senti mal à l'aise avec sa veste d'aviateur et son jean élimé.

— Bien, avait-il déclaré, je vais aller faire un tour en ville. Vous savez ce que c'est. Parfois on a un souvenir merveilleux d'un endroit et puis, quand on y revient, on s'aperçoit que c'est aussi terne et aussi gris que partout ailleurs. Peut-être, en fin de compte, ne resterai-je pas...

C'était alors que le deuxième miracle s'était produit.

— Je désire que tu restes, Eddie, avait déclaré simplement Hilda.

Ce soir-là, incapable de dormir, il avait arpenté pendant des heures la grand-rue d'Emerald City. Une grand-rue qui, bien qu'elle fût aussi sombre et déserte que n'importe quelle autre grand-rue à minuit, lui avait semblé inondée de lumière et pleine de vie.

— Je désire que tu restes, Eddie...

Pour la centième fois, il avait répété cette phrase aux

mots magiques et s'était arrêté pour prendre un réverbère à témoin.

— D'accord, je reste ! s'était-il exclamé avec un geste théâtral. M'avez-vous bien entendu, citoyens d'Emerald City ? Je m'appelle Eddie Wanamaker et j'ai décidé de rester ici, dans votre ville !

Il y avait sept ans de cela.

A leur retour de la prison, Hilda descendit lentement la grand-rue. Il était tard et toutes les boutiques étaient fermées. Devant les bureaux de Paul, elle s'arrêta juste le temps qu'il fallait pour qu'il déchiffre la nouvelle raison sociale gravée sur la plaque de cuivre à droite de la porte. Fenton et Wanamaker, S.A.R.L. Promotion immobilière.

Fenton et Wanamaker... Un an plus tôt, Eddie serait descendu de voiture et aurait manifesté avec exubérance sa joie et sa fierté. Aujourd'hui, son nom associé à celui de Paul n'eut pour effet que d'accroître les soupçons qu'il avait formés dans le silence de sa cellule.

Est-ce ainsi qu'il espère libérer sa conscience ? se demanda-t-il intérieurement.

— D'accord, déclara-t-il à voix haute. J'ai vu. Rentrons à la maison, maintenant.

Sam Nickols était mort sur le coup. Une mort rapide qui avait rendu les choses plus faciles pour tout le monde — même pour sa femme et leurs deux enfants. Les lourds pare-chocs de la Cadillac du Dr Huston l'avaient projeté à plus de dix mètres contre une borne d'incendie sur laquelle il s'était fracassé la tête. Le choc avait eu lieu au coin de la rue Joshua et de la grand-rue et, six pâtés de maisons plus bas, la Cadillac avait terminé sa course dans un réverbère. Deux témoins oculaires ayant assisté à la deuxième partie du drame, avaient affirmé qu'elle roulait à une allure « démentielle ». Immédiatement prévenue, la police avait trouvé Eddie effondré sur le volant de la voiture accidentée. Il était en état de choc mais, à l'hôpital où on l'avait conduit, l'interne de service n'avait constaté aucune blessure hormis une coupure au-dessus de l'oreille gauche, vers l'arrière du crâne. Il en avait retiré un éclat de verre qui s'était révélé provenir d'une bouteille de bière, détail qui avait été très utile à l'avocat d'Eddie lors du procès.

Eddie Wanamaker supportait mal l'alcool. Tous ceux qui le connaissaient, le savaient. Mais il avait bu ce soir-là. La prise de sang consécutive à l'accident l'avait amplement prouvé. Par contre, il avait été impossible d'établir dans quel bar il avait effectué ses libations. La défense avait suggéré que cela s'était passé dans un établissement où il y avait eu une bagarre.

En effet, n'était-il pas impensable autrement qu'un citoyen honorablement connu ait pu se permettre d'emprunter en cachette la voiture de son beau-père, alors qu'il aurait été si simple de la lui demander ? Non, c'était un homme blessé qui, dans une demi-inconscience et sans doute pour échapper à des poursuivants, s'était souvenu que le Dr Huston avait un deuxième jeu de clefs attaché par un fil de fer à l'intérieur du pare-chocs arrière de sa voiture. Quand il s'était mis au volant, Eddie Wanamaker n'était pas seulement sous l'emprise de la boisson. C'était un être traqué, en état de choc, qui avait renversé le malheureux Sam Nickols.

La plaidoirie s'était terminée dans une très belle envolée et le jury, presque convaincu, avait accordé les circonstances atténuantes malgré la gravité des faits.

Le problème était qu'Eddie n'avait pas le moindre souvenir d'une bagarre et ne se rappelait pas non plus avoir emprunté la Cadillac ni renversé Sam Nickols. Une amnésie qui lui paraissait bien étrange...

Le lendemain, un dimanche, alors que Hilda dormait, épuisée par le long trajet de la veille, il se leva sans bruit.

Avant la mort de Sam, les Nickols habitaient l'une des villas de la 4e rue est. Une villa que la veuve avait probablement conservée car, ayant été le directeur d'une entreprise de couverture-plomberie florissante, Nickols n'avait pas dû la laisser sans argent. Cependant, par prudence, Eddie consulta l'annuaire du téléphone et découvrit, à sa grande surprise, qu'elle habitait désormais 10, route de Mustang, l'artère principale de Desert Vista, le lotissement dont Paul venait d'achever les études préliminaires quand l'existence de Sam avait brutalement atteint son terme.

Laissant Hilda dormir, Eddie sortit de la maison et ouvrit la portière de la Ford.

Desert Vista avait poussé comme une ville champignon. Toutes les maisons de la route de Mustang étaient terminées et les alentours n'étaient qu'un immense chantier, visiblement en pleine activité.

Il arrêta sa voiture devant le n° 10 et mit pied à terre. La villa des Nickols était l'une des mieux situées. Son jardin était plus vaste que les autres et il venait d'en franchir le portillon, lorsqu'il entendit un bruit de voix provenant de l'arrière de la maison. Il en fit le tour par un sentier dallé et arriva juste à temps pour voir les deux enfants de Sam monter dans une voiture pleine de joyeuses frimousses. La portière se referma sur eux et, après avoir suivi des yeux pendant quelques instants le véhicule qui s'éloignait, Mme Nickols se retourna.

— Bonjour, madame, déclara-t-il avec une grimace involontaire. Vous avez l'air d'aller bien et vos enfants également...

La jeune femme resta d'abord silencieuse, visiblement décontenancée.

— Oui... acquiesça-t-elle finalement. Il faut bien que la vie continue.

Eddie jeta un coup d'œil appréciateur autour de lui. Une vaste maison, un patio, une piscine, un jardin paysager... A l'évidence, Mme Nickols n'avait pas eu à souffrir financièrement de la disparition de son mari.

— Je suis rentré hier soir, expliqua-t-il, et ce matin j'ai eu envie de voir où en était ce lotissement dont j'ai réalisé une partie des études préliminaires.

La veuve de Sam n'était pas idiote et elle se douta bien que ce n'était pas le hasard qui avait guidé ses pas vers ce jardin.

— Vous n'avez probablement pas envie de parler du

passé, poursuivit-il en voyant qu'elle ne répondait rien, mais il y a quelque chose que je voudrais savoir. Avez-vous vu Sam l'après-midi du jour où il est mort ?

Visiblement, la question la prit de court et elle haussa un sourcil étonné.

— Bien sûr... Nous avons dîné ensemble avec les enfants, comme tous les soirs.

— Comment vous a-t-il semblé ?

— Semblé ?

— Je veux dire... Vous a-t-il paru en colère ou ennuyé ?

— Je ne me souviens pas... Ah si ! s'interrompit-elle tandis que son visage s'éclairait. Il était nerveux, ce qui était tout à fait naturel. C'était juste avant la soirée de l'élection du bureau au Club des Cent. Vous le connaissiez aussi bien que moi. Il était toujours tendu quand il avait un discours à faire. D'ailleurs, j'étais bien contente que son mandat de président arrive enfin à son terme.

— Tendu, répéta Eddie pensivement. Oui, c'est assez plausible.

— Qu'entendez-vous par là, monsieur Wanamaker ?

Au lieu de lui répondre, il lui posa une autre question.

— Alors, il ne vous a rien dit de la discussion qu'il avait eue avec Paul cet après-midi-là ?

— Une discussion avec M. Fenton ? Non... Pourquoi ?

— Il ne vous a pas parlé des problèmes qu'il avait eus pour réaliser ses contrats à Mountain View ?

— Je ne m'en souviens pas. Il y avait plus de dix ans que Sam travaillait avec M. Fenton et ni l'un, ni l'autre ne s'est jamais plaint de leur collaboration. Evidemment, il y avait parfois des différends, comme toujours entre associés, et à Mountain View j'ai entendu parler de problèmes avec le personnel, mais...

— Je suis au courant, l'interrompit Eddie. Mais là où cela a achoppé vraiment, c'est lorsque Sam a présenté sa facture à Paul. Une facture dont le montant dépassait considérablement celui des devis. De près de vingt mille dollars.

— Vingt mille dollars... ?

— Oui, acquiesça-t-il. D'après Paul, les ennuis de Sam avec son personnel n'étaient qu'un faux prétexte. Sam avait pris trop de chantiers, ce qui l'avait contraint à disperser ses ouvriers et leur laisser trop d'initiative. Du moins, c'est ce que Sam lui a dit dans son bureau l'après-midi du jour où il est mort.

Le visage de Mme Nickols s'empourpra légèrement.

— Je ne vous crois pas, monsieur Wanamaker, répliqua-t-elle sur un ton sec.

— Pourtant, c'est la vérité, insista-t-il. J'ai assisté à leur discussion. Après le départ de Sam, Paul était furieux. Il m'a déclaré qu'il ne lui confierait plus aucun contrat et travaillerait désormais avec George Carlson.

— Qu'il ne lui confierait plus aucun contrat ? répéta-t-elle avec incrédulité.

— Ce sont ses propres mots. J'ai essayé de l'en dissuader, car je savais que ce serait la ruine pour Sam, mais il s'est montré intraitable. « Si l'un de nous deux doit être ruiné, je te jure que ce ne sera pas moi ! » m'a-t-il répliqué quand je lui ai parlé des conséquences que sa décision aurait pour votre mari.

— Pourquoi me dites-vous cela, monsieur Wanamaker ?

Eddie fronça les sourcils.

— Il y a deux ou trois détails qui me tracassent depuis un an, répondit-il. Savez-vous pourquoi Sam se trouvait dans la grand-rue, à quelques mètres des bureaux de Paul, la nuit où il a été tué ?

— Il était allé à la réunion du Club des Cent...

— Réunion qui s'était tenue dans la salle des congrès, objecta-t-il. A l'autre bout de la ville.

— Sam aimait bien marcher et c'était souvent qu'il regagnait la maison à pied...

— Vous habitiez alors la 4e rue, lui rappela-t-il. Dans la direction opposée.

— Mais, s'il était allé voir Paul...

Elle s'interrompit, troublée par ce qu'elle venait elle-même d'admettre implicitement.

— Non, poursuivit-elle pensivement au bout d'un instant. Une telle visite n'aurait pas eu de sens, d'autant plus que M. Fenton était également présent à la réunion. Oh, je ne sais pas... Je ne sais plus... Pourquoi êtes-vous venu ici, monsieur Wanamaker ? Pour remuer le passé, ce passé qui a été si douloureux pour moi ? Vous n'imaginerez jamais l'effort de volonté qu'il m'a fallu pour ne pas vous haïr... Je vous en prie, ne les réduisez pas à néant par vos questions absurdes. Ne pensez plus à cela, au moins pour moi, si ce n'est pour vous.

— Pardonnez-moi, s'excusa-t-il. Peut-être n'aurais-je pas dû venir...

— Peut-être... soupira-t-elle. Sûrement même, si c'était avec l'intention de provoquer une brouille entre M. Fenton et moi. J'ai beaucoup de respect pour lui, monsieur Wanamaker et vous ne nierez pas, j'espère, tout ce qu'il a fait pour vous. Personnellement, je lui suis très reconnaissante du réconfort et de l'aide qu'il m'a apportés après la disparition de Sam.

Eddie releva brusquement la tête.

— L'aide qu'il vous a apportée ?

— Oui, acquiesça-t-elle. Il se peut qu'il y ait eu des difficultés entre mon mari et M. Fenton à propos du contrat de Mountain View (le peu d'argent qui restait sur le compte de Sam à sa mort tendrait à le confirmer) mais il s'est montré d'une correction plus que parfaite à mon égard. C'est grâce à lui que j'ai eu cette maison, monsieur Wanamaker. C'est lui-même qui me l'a proposée, estimant que la femme et les enfants de l'un de ses plus anciens collaborateurs méritaient à tout le moins d'avoir un logement décent.

Si elle comptait l'impressionner, elle y réussit amplement. Cette villa valait au moins vingt-cinq mille dollars. Paul s'était montré généreux.

Au-delà du jardin, de l'autre côté de la rue parallèle à la route de Mustang, une série de maisons étaient en construction. A l'entrée de chaque chantier, un grand panneau indiquait outre le numéro du permis de construire, les noms et adresses des artisans participant aux travaux.

— Je n'arrive pas très bien à lire d'ici, madame Nickols, déclara-t-il en regardant fixement l'un d'entre eux. Pouvez-vous me dire qui est l'entrepreneur de plomberie qui a remplacé votre mari ?

Elle hésita une fraction de seconde.

— Vous ne le savez pas ? insista-t-il.

— Si, répondit-elle lentement. C'est George Carlson.

Un nom sur une plaque et une signature au bas d'un acte de propriété. Deux gestes magnanimes de Paul Fenton. Eddie prit congé de la veuve de Sam Nickols et retourna vers le centre ville.

Comme c'était dimanche matin, il y avait peu de monde dans les rues — des gens pieux et graves qui se rendaient à l'église avec, çà et là, un adolescent qui se dirigeait vers le stade, un sac de sport sur l'épaule. Emerald City — son Emerald City — avait l'air pimpante et joyeuse dans la lumière du jour. Il passa devant le palais des congrès où régulièrement se réunissaient les membres du Club des Cent dont le Dr Huston, Paul Fenton et Sam Nickols avaient été successivement présidents...

Un soir, il y avait un peu plus d'un an, Eddie était rentré chez lui dans un état de surexcitation inhabituel. Il avait trouvé Hilda dans la cuisine, l'avait prise dans ses bras et fait virevolter autour de la table avant de l'embrasser avec une fougue qui l'avait laissée pantelante.

— Qu'est-ce qui t'arrive, Eddie ?

— Je t'aime !

— Je sais, mon chéri, avait-elle répliqué en souriant, mais un tel enthousiasme... Serait-ce l'effet d'un abus de vitamines ?

Il avait déjeuné avec Sam Nickols, le président en

exercice du Club des Cent ; entre la poire et le fromage, Sam avait évoqué l'élection prochaine de son successeur. Election qui était brusquement devenue capitale pour Eddie, car son ami lui avait annoncé également qu'il proposerait et soutiendrait sa candidature.

Hilda avait souri, lui avait dit toute la fierté qu'elle éprouvait, mais n'aurait jamais pu deviner ce qu'un tel honneur signifiait pour un homme qui était arrivé cinq ans plus tôt à Emerald City en se jurant d'y devenir quelqu'un.

Il continua de descendre la grand-rue. Une fois ou deux, il aperçut un visage familier mais, à chaque fois, il détourna la tête et accéléra. Il ne voulait pas renouer avec ses anciens amis avant d'avoir terminé son enquête. Il passa devant le bureau de Paul, ne jetant qu'un rapide coup d'œil à la maquette du lotissement de Desert Vista dans la vitrine, et ralentit pour s'arrêter pendant quelques minutes à la hauteur du cabinet du Dr Huston.

Dans sa mémoire, il n'y avait encore qu'un grand trou noir à la place de la nuit fatale où Sam Nickols avait disparu tragiquement, mais il espérait qu'un détail glané çà ou là en déchirerait les ténèbres.

Machinalement, il redémarra et rentra chez lui.

La Cadillac du Dr Huston était garée devant la porte de la villa qu'il avait achetée à crédit tout au début de son mariage.

Hilda et son père étaient dans la cuisine, assis devant une tasse de café. En le voyant entrer, la jeune femme leva vers lui un regard chargé d'anxiété.

— D'où viens-tu, Eddie ? J'ai été follement inquiète quand je me suis réveillée et ne t'ai pas trouvé à côté de moi. J'ai appelé papa pour savoir si, par hasard, tu n'étais pas chez lui, mais il ne t'avait pas vu et il est venu me rejoindre.

— Je suis allé au lotissement de Desert Vista, expliqua Eddie en déposant un baiser sur le front de sa femme et serrant la main de son beau-père. Je voulais voir où en étaient les travaux.

— Desert Vista ?

Le Dr Huston et Hilda haussèrent tous deux un sourcil étonné.

— J'y ai rencontré Mme Nickols, ajouta-t-il avec une feinte nonchalance. La villa que Paul lui a offerte est vraiment très belle.

Le déménagement de Mme Nickols n'était une nouvelle ni pour Hilda ni pour son père.

— Offert ? Pas tout à fait, corrigea ce dernier. Il ne s'est agi que d'un échange. A la place, elle lui a cédé son ancienne maison qui, certes, n'a pas grande valeur pour le moment, mais devrait en prendre le jour où la municipalité décidera d'agrandir la zone commerciale. A ce moment-là, Paul récupérera sa mise.

— Sa mise !

Eddie ricana.

— Il la triplera, oui ! Je reconnais bien là sa manière de faire des affaires. Il n'a pas son pareil pour déposséder les gens en leur donnant l'impression qu'il leur accorde une faveur.

— Quelle façon tu as de parler de Paul ! protesta Hilda. Aurais-tu oublié tout ce qu'il a fait pour toi, Eddie ? C'est lui qui t'a trouvé un avocat compétent et je peux t'affirmer qu'il n'a pas ménagé ses efforts pour obtenir ta relaxation. Depuis le début, il n'a cessé d'être avec toi et de t'aider.

Pour Hilda tout avait commencé la nuit où Sam Nickols était mort, mais pour Eddie ça remontait beaucoup plus loin : au jour où il avait annoncé à Paul que Hilda avait accepté de l'épouser. Paul l'avait félicité, comme il se devait, mais l'expression de son visage avait démenti la chaleur de ses paroles. Eddie était l'intrus, l'ennemi qui lui avait pris la fille qu'il aimait.

La voix du Dr Huston le ramena à la réalité.

— Hilda est inquiète, Eddie. Elle a peur que vous ne couriez au-devant de nouveaux ennuis. Vous devriez tirer un trait sur le passé et concentrer tous vos efforts sur l'avenir. Ce serait une attitude plus constructive.

Paul vous a pris comme associé pour vous prouver sa loyauté, alors qu'il aurait très bien pu vous signifier votre congé ; pour ce qui est de l'ancienne maison des Nickols, il n'est même pas certain qu'il en tire à terme un bénéfice quelconque. Mme Nickols avait besoin de se changer les idées, de vivre dans un nouvel environnement, et il lui a permis de le faire au nom de son amitié pour Sam. Il y avait dix ans qu'ils travaillaient ensemble et, si je me souviens bien, c'était Sam qui avait installé la plomberie dans la première maison de son premier lotissement. J'ai même entendu dire qu'il n'avait présenté sa facture qu'après que la maison eut été vendue et payée.

— Paul avait donc une dette morale à son égard... médita Eddie.

— Une dette morale ?

— De telle sorte que si Paul avait voulu se débarrasser de Sam... poursuivit-il pensivement comme se parlant à lui-même. Mais peut-être n'y avait-il pas eu que cette première maison ? Ne se pourrait-il pas que Sam ait eu barre sur lui et qu'il...

— Arrête, Eddie, l'interrompit Hilda. Ne vois-tu pas ce qu'il a, papa ? ajouta-t-elle en se tournant vers son père et le prenant à témoin. Il est littéralement obsédé par son désir de se réhabiliter ! Je t'en prie, dis-lui que c'est absurde, qu'il ne peut que se faire du mal...

— Son désir de se réhabiliter ? répéta le Dr Huston avec étonnement.

— Je ne me souviens pas d'avoir écrasé Sam, expliqua Eddie, et il y a un certain nombre d'imprécisions dans la version qui est ressortie du procès. Par exemple, il a été établi que j'avais pris votre voiture, mais personne ne s'est demandé où je l'avais trouvée.

— Dans le parking du palais des congrès, suggéra Hilda. C'était la soirée des élections au Club des Cent.

— Plausible, mais faux, répliqua Eddie. N'est-ce pas ?

Il s'était adressé au Dr Huston et celui-ci hésita une fraction de seconde.

— Oui… admit-il. Elle se trouvait dans la grand-rue.

— Dans la grand-rue ? Et pour quelle raison ?

— Parce que j'étais inquiète, intervint Hilda avec lassitude. Cet après-midi-là, tu étais rentré à la maison très nerveux, à cause des élections, mais surtout parce que tu avais bu. Trop bu. Tu avais une bouteille à la main et…

— Une bouteille verte ? l'interrompit Eddie.

La jeune femme secoua la tête.

— Non, c'était un flacon de whisky, plat. Tu répétais sans cesse que tout était fichu.

— Qu'est-ce qui était fichu ?

— Je ne sais pas. J'ai essayé de te convaincre de prendre une douche et de te changer avant d'aller à la réunion du Club, mais tu n'étais même pas en état de m'écouter. Au bout de quelques minutes, tu es reparti, à pied. Sur le moment, je me suis dit qu'un peu de marche te calmerait et te ferait du bien ; mais à 8 h 30 j'ai commencé à me faire du souci et j'ai appelé Paul au palais des congrès.

— Pourquoi Paul ?

— Parce que c'est à lui que j'ai pensé en premier. Tu comprends, j'avais peur que tu aies eu un accident…

— Je peux confirmer cet appel, déclara le Dr Huston. J'étais moi-même au palais des congrès avec Paul, quand on est venu le prévenir. En revenant de la cabine, il m'a dit être obligé de s'absenter pendant quelques instants et m'a demandé s'il pouvait m'emprunter ma voiture, car la sienne était en panne de batterie. Bien entendu, j'ai dit oui et je lui ai donné mes clefs…

— Ainsi, c'était Paul qui l'avait prise, constata Eddie sombrement.

— Je l'avais supplié d'aller à ta recherche, expliqua Hilda. Il est d'abord venu ici, puis il est parti faire la tournée des bars et des cabarets. J'aurais voulu l'accompagner, mais il était préférable que je reste à la maison au cas où tu serais rentré. Ne t'ayant pas trouvé, il s'est arrêté à son bureau, ce qui explique pourquoi la Cadillac était garée dans la grand-rue.

— Pour quelle raison personne n'a-t-il mentionné ces faits au procès ?

— Parce que votre avocat voulait accréditer la thèse qui vous était la plus favorable, répondit le Dr Huston. Vous étiez venu au palais des congrès et aviez été pris dans une bagarre alors que vous en ressortiez. Si l'on avait su que vous aviez bu avant la réunion, le jury aurait été sans doute beaucoup moins indulgent.

— C'est Paul qui le lui a suggéré, n'est-ce pas ?

— C'était logique, non ?

— Logique... murmura Eddie pensivement. Oui... Sans doute même plus que vous ne l'imaginez.

Son visage se durcit et brusquement il leur tourna le dos.

— Merci, jeta-t-il par-dessus son épaule. C'est seulement dommage que je n'aie pas su cela il y a un an.

— Où vas-tu, Eddie ? questionna Hilda avec anxiété.

— A la recherche d'une bouteille, répliqua-t-il laconiquement. D'une bouteille verte.

La porte claqua derrière lui et Hilda se leva pour le suivre, mais son père l'arrêta en posant la main sur son bras.

— Ce n'est pas la peine, soupira-t-il. Mieux vaut le laisser aller lui-même au bout de son raisonnement. Il reviendra.

— Mais s'il se remet à boire ?

Hilda se dégagea et se précipita dans le hall où se trouvait le téléphone. Fébrilement, elle composa le numéro de Paul. Paul qui fut surpris d'entendre sa voix, car il la croyait avec Eddie quelque part dans la montagne, au bord d'une rivière à truites.

— Eddie a voulu rentrer directement à la maison, expliqua-t-elle. Il tient à savoir ce qui s'est passé la nuit où Sam est mort. Il est déjà allé voir Mme Nickols et il a appris par papa que tu avais emprunté sa Cadillac.

A l'autre bout du fil, Paul Fenton resta silencieux pendant une seconde ou deux.

— Ne t'inquiète pas, déclara-t-il enfin sur un ton rassurant. Je viendrai te voir demain matin et nous aviserons. Cet après-midi, je dois montrer une maison à un client et ce soir il faut que je reste au bureau pour mettre à jour ma comptabilité.

— Non, je t'en prie, Paul, supplia-t-elle. Rentre plutôt directement chez toi ce soir.

— Pourquoi ?

— J'ai peur, murmura-t-elle. Affreusement peur. Si jamais Eddie venait à se souvenir...

Il y avait dix-sept bars à Emerald City, allant du luxueux hôtel de l'Oasis, fréquenté principalement par des hommes d'affaires, jusqu'aux tavernes mexicaines au sol de terre battue en passant par une foule d'établissements paisibles à l'atmosphère feutrée et provinciale.

Eddie les visita l'un après l'autre, racontant chaque fois la même histoire. Un an plus tôt, la nuit où Sam Nickols était mort, on l'avait frappé à la tête avec une bouteille verte. Le barman se souvenait-il d'un tel incident ? Une histoire qui fit hausser plus d'un sourcil et lui attira nombre de regards perplexes. Presque partout le nom de Sam Nickols ne disait plus rien à personne, et une fois ou deux seulement il trouva quelqu'un pour qui celui d'Eddie Wanamaker n'était pas totalement inconnu.

Paul Fenton ?

A l'Oasis, le garçon qu'il interrogea déclara le connaître et se souvenir également de la nuit où Sam Nickols était mort.

— J'ai pensé à Fenton le lendemain, en lisant le compte rendu de l'accident dans le journal, expliqua-t-il à Eddie. Je l'avais vu la veille — vers 9 heures ou 9 h 30. C'était calme, comme chaque fois que le Club des Cent se réunit. Ces soirs-là, c'est seulement vers 11 heures que le bar s'anime un peu, quand les membres du Club sortent du palais des congrès et viennent boire un dernier verre ici. J'ai donc été un peu étonné de le voir. Il cherchait Wanamaker.

Grâce à la pénombre et à son absence de plus d'un an, Eddie n'avait pas été reconnu.

— Etait-il venu ici ? s'enquit-il.

— Pas à ma connaissance, répondit le barman, et c'est ce que j'ai dit à M. Fenton. D'ailleurs, Wanamaker n'était pas un habitué. Pour ma part, je ne l'avais aperçu que deux ou trois fois et, d'après les témoignages à son procès, c'était un homme qui ne buvait pas. Mais, dites-moi, pourquoi toutes ces questions ? Aurait-il fait la belle ?

— Il voudrait bien recouvrer sa liberté, répondit Eddie d'un ton sibyllin. Toute sa liberté.

Ainsi, Paul l'avait cherché. Activement. Il avait bien dû finir par le retrouver et c'était à ce moment-là que la bagarre avait eu lieu. Il en était convaincu.

Patiemment, il poursuivit son enquête.

Le soleil à son zénith avait transformé les rues en une fournaise vide et poussiéreuse, où seuls s'aventuraient les enfants qui allaient ou revenaient de la piscine municipale et un homme à la recherche de son passé.

Devant la porte du bureau de Paul, Eddie hésita. Parfois c'était ouvert le dimanche, mais aujourd'hui le rideau de fer était baissé. A l'intérieur, le téléphone sonna ; comme Eddie n'avait pas la clef, il lui fut impossible d'entrer pour aller décrocher.

Le téléphone sonna six fois avant que le répondeur informe Hilda que M. Fenton ne rentrerait pas avant 8 heures.

Elle regarda sa montre il en était à peine trois. Son père était parti voir un malade, ce qui signifiait qu'elle avait encore cinq longues heures à attendre toute seule, à moins qu'Eddie ne renonce et rentre à la maison. Mais il ne renoncerait pas. Elle en avait la certitude.

Il était presque 6 heures, quand Eddie commanda sa première bière. Malgré la chaleur, il avait résisté pendant tout l'après-midi, mais sa résolution avait pris fin en même temps que son espoir au comptoir du petit bar à côté de la gare routière. C'était le dernier et personne ne s'était souvenu — ou n'avait voulu se souvenir — d'une bagarre ayant eu lieu plus d'un an auparavant.

Il but son verre de bière d'un seul trait, tellement il avait soif et, immédiatement, sentit l'alcool courir dans ses veines. Il n'avait rien mangé depuis le matin et à mesure que la douce chaleur envahissait son corps, une chose étrange se produisit dans son esprit. Comme si une fenêtre s'était ouverte... L'image était floue, mais il avait déjà vécu cette scène. Un petit bar sombre et sans attrait, un verre dans sa main et une bouteille brune sur le comptoir... Il commanda une deuxième bière et la versa lentement dans son verre. Trois tabourets plus loin, deux aviateurs buvaient également de la bière, mais leurs bouteilles étaient vertes... Vertes !

C'était avec une bouteille verte qu'il avait été frappé à la tempe. Le détail était important, primordial.

Paul Fenton le haïssait. Il le haïssait pour lui avoir pris Hilda, la femme qu'il aimait. Cela aussi, c'était important... Eddie avait eu la preuve de cette haine lorsque Paul avait ruiné son espoir de devenir le vingt-septième président du Club des Cent.

L'image du bar disparut et fit place à celle du bureau de Paul. Paul était en face de lui. Il était trois heures passées de quelques minutes et Sam venait de sortir. Le dialogue qui avait suivi resterait à jamais gravé dans sa mémoire.

— Tu ne vas tout de même pas mettre ta menace à exécution, avait-il protesté. Ce serait la faillite pour lui !

— Si, avait répliqué Paul. Si l'un de nous deux doit être ruiné, je te jure que ce ne sera pas moi !

— Allons, avait-il insisté, on ne met pas fin à une collaboration de dix ans pour un différend de ce genre... Vous vous êtes emportés, tous les deux. Tu as perdu la tête et...

— J'ai toute ma tête au contraire, Eddie, avait sèchement interrompu Paul. Ce n'est pas elle que j'ai perdue, mais vingt mille dollars. Je suis désolé pour Sam, mais après tout, il l'a bien cherché. C'est lui qui a voulu se diversifier, prendre d'autres chantiers, pas moi. Eh bien, maintenant, qu'il se débrouille ! Désormais, ce sera avec George Carlson que je travaillerai.

Cette intransigeance avait surpris Eddie et alors déjà il avait eu des doutes sur ses motivations profondes.

— Je suppose que tu te rends compte de ce que cela signifie pour moi ? avait-il déclaré en grimaçant.

— Pour toi ?

Paul avait feint de s'étonner.

— L'élection de cette nuit, avait précisé Eddie à contrecœur. Sam m'avait promis de soutenir ma candidature à la présidence du Club. A ton avis, que pensestu qu'il va faire maintenant ?

Paul ne lui avait pas répondu.

Eddie leva les yeux. Les deux aviateurs étaient toujours là et une soudaine vague de nostalgie l'envahit. Les uniformes avaient changé, mais les hommes qui les portaient étaient toujours aussi solitaires. Il ne connaissait que trop cette solitude, mais il avait franchi ce cap. La roue de la vie avait tourné. Il était venu à Emerald City, s'y était forgé un nom et une réputation... qui lui avaient été ravis. Et son enquête ne lui avait rien appris. Il n'était pas plus avancé que la veille, quand il était sorti de prison.

Dehors, la nuit était tombée. Les deux aviateurs payèrent leurs consommations, descendirent de leurs tabourets et se dirigèrent vers la gare routière d'où provenait un bruit de moteurs et de gens qui s'interpellaient. Des gens qui partaient en voyage... Un enfant cria.

— Papa, voilà notre car ! Papa !

Brusquement, Eddie se redressa. Ce cri, les deux bouteilles vertes... Une nouvelle fenêtre venait de s'ouvrir.

Cela s'était passé dehors, dans la ruelle voisine. Un an plus tôt, au cours de cette nuit où son destin avait basculé, il était venu là, dans ce bar.

D'une main tremblante, il paya ses deux bières et sortit sur le trottoir. Cette nuit-là, il y avait eu un cri également.

— Attention ! Il a un couteau !

D'un seul coup, la scène s'illumina dans sa tête. Une bagarre entre deux bandes rivales. Des blousons de cuir noirs, des casques de moto... Une lame de poignard avait étincelé et il se revit se précipitant, saisissant le poignet du jeune voyou, le tordant jusqu'à ce que l'arme tombe dans le caniveau. Puis il avait tourné la tête et, dans un éclair, il avait eu juste le temps d'apercevoir la bouteille de bière avant qu'elle ne lui fracasse le crâne.

Machinalement, sa main se porta à sa tempe. La cicatrice n'était plus sensible, mais le souvenir de la douleur était encore vivace dans son esprit. Il regarda autour de lui, un peu hébété. La ruelle était déserte et aucun débris de verre ne jonchait le sol. Au bout d'un an, il savait enfin où et de quelle manière il avait été frappé à la tête le soir où Sam Nickols était mort.

Mais que s'était-il passé ensuite ? Il était encore loin de l'endroit où Paul avait garé la voiture du Dr Huston.

Comme un somnambule, il se dirigea vers le parking où il avait laissé sa Ford.

A 8 heures, Hilda appela de nouveau le bureau de Paul. Il était rentré. Non, il n'avait pas vu Eddie, et n'avait aucune nouvelle de lui... Oui, il avait parlé avec Mme Nickols... Non, il ne pouvait pas quitter son bureau pour le moment... Pourquoi ? Parce qu'il avait une lettre importante à taper. Une lettre qui devait partir le soir même... Que ferait-il si Eddie venait à son bureau ? Oh, rien sans doute. Ils bavarderaient un moment et il le lui renverrait.

— Et s'il a bu ? protesta Hilda. Tu sais bien qu'il lui suffit d'une bière ou deux pour perdre sa maîtrise de soi.

— Ne t'inquiète pas pour moi, la rassura Paul. Dès

que j'aurai fini ici, j'irai te rejoindre et nous le chercherons ensemble. Il ne doit pas être bien loin.

Hilda reposa le combiné sur sa fourche. Autour d'elle, le hall, la maison, étaient silencieux. Un silence lourd et chargé de menaces. Les minutes passèrent, lentement, puis, soudain, elle fut incapable de supporter plus longtemps cette attente. A la hâte, elle jeta un châle sur ses épaules et sortit. Dehors, elle n'hésita qu'une fraction de seconde avant de se diriger en courant presque vers la grand-rue...

Paul Fenton. Ce nom était devenu une obsession pour Eddie. Il résonnait sans cesse dans sa tête et ses trois syllabes maudites avaient réveillé la douleur de sa blessure à la tempe. Le temps semblait avoir fait un bond en arrière. C'était de nouveau la nuit des élections au Club des Cent.

Paul Fenton. Un nom qui l'attirait comme un aimant, un aimant dont la force magnétique était la haine. Pourquoi le haïssait-il autant ? A cause de l'année qu'il venait de passer en prison ? Non, remontant le cours du temps, il n'avait pas encore été jugé, pas encore été condamné... Il n'était pas allé au dîner du Club des Cent, parce que Paul avait trouvé un moyen détourné de se venger. Hilda n'avait pas voulu de lui ? Elle avait préféré Eddie ? Eh bien, celui-ci resterait toujours son inférieur, son obligé et, surtout, il n'obtiendrait jamais la présidence du Club des Cent, cette présidence qui aurait pu en faire son égal !

Paul Fenton. En arrivant à la grand-rue, Eddie tourna à gauche. Inconsciemment, il refaisait le trajet qu'il avait parcouru un an plus tôt. Il était moins tard, mais comme c'était dimanche, Emerald City était tout aussi déserte. Il roula lentement, jusqu'à ce qu'il aperçoive la lumière à l'intérieur du bureau. Paul était là ! Il s'arrêta le long du trottoir et attendit, les doigts crispés sur le volant. Dix minutes passèrent, un quart d'heure, puis, enfin, la lumière s'éteignit dans le bureau ; quelques instants plus tard, Paul sortit.

Il ferma la porte de l'agence et, après une fraction de

seconde d'hésitation, se mit en marche dans la direction opposée à celle où se trouvait Eddie. Il tenait quelque chose à la main — une lettre. Au coin de la prochaine rue, il traverserait pour la mettre dans la boîte de la poste principale.

La grand-rue était déserte et sombre...

Eddie avait éteint ses phares, mais n'avait pas coupé son moteur. Lentement, la Ford décolla du trottoir.

Paul venait de s'arrêter au passage clouté. Il regarda à droite et à gauche avant de traverser, mais ne vit pas la masse noire de la Ford. Eddie n'avait plus qu'à peser à fond sur la pédale de l'accélérateur...

— Eddie... Non ! Paul... Attention !

Eddie entendit le cri de Hilda avant même d'avoir vu sa silhouette au milieu de la chaussée. Il freina désespérément et, Dieu merci, la Ford s'arrêta à temps. A quelques centimètres seulement de la jeune femme.

Frappé de plein fouet par la vérité, Eddie se laissa retomber en arrière dans son siège, les yeux fermés, le corps agité par un tremblement irrépressible. Il savait désormais comment il avait tué Sam Nickols un an plus tôt.

Paul rouvrit la porte de son agence et, soutenu par Hilda, Eddie entra derrière lui dans le bureau. Il n'était pas blessé et il n'était plus ivre, mais jamais, de toute sa vie, il n'avait eu aussi peur.

Eddie n'était pas un lâche. Il l'avait prouvé en Corée, mais comment lutter contre un ennemi qui se trouve à l'intérieur de vous-même ?

Il leva vers Hilda un regard désemparé.

— Tu savais la vérité, n'est-ce pas ? questionna-t-il à voix basse.

— J'ai essayé de te convaincre d'oublier, répondit-elle doucement.

— Tu savais que j'avais assassiné Sam Nickols ?

— Non, Eddie, protesta-t-elle. C'était un accident...

Il secoua la tête.

— Je l'ai tué volontairement. Je me suis souvenu de la scène voici quelques secondes à peine. Je descendais la grand-rue, qui était sombre et déserte comme ce soir. J'ai vu quelqu'un sortir de l'agence. J'ai cru que c'était Paul. J'ai voulu le tuer.

— Eddie...

— J'ai voulu le tuer, répéta-t-il avec obstination. La voiture de ton père était garée devant moi, le long du trottoir... J'ai écrasé Sam délibérément, Hilda. Je voulais tuer Paul.

Eddie tourna la tête vers Paul. Tout comme la jeune femme, celui-ci n'avait rien ignoré de la vérité. Il avait probablement assisté à la scène tragique depuis la fenêtre de son bureau, mais s'était abstenu de témoigner. Pourquoi ? Par pure bonté d'âme ou bien parce qu'il haïssait Eddie et savait que cette haine qu'ils se portaient l'un à l'autre avait contribué à se débarrasser de Sam ? Derrière Paul, il vit son nom et le sien à l'envers sur la vitrine. Associés. Ils étaient associés désormais. S'il s'agissait d'une plaisanterie, elle avait quelque chose de sinistre.

— Pourquoi Sam était-il venu te voir à l'agence ? questionna-t-il.

— Il te cherchait, répondit Paul.

— Moi ? Pourquoi ?

— Pour t'annoncer que tu venais d'être élu président du Club des Cent.

Who Has Been Sitting in my Chair ?
Traduction de Louis de Pierrefeu.

Coucou, la revoilà !

par

RICHARD DEMING

Le premier appel eut lieu juste avant 11 heures du soir, un lundi maussade de février. Quand la sonnerie retentit, Martha Pruett était prête à se mettre au lit. Assise en robe de chambre devant la cheminée, Hô Chi Minh ronronnant sur ses genoux, elle regardait les dernières braises s'éteindre et buvait à petites gorgées la tasse de lait chaud qui l'aiderait à s'endormir.

Lorsqu'elle se leva pour répondre, Hô Chi Minh protesta avec énergie, en siamois bien sûr… Regimbant toujours, il la suivit néanmoins dans sa chambre où se trouvait le téléphone. Posant sa tasse sur la table de nuit, Martha s'assit au bord du lit. Après un dernier commentaire, le chat vint se frotter contre la jambe de Martha qui se mit à le caresser doucement. Elle décrocha le combiné :

— Allô ?

Il y eut une sorte de flottement puis une femme, à la voix rauque mais plaisante, répondit :

— J'ai trouvé votre numéro dans les petites annonces du journal.

Martha Pruett ne fut pas surprise : aucune de ses amies ne l'aurait appelée à cette heure tardive. L'annonce à laquelle se référait son interlocutrice était publiée quotidiennement et disait : « S.O.S. SUICIDE. Vingt-quatre heures sur vingt-quatre. Confidentiel. Gratuit. Appeler le 648 2444. » Il ne s'agissait pas du numéro personnel de Martha : c'était simplement celui d'un central téléphonique auquel aboutissaient tous les appels, et qui les relayait automatiquement sur le numéro de la personne de garde ce jour-là.

— Vous êtes à S.O.S. Suicide, puis-je faire quelque chose pour vous ? demanda Martha d'un ton amical.

Un moment passa avant que la femme se manifeste à nouveau :

— Je ne sais pas pourquoi j'ai appelé. Je n'ai pas... enfin... je veux dire que je ne pense pas vraiment à me donner la mort. J'ai le cafard, c'est tout. Je voulais seulement parler à quelqu'un...

Martha conclut sur-le-champ que son interlocutrice faisait partie de ceux qui, assez rares, refusaient d'admettre leurs tendances suicidaires. Ce qui, généralement, n'était pas le cas de la plupart des candidats au suicide. Il y a bien longtemps que s'est révélé faux le vieil adage selon lequel les gens qui menacent de se suicider ne le font jamais. Dans de nombreux cas, les personnes qui en finissent avec la vie ont un long historique de menaces répétées de le faire. Il est également vrai que d'autres se suicident sans avoir jamais donné le moindre avertissement. Le seul fait que cette femme eût appelé S.O.S. Suicide signifiait que l'idée de se donner la mort ne lui était pas étrangère.

— Mais je suis ici pour ça : parler aux gens. Dites-moi ce qui ne va pas.

— Oh ! toutes sortes de choses...

Puis après un long silence :

— Vous n'essayez pas de localiser les appels, par hasard ?

— Certes, non... les gens cesseraient de nous appeler si nous le faisions. Il est évident que nous préférons savoir à qui nous parlons, mais nous ne forçons personne. Si vous souhaitez rester anonyme, vous en avez tout à fait le droit. Néanmoins, si vous me donnez votre nom, je peux vous assurer que cette information restera strictement entre nous. Ne soyez pas inquiète, je n'enverrai pas la police vous emmener de force à l'hôpital. Je suis là uniquement pour vous aider et, à moins d'avoir votre consentement, je ne contacterai jamais personne en votre nom.

— Vous êtes gentille. Qui êtes-vous ?

C'était une question que Martha avait dû parer en de nombreuses occasions. Les volontaires de S.O.S. Suicide avaient pour instruction de ne jamais révéler leur identité, de façon à éviter toute possibilité de contact particulier par des personnes émotionnellement instables. Donner son nom à tort et à travers à des êtres sous l'emprise d'une grave crise émotionnelle n'aurait pas été sage dans bien des cas, mais cela serait devenu particulièrement déraisonnable de la part d'une vieille demoiselle de près de soixante ans, pesant cinquante kilos à peine et vivant seule, exception faite d'un chat siamois.

— Je suis l'une des nombreuses personnes qui consacrent une partie de leur temps à cette tâche. Il est plus important de savoir qui vous êtes.

— N'avez-vous pas de nom ?

— Si, bien sûr, je m'appelle Martha.

C'était tout ce qui était permis lorsqu'un correspondant devenait trop pressant ; une plus grande insistance se heurterait à une explication ferme mais polie de la raison pour laquelle aucun membre de l'association n'avait le droit de donner son nom. Heureusement, la femme n'alla pas plus loin dans ses questions et, après un moment, elle ajouta même :

— Je m'appelle Janet.

Martha se demanda si elle devait essayer tout de suite de lui faire dire son nom mais décida que trop de précipitation risquait d'altérer le climat de confiance qui semblait s'établir entre elles. Elle dit donc :

— Je suis très heureuse d'avoir fait votre connaissance, Janet. Quel âge avez-vous ? Vous me semblez bien jeune...

— Pas tant que ça, j'ai trente-deux ans.

— Vous savez, comparé à moi, c'est encore très jeune. Vous êtes mariée ?

— Oui. Depuis presque dix ans.

— Votre mari est avec vous ?

Tenter de savoir si quelqu'un se trouvait au même endroit que le correspondant faisait partie de la procédure habituelle.

— Non. Le lundi, il va au bowling et ne rentre jamais avant minuit.

— Vous avez des enfants ?

— Non. J'ai fait deux fausses couches.

La voix n'exprimait aucun regret. C'était simplement la constatation d'un fait.

— Vous êtes donc seule chez vous en ce moment ?

— Oui.

Martha ne dit rien pendant quelques secondes avant de demander doucement :

— Janet, vous ne voulez toujours pas me dire votre nom ?

Un long moment s'écoula avant que, indécise, la jeune femme se décide à parler :

— Je suis obligée ?

La devinant sur le point de raccrocher, Martha dit aussitôt :

— Non... bien sûr que non !

Elle laissa passer encore quelques secondes avant de poser une nouvelle question :

— Quel métier fait votre mari ?

— Il exerce une profession libérale.

Accoutumée à discerner la moindre altération dans le ton de ses interlocuteurs, Martha saisit le changement imperceptible qui s'opérait chez la jeune femme : elle était sur ses gardes ; elle avait peur, par ses réponses, de révéler son identité. Immédiatement, Martha se lança dans une autre voie :

— Est-ce à cause d'ennuis avec votre mari que vous avez appelé, Janet ?

— Oh ! non ! Fred est un mari adorable. C'est seulement... toutes sortes de choses en général.

Martha nota que le mari s'appelait Fred. Aussitôt après, le hasard lui fournit un autre renseignement ;

dans le lointain, elle entendit : « Coucou, coucou ! » suivi d'un carillon qui sonna onze fois puis, à nouveau, « Coucou, coucou ! »

Les bruits de fond donnaient souvent des indications quant à la provenance des appels. Les bruits extérieurs, tels que circulation automobile ou ferroviaire étaient généralement plus utiles que les bruits intérieurs, mais une pendule à coucou munie d'un carillon était suffisamment rare pour qu'il soit possible d'identifier une maison ou un appartement si, grâce à d'autres indices, on pouvait délimiter la situation probable à un secteur particulier. Martha avait pris l'habitude de classer mentalement le moindre détail qu'elle pouvait grappiller. Elle demanda :

— Janet, qu'est-ce qui ne va pas... en particulier ?

— Oh ! ça semble bien moins important maintenant que lorsque j'ai décidé de vous téléphoner. Parler avec vous m'a fait du bien. Si j'ai encore le cafard, est-ce que je peux vous rappeler ?

— Ce ne sera peut-être pas moi qui répondrai, mais il y a quelqu'un de disponible vingt-quatre heures sur vingt-quatre.

— Ah ! bon...

Martha nota la déception dans la voix.

— Quand êtes-vous de garde ? C'est à vous que je veux parler.

— Seulement le lundi et le mercredi, de 8 heures du soir au lendemain matin 8 heures.

— Bon, alors il faudra que j'essaie de m'arranger pour n'avoir le cafard que le lundi ou le mercredi soir ! lança la jeune femme, se forçant à une bonne humeur qui sonnait faux. Merci de votre patience, Martha.

— Je suis heureuse d'avoir pu vous être utile. Etes-vous certaine que ça va aller maintenant ?

— Oui, ne vous inquiétez pas. Vous m'avez beaucoup aidée. Merci encore.

Elle avait raccroché.

Le lait ayant refroidi, Martha alla vider sa tasse dans le bol de Hô Chi Minh, puis elle retourna se coucher.

Le second appel eut lieu à minuit juste le mercredi suivant. Martha dormait depuis une heure et la sonnerie du téléphone la tira d'un profond sommeil.

Quand elle alluma sa lampe de chevet et porta l'écouteur à son oreille elle entendit, dans le lointain mais distinctement, le carillon sonnant minuit. Elle attendit que retentisse le « Coucou, coucou ! » final avant de dire « Allô ? »

— Martha ?

Hésitante, c'était la même voix rauque.

— Oui, Janet.

— Oh ! vous m'avez reconnue ! fit la jeune femme, légèrement surprise. Je pensais qu'avec tous les appels que vous devez recevoir, vous ne vous souviendriez plus de moi.

— Si. Je me souviens de vous. Alors, vous avez encore le cafard ?

— Terriblement.

Martha entendit un sanglot étouffé et la voix qui se brisait :

— Martha… lundi… je… je vous ai menti.

— A quel sujet ?

— Quand j'ai dit que je n'avais jamais pensé à me donner la mort. Ce n'est pas vrai… j'y pense tout le temps. Je ne sais plus quoi faire…

— Janet, votre mari est-il là ce soir ?

— Non. Il est au Congrès National des…

Elle coupa brusquement :

— Je suis seule.

Congrès National de quoi ? se demandait Martha. Voilà une chose dont il fallait qu'elle se souvienne… de quel congrès pouvait-il bien s'agir ?

— Janet, n'avez-vous pas dans votre quartier une amie qui pourrait venir passer un moment avec vous ?

— Oh ! non, aucune de mes amies n'est au courant de ce qui m'arrive. Je ne peux pas leur en parler… c'est impossible !

— Que vous arrive-t-il donc, Janet ?

Après un silence qui sembla ne devoir jamais se terminer, la jeune femme chuchota :

— Martha, je n'en ai encore jamais parlé à personne... je suis en train de devenir folle.

— Qu'est-ce qui vous fait croire ça, Janet ?

— Martha, ce n'est pas une impression, c'est une certitude. Je le sais !

La voix brisée par le désespoir elle continua :

— Ecoutez... dans la nuit de dimanche, je me suis levée sans bruit pour aller dans la cuisine chercher un couteau. J'ai repris mes esprits alors que je retournais vers notre chambre, le couteau à la main, prête à poignarder Fred dans son sommeil. C'est pour ça que je vous ai appelée le lendemain soir.

Le cœur de Martha se mit à cogner dans sa poitrine. C'était son premier contact avec un correspondant semblant souffrir de bien plus qu'une névrose aiguë. Là, elle avait affaire à une psychopathe demandant à être traitée avec le plus grand ménagement.

Jusqu'à ce qu'elle prenne sa retraite l'année précédente, à la suite d'un petit héritage, Martha Pruett avait, toute sa vie, occupé l'emploi d'assistante sociale. Sa formation lui avait donné suffisamment de connaissances pour savoir qu'elle n'était pas capable de psychanalyser qui que ce soit en général et quelqu'un au téléphone en particulier. Elle tenait aussi pour certain qu'il était inutile d'essayer de renverser les tendances meurtrières d'un psychopathe. La seule chose sensée à faire était de tenter de convaincre la jeune femme qu'elle devait consulter de toute urgence un spécialiste.

— Dites-moi, Janet, avez-vous déjà parlé de ceci à quelqu'un ?

— Non. Seulement à vous.

— Votre mari... se doute-t-il de quelque chose ?

— Il sait seulement que je l'aime, répondit Janet, la voix pleine de sanglots. C'est pour ça que je veux en finir quand je suis dans mon état normal. Plutôt mourir qu'assassiner l'homme que j'aime...

— Ecoutez-moi bien : ni l'un ni l'autre ne sont

nécessaires, intervint Martha avec fermeté. Si vous m'avez appelée c'est que vous avez besoin d'un conseil, n'est-ce pas ? Etes-vous décidée à en tenir compte ?

— De quoi s'agit-il ? chuchota la jeune femme.

— Vous semblez parfaitement consciente du fait que vous êtes malade mentalement, et tous les psychologues vous diront que ceci est déjà le premier pas vers la guérison. Ce n'est pas toujours le cas, vous savez : lorsqu'on se trouve confronté à une personne mentalement perturbée convaincue qu'elle est tout à fait normale, on peut dire alors que cette personne souffre de graves ennuis psychiatriques.

— N'allez pas me dire que je dois consulter mon médecin de famille, intervint Janet avec lassitude. Il se trouve que c'est mon beau-frère et il est hors de question que je lui parle de tout ceci.

— Il n'est pas nécessaire que votre médecin de famille — ou votre mari d'ailleurs — sache que vous avez décidé d'entreprendre un traitement. Vous pouvez trouver un psychiatre en consultant l'annuaire ou, si vous préférez, je peux vous en recommander un.

Un long moment s'écoula avant que, réticente, la jeune femme demande :

— Il ne dira rien à mon mari ?

— Janet, sachez que les médecins sont liés par le secret professionnel et tout ce qui leur est confié par un patient est strictement confidentiel. Je ne veux pas dire par là que le psychiatre que vous choisirez, quel qu'il soit, ne tentera pas de *vous* convaincre de vous confier à votre mari, mais je peux vous garantir qu'il ne lui dévoilera rien sans votre consentement.

— Vous croyez vraiment que celui dont vous m'avez parlé pourrait m'aider ?

Un faible espoir pointait dans la voix de Janet.

— J'en suis certaine.

— Qui est-ce ?

— Le Dr Albert Manners. Son cabinet se trouve au Centre Médical Urbain. Je n'ai jamais eu avec lui de relations de patient à docteur mais je le connais assez bien du fait qu'il était membre du comité de direction d'un bureau d'aide sociale pour lequel j'ai longtemps travaillé autrefois, et je sais qu'il a une excellente réputation. Avez-vous de quoi écrire ?

— Je me souviendrai : Dr Albert Manners, Centre Médical Urbain.

— Vous me promettez de l'appeler dès que possible demain matin, n'est-ce pas ?

— Oui, c'est promis. Merci, Martha...

— Quand votre mari sera-t-il de retour ?

Mais Martha parlait dans le vide : la jeune femme avait déjà raccroché.

Pas du tout satisfaite de sa prestation, Martha se leva et se fit chauffer un peu de lait afin de pouvoir se rendormir. Elle aurait dû arriver à lui faire dire son nom. Si jamais la jeune femme assassinait son mari ou se donnait la mort, Martha aurait l'une ou l'autre de ces tragédies sur la conscience, sachant que le drame aurait pu être évité si elle s'était montrée suffisamment efficace pour découvrir l'identité de son interlocutrice et prévenir son mari.

Le troisième et dernier appel eut lieu quelques minutes avant 9 heures le lundi suivant. Lorsque Martha décrocha le combiné, elle ne reconnut pas tout de suite la voix pâteuse qui s'exprimait d'une façon presque incompréhensible :

— C's' trop tard. Pouvais plus attendre. C's' trop tard...

Puis elle discerna la nuance rauque qu'elle n'avait pas oubliée :

— Janet ?

— Ouais. 'lô Martha.

— Janet ! Que vous arrive-t-il ?

— C's' trop tard. Pouvais plus attendre.

— Attendre quoi ?

— Rendez-vous. Dr Manners. J' l'aurais tué ce soir... rentré du bowling... c'est mieux comme ça...

— Janet ! intervint sèchement Martha, dites-moi ce que vous avez pris !

— Direz à Fred… je l'ai fait pour lui, implora Janet avec de plus en plus de difficulté. Direz… que je l'aime…

— Janet ! Où puis-je le joindre ? s'obstinait Martha, éperdue. Où est-il ?

— Wapiti Bowling Club. Dites-lui… dites-lui…

Un silence de mauvais augure s'installa.

« Coucou ! coucou ! », la sonnerie du carillon, et enfin « Coucou ! coucou ! » — c'est tout ce qui répondit à Martha.

— Janet !

Rien. Martha insista, essaya plusieurs fois d'obtenir une réponse de la jeune femme, mais tous ses efforts furent vains.

Cependant, la tonalité n'étant pas revenue, la ligne n'était pas coupée et, bien que n'ayant jamais cherché à percer le mystère des transmissions téléphoniques, Martha avait entendu dire qu'il était possible d'attirer l'attention d'une opératrice au central en appuyant sur la barre du récepteur. Ne pouvant se permettre de prendre le temps d'approfondir ce détail technique, elle procéda immédiatement de la sorte. Dès son deuxième essai, elle fut horrifiée d'entendre le bruit familier de la tonalité. « Au temps pour moi », pensa-t-elle, atterrée. Elle avait définitivement perdu toute possibilité de faire localiser l'appel.

Néanmoins, elle possédait quelques indications qui pouvaient la mettre sur une piste. La plus importante étant que le mari de Janet était au Wapiti Bowling Club. Trouvant facilement le numéro dans l'annuaire, elle appela le club. Après plusieurs sonneries, une voix d'homme se fit entendre : « Allô ! »

— Y a-t-il chez vous, en ce moment, quelqu'un qui connaîtrait le nom de tous les membres du club ? demanda Martha.

— Pardon ? Sûrement pas moi, ma petite dame, je ne suis que le barman, et le maître d'hôtel n'est plus là.

— C'est extrêmement urgent, expliqua Martha. N'y a-t-il personne qui connaisse le nom des joueurs ?

— Attendez un instant, le responsable des équipes est au bar. Je vais voir si je peux vous le passer.

S'étant présentée à Edwin Shay, responsable des équipes, Martha lui expliqua brièvement le rôle qu'elle jouait à S.O.S. Suicide.

— Il faut absolument que je contacte de toute urgence l'un des membres de votre club, conclut-elle. Le problème est que je connais uniquement son prénom : il s'appelle Fred.

— Mademoiselle Pruett, nous avons au club quatorze équipes de cinq hommes chacune... Sans réfléchir, je peux déjà vous en citer trois qui s'appellent Fred, répliqua Edwin Shay quelque peu railleur.

— Sa femme s'appelle Janet, monsieur Shay, et son frère est médecin. Est-ce que cela vous dit quelque chose ?

— Ah, mais oui ! Vous voulez parler de Waters. Il est dentiste.

« Voilà, c'est ça », pensa Martha reprenant courage : ce que la jeune femme avait commencé à dire lorsqu'elle s'était brusquement interrompue le lundi précédent était sans doute « Congrès National des Chirurgiens-Dentistes ».

— A quel endroit joue son équipe ce soir ?

— Au Delmar Bowl. Mais que signifie...

— Je n'ai pas le temps de vous expliquer maintenant. Merci infiniment de votre aide.

Elle raccrocha, chercha le numéro du Delmar Bowl dans l'annuaire et appela. Il lui fallut attendre quelques minutes avant que le Dr Fred Waters arrive au téléphone mais, finalement, une chaude voix masculine se fit entendre :

— Oui, Janet. Qu'y a-t-il ?

— Ce n'est pas votre femme, docteur. Je suis volontaire à S.O.S. Suicide ; il y a une vingtaine de minutes environ, votre femme m'a appelée. Je crois que vous devriez rentrer chez vous immédiatement, je pense qu'elle a avalé des barbituriques, elle est tombée dans le coma alors que j'étais en train de lui parler.

— Quoi ? *Ma* femme dans le coma !

Son exclamation exprimait un étonnement mêlé de frayeur.

— Vous devriez faire vite. Et si vous êtes loin de chez vous, permettez-moi de vous suggérer d'appeler tout de suite une ambulance, elle sera sur place quand vous arriverez.

— Entendu, répondit précipitamment le Dr Waters. Qui est à l'appareil, m'avez-vous dit ?

— Mlle Martha Pruett. Voulez-vous avoir la gentillesse de prendre mon numéro de téléphone, j'apprécierais beaucoup que vous me rappeliez pour me tenir au courant.

— Oui, certainement mademoiselle Pruett.

Martha épela son numéro.

— Noté, fit le dentiste. Merci d'avoir appelé.

Suivit une période d'attente interminable. Martha était trop angoissée pour que la télévision, ou même un livre, retienne son attention. Pour tuer le temps, elle brossa Hô Chi Minh, se brossa les cheveux, se fit les ongles et, désespérant de jamais entendre la sonnerie du téléphone, finit par se vernir également les ongles des orteils.

Deux heures s'écoulèrent ainsi et, ne sachant plus comment s'occuper, elle allait se mettre à épousseter le salon, qui n'en avait nul besoin, lorsque, à 11 h 30, la sonnerie retentit.

Découragé par la nervosité de Martha, Hô Chi Minh avait renoncé depuis longtemps à s'installer sur les genoux de cette dernière et s'était réfugié au beau milieu du tapis du salon. Ce qui le plaçait exactement entre la chaise qu'occupait sa maîtresse et la porte de la chambre, de telle sorte que lorsque Martha se précipita droit sur lui en s'élançant pour répondre au téléphone, il s'enfuit vers la cuisine sans demander son reste.

— Oui ? questionna Martha dans un souffle.

— Mademoiselle Pruett ?

C'était une voix masculine qu'elle ne connaissait pas.

— Oui.

— Inspecteur Herman Abell, mademoiselle. N'étant pas en état de le faire, le Dr Waters m'a demandé de vous appeler. Vous êtes membre de S.O.S. Suicide, n'est-ce pas, et si j'ai bien compris, c'est vous qui l'avez prévenu au sujet de sa femme ?

— C'est exact. Comment va-t-elle ?

— Les secours sont arrivés trop tard. Elle est morte pendant son transfert à l'hôpital.

— Oh ! Non.

— Ce sont malheureusement des choses qui arrivent. Nous devrons attendre le résultat de l'autopsie pour savoir la quantité exacte de comprimés qu'elle a absorbés, mais nous avons retrouvé un flacon vide qui, d'après le Dr Waters, en contenait trois douzaines.

— Quelle tristesse... Elle n'avait que trente-deux ans.

— La connaissiez-vous personnellement ? Je croyais que les membres de votre association devaient rester anonymes dans leurs rapports avec les personnes qui les contactent.

— C'est exact, nous ne révélons jamais notre identité mais, en ce qui la concerne, j'étais arrivée à rassembler un certain nombre d'informations... nous avions déjà eu deux conversations avant celle de ce soir.

— Ah ! bon. Elle n'en était pas à sa première tentative, alors ?

— Je ne sais pas si elle avait déjà tenté de se supprimer, mais il est certain qu'elle pensait au suicide. Si j'avais pu, j'aurais contacté son mari plus tôt, mais il ne m'a jamais été possible de lui faire dire son nom ; je ne connaissais que son prénom. Même ce soir, elle ne m'a rien dit. J'ai fini par découvrir son identité grâce à certaines remarques qui lui avaient échappé au cours de nos conversations précédentes. Je me sens tellement coupable de ne pas avoir réussi à découvrir son nom plus tôt. J'aurais pu la sauver...

— Mademoiselle, vous avez fait ce que vous pouviez. Bien entendu, j'aurai besoin de votre déposition. Quand pouvez-vous passer ?

— Quand vous voudrez ; je suis retraitée, je n'ai donc aucune contrainte horaire.

— Est-ce que 16 heures demain vous conviendrait ?

— Tout à fait.

— Alors présentez-vous à la Brigade criminelle demain à 16 heures. Vous n'aurez qu'à demander l'inspecteur Abell et on vous indiquera le bureau de la Brigade.

— La Brigade criminelle ?

— Vous savez, mademoiselle, nous ne nous occupons pas seulement d'enquêtes relatives à des meurtres. Nous avons sous notre responsabilité un certain nombre d'autres secteurs, et les suicides en font partie.

— Ah ! Entendu, inspecteur. A demain donc.

La photo de Janet que Martha pensait trouver dans le journal du lendemain n'y était pas. Seules quelques lignes en page intérieure signalaient sa mort par absorption de barbituriques et précisaient que, dans l'attente des résultats plus précis de l'enquête, la police considérait l'affaire comme un suicide.

Martha arriva au bureau de la Brigade à 16 heures précises. Agé d'une quarantaine d'années et peu souriant, l'inspecteur Herman Abell était un homme à la carrure imposante. Le Dr Fred Waters aussi était là et, immédiatement, Martha fut très impressionnée. Beau garçon, grand et mince, le dentiste possédait une épaisse chevelure noire ondulée et de magnifiques dents blanches. Il devait avoir environ trente-cinq ans.

A peine quelques minutes après lui avoir été présentée, Martha décida que non seulement il était beau garçon mais que, en plus, il était on ne peut plus charmant. Elle suspectait son instinct maternel latent de l'attirer vers le dentiste mais l'affliction provoquée par la mort de sa femme le rendait particulièrement touchant. La révélation que sa femme eût pensé à l'assassiner à plusieurs reprises, l'avait littéralement pétrifié mais, répondant aux diverses questions de l'inspecteur Abell, il admit néanmoins que sa femme avait eu dans un passé récent quelques crises de profonde dépression. Jamais cependant il n'aurait imaginé quelque chose d'aussi grave.

— Je ne comprends pas, elle a toujours agi comme si elle m'aimait, ne cessait-il de répéter avec une insistance pitoyable.

— Mais elle vous aimait, affirma Martha. Il faut vous en convaincre, docteur ; votre femme était malade.

— Tout ceci me semble assez clair, intervint l'inspecteur Abell. Etes-vous prête à faire votre déposition, mademoiselle Pruett ?

Essayant de ne rien omettre des trois conversations qu'elle avait eues avec la disparue, ni de son entretien avec le responsable des équipes au Wapiti Club, Martha enregistra sa déposition sur magnétophone. Une fois celle-ci retranscrite en double exemplaire, Martha la signa.

Le tout avait pris moins d'une heure. De toute évidence, l'affaire était un suicide et ne semblait donner lieu, pour l'inspecteur, qu'à une enquête de routine. Martha nota néanmoins qu'une extrême minutie n'en était pas pour autant exclue. Par exemple, et ainsi que Janet Waters l'avait dit à Martha d'une manière incohérente lors de son dernier appel, l'inspecteur vérifia par téléphone qu'un rendez-vous avait été effectivement pris avec le psychiatre Albert Manners.

Après avoir été présentée au Dr Fred Waters à son arrivée dans le bureau de la Brigade, Martha, ayant murmuré quelques mots de condoléances, avait reçu, en retour, un remerciement courtois. Avant de partir, elle exprima une nouvelle fois sa compassion au dentiste, qui la remercia d'un sourire empli d'une telle reconnaissance, qu'elle en fut éblouie. Son propre dentiste s'étant retiré depuis peu en Floride, Martha se dit qu'elle devrait essayer le Dr Waters pour ses soins à venir.

Trois mois passèrent avant que sa date de bilan et de

détartrage bi-annuel ne revienne. En mai, donc, Martha appela le cabinet du Dr Waters et la réceptionniste lui donna un rendez-vous à 16 h 30, un vendredi après-midi.

Le cabinet du Dr Waters était à une douzaine de kilomètres de chez elle. Martha évalua mal le temps que lui prendrait le trajet et arriva avec cinq minutes de retard. Ce qui aurait pu être pire si elle n'avait eu la chance de trouver une place pour se garer juste devant la porte de l'immeuble et n'avait monté en courant l'escalier menant au premier étage. Lorsque, essoufflée, elle poussa la porte du bureau de la réceptionniste, il était exactement 5 heures moins 25.

La jeune personne aux cheveux roux qui l'accueillit balaya ses excuses d'un sourire et lui présenta les siennes en échange : le Dr Waters était en retard sur ses rendez-vous et Martha devrait sans doute attendre jusqu'à 5 heures.

— Je serai peut-être obligée de partir avant qu'il vous prenne, continua la jeune fille, s'excusant à nouveau, car je vais passer le week-end à la campagne et je ne veux surtout pas manquer mon train. Si je dois partir avant que vous voyiez le docteur, je vous donnerai votre feuille de soins et vous n'aurez qu'à la lui remettre.

— D'accord, acquiesça Martha en se dirigeant vers un siège.

Sobrement meublée de quelques fauteuils et d'une table basse couverte de magazines, c'était une salle d'attente comme bien d'autres. Sélectionnant une revue avant d'aller s'asseoir, Martha se prépara à attendre. Assise derrière le comptoir courant sur toute la longueur d'un mur, la réceptionniste était plongée dans son travail.

Dix minutes après l'arrivée de Martha, le silence fut brusquement rompu par un « Coucou ! » suivi d'un carillon qui résonna trois fois et enfin un autre « Coucou ! »

Levant les yeux vers la pendule de bois accrochée au

mur, Martha eut juste le temps de voir l'oiseau sortir de sa cachette pour le second « Coucou ! » avant de disparaître à nouveau. Etait-il possible qu'il s'agisse de l'horloge qu'elle avait entendue chaque fois que Janet Waters l'avait appelée ? Le coucou avait alors retenti deux fois avant et deux fois après la sonnerie de l'heure. Celle-ci le faisait peut-être aussi, et le coucou ne chantait-il qu'une seule fois aux quarts d'heure ?

S'éclaircissant la gorge, Martha s'adressa à la réceptionniste :

— Savez-vous si, par hasard, le Dr Waters a chez lui une pendule identique à celle-ci ?

— Je ne pourrais vous dire, mademoiselle. Je ne suis jamais allée chez le Dr Waters. Je ne travaille ici que depuis quinze jours.

— Oh ! Je comprends.

Martha en serait probablement restée là si, après un court silence, la jeune fille n'avait continué :

— C'est possible qu'ils en aient une autre chez eux, et c'est sûrement pour ça qu'ils ont apporté celle-là ici. Franchement, je préférerais qu'elle n'y soit pas... elle me rend folle à sonner tous les quarts d'heure.

— Que voulez-vous dire par *ils l'ont* apportée ici ? demanda Martha avec surprise.

— Le docteur et Mme Waters, après leur mariage.

— Mais... le docteur, n'est-il pas marié depuis dix ans ?

La réceptionniste sourit :

— Je veux parler de son second mariage, mademoiselle Pruett : il s'est remarié voici environ deux semaines. C'est d'ailleurs comme ça que j'ai obtenu cet emploi : Joanne était la réceptionniste qui m'a précédée.

Choquée, Martha l'était quelque peu. Il n'avait même pas attendu un laps de temps décent avant de prendre une nouvelle épouse. *Les hommes !* s'insurgea-t-elle avec mépris. *Après toutes ses démonstrations de douleur...*

— Joanne avait la pendule chez elle et, bien sûr,

quand elle a déménagé pour aller s'installer chez le Dr Waters qui avait un appartement déjà meublé, elle n'a su où mettre toutes ses affaires. Elle a vendu la plupart des choses sauf quelques-unes qu'elle a apportées ici, conclut la jeune fille qui retourna ensuite à son travail.

Les yeux toujours fixés sur la pendule, des idées étonnantes se bousculaient dans la tête de Martha. Et si, au lieu de provenir de chez le Dr Waters tous ces appels étaient venus, en fait, de chez son ex-réceptionniste ? Plus elle y pensait et plus il semblait évident à Martha que ce n'était pas Janet Waters qu'elle avait eue au téléphone ; et le fait même que cette réceptionniste soit devenue la deuxième Mme Waters si rapidement après la mort de la première ajoutait un élément particulièrement inquiétant à toute l'affaire.

Ebranlée par sa découverte, figée sur son siège, ruminant ses idées, Martha fut rappelée à la réalité quand la pendule se fit de nouveau entendre. Cette fois, plus aucun doute n'était permis : le « Coucou ! » avait retenti deux fois avant et deux fois après les cinq coups de l'heure.

Au même moment, la porte du cabinet s'ouvrit sur le Dr Waters raccompagnant un patient.

— Ruby, donnez à M. Curtis un rendez-vous pour la semaine prochaine, voulez-vous ? Ensuite vous pourrez partir, si vous ne voulez pas manquer votre train. Je fermerai.

Se tournant vers Martha, il s'exclama, étonné :

— Oh ! bonjour ! Je ne savais pas que vous étiez mon dernier rendez-vous. Ruby aime me faire des surprises !

A cette remarque, la jeune fille le regarda d'un air interdit, mais s'abstint de tout commentaire et lui tendit simplement une grande carte en disant :

— La feuille de soins de Mlle Pruett, docteur.

Après y avoir jeté un bref coup d'œil, le Dr Waters s'adressa à Martha :

— Désolé de vous avoir fait attendre, mademoiselle Pruett. Entrez, je vous prie.

Martha n'avait esquissé qu'un petit mouvement de tête en réponse aux salutations du dentiste mais personne ne sembla le remarquer. Elle se leva et, un peu raide, le précéda dans son cabinet. Elle s'installa sur le siège, le laissa lui nouer une bavette autour du cou et, obéissante, ouvrit la bouche.

— Très bon, fit le dentiste après un rapide examen. Pour votre âge, vos dents sont parfaitement saines. Je veux dire, corrigea-t-il avec un sourire d'excuse, qu'à n'importe quel âge une telle denture est assez exceptionnelle.

Il se mit au travail. C'était une chance que la nature du traitement dentaire interdise toute conversation, car Martha ne pouvait penser à quoi que ce fût susceptible d'alimenter un entretien quelconque entre elle et le dentiste. Dans le plus grand silence, le temps passa. Bien que cela lui eût paru bien plus long, elle sut que quinze minutes s'étaient écoulées quand la pendule se mit à sonner au quart d'heure.

Quelques secondes plus tard, alors que Martha s'était redressée pour se rincer la bouche, un coup léger fut frappé à la porte qui s'ouvrit presque aussitôt. Une blonde splendide se tenait dans l'embrasure.

— Oh ! excuse-moi, je croyais que ton dernier client était parti, dit-elle d'une voix rauque que Martha aurait reconnue entre mille.

La blonde avait presque refermé la porte sur elle pour aller attendre à l'extérieur lorsque Martha lâcha :

— Vous êtes Joanne, n'est-ce pas ?

S'arrêtant, la jeune femme la regarda, l'air interrogateur. Le Dr Waters, quant à lui, semblait indécis : devait-il oui ou non présenter les deux femmes l'une à l'autre, ou simplement demander à sa femme de l'attendre dehors ?

Toute velléité de décision lui fut retirée par sa patiente qui annonça :

— Je m'appelle Martha. Ne vous souvenez-vous pas de moi, Joanne ?

Le visage de Joanne perdit toute expression. Le Dr Waters pâlit. Repoussant la porte, les lèvres pincées, la jeune femme se mit à examiner Martha.

— Nous sommes-nous déjà rencontrées quelque part ? lui demanda-t-elle d'un ton qui cherchait à donner le change.

Ayant surpris l'expression du visage de Joanne, Martha était certaine que celle-ci avait reconnu sa voix à la seconde où elle-même reconnaissait la sienne. Elle répliqua froidement :

— Seulement au téléphone. Quelle idée remarquable ! Se servir de la bonne foi d'un témoin parfaitement innocent pour arriver à prouver que Janet était une névrosée qui a fini par se suicider, alors que la malheureuse était sans doute tout à fait normale !

Elle regarda le dentiste :

— Comment êtes-vous arrivé à lui faire avaler tous ces comprimés avant d'aller à votre club, docteur ?

Quand elle vit la façon dont les deux autres la dévisageaient, Martha comprit trop tard que son explosion verbale avait été une erreur. Se glissant hors du fauteuil, elle dénoua sa bavette qu'elle posa sur le siège.

— Je crois que je ferais mieux de partir, fit-elle nerveusement.

D'une voix qui ne trahissait aucune émotion, Joanne dit à son mari :

— Une erreur d'anesthésie sur un patient risque de nuire à ta réputation, mais ça ne sera jamais aussi grave qu'un procès en cour d'assises.

Le regard allant de l'une à l'autre, le dentiste était au supplice.

D'un ton belliqueux pour cacher la terreur qui s'emparait d'elle, Martha lança à la jeune femme toujours debout dans l'embrasure de la porte :

— Vous feriez mieux de me laisser passer !

Ignorant cette remarque, Joanne pressait le Dr Waters :

— Tu n'as pas le choix. Ça passera pour un accident. C'est déjà arrivé à d'autres...

Le dentiste se décida si brusquement qu'il prit Martha par surprise. L'attrapant aux épaules, il la replaça sans ménagement sur le fauteuil.

Malgré son âge et sa frêle stature, Martha était aussi vive qu'une anguille, et elle agit comme telle. Se tortillant et lançant des coups de pied, elle réussit par deux fois à échapper aux mains de Waters si bien que, pour la maintenir allongée, celui-ci dut carrément se coucher sur ses jambes. Waters faisant presque le double de son poids, Martha dut renoncer à la lutte.

— Tu sais te servir du gaz, dit le dentiste à sa femme. Mets-lui le masque sur le visage pendant que je la tiens.

Un moment plus tard, un masque caoutchouté de forme conique fut appliqué sur le nez et la bouche de Martha. Elle s'en débarrassa en secouant violemment la tête de droite et de gauche mais Joanne, l'attrapant d'une main sous le menton l'obligea à rester immobile pendant que, de l'autre main, elle remettait fermement le masque en place.

Martha retenait sa respiration. Par son refus de respirer, elle obligeait le gaz à s'échapper de chaque côté du masque et elle en sentait le froid sur ses joues. Elle sentait aussi, juste au niveau de sa bouche et à côté du masque, le pouce de Joanne.

Martha se dit que ses poumons allaient éclater et elle était sur le point de capituler quand, par la porte ouverte, la voix de la réceptionniste, pressée, se fit entendre :

— J'ai oublié mon billet dans le tiroir du bureau, il faut que je...

Un silence, puis :

— Mais, qu'est-ce que...

Le Dr Waters sursauta si violemment qu'il relâcha sa pression sur les épaules et le corps de Martha. Bien que moins marqué, le soubresaut que fit Joanne fut suffisant pour qu'elle desserre un court instant l'étreinte de ses deux mains sur le visage de Martha.

Celle-ci, tournant brusquement la tête de côté mit à profit les dents exceptionnelles que le Dr Waters venait tout juste d'admirer et mordit pratiquement jusqu'à l'os le pouce de sa femme.

Dans un hurlement de douleur, la jeune femme lâcha le masque et s'éloigna du siège en titubant. Ramenant les genoux sur sa poitrine, Martha plaça ses deux pieds sur l'estomac du dentiste et, poussant de toutes ses forces, l'envoya valser de l'autre côté de la pièce où il alla s'étaler, emportant dans sa chute une table couverte d'instruments bien rangés.

Quittant d'un bond le fauteuil, Martha passa à toute allure devant la réceptionniste qui, toujours debout dans l'embrasure de la porte, n'en croyait pas ses yeux. Martha se félicita que le cabinet du dentiste fût au rez-de-chaussée car ses poumons assoiffés d'air la faisaient terriblement souffrir et s'il lui avait fallu dévaler l'escalier, Martha se serait sans doute évanouie. Mais la peur lui donnait des ailes. Elle se retrouva dehors, dans sa voiture et le moteur en marche avant qu'un signe quelconque de poursuite ne se fût manifesté. Au moment où la voiture démarrait en trombe, Martha aperçut dans le rétroviseur, le Dr Waters qui surgissait de l'immeuble.

Elle prit la direction du commissariat de police le plus proche.

The Clock is Cuckoo.
Traduction de Christiane Aubert.

Une voix dans la nuit

par

ROBERT COLBY

De violents orages avaient éclaté les deux dernières nuits et comme ça n'avait pas l'air de très bien marcher quand il pleuvait, nerveux et de mauvaise humeur, il s'était retrouvé prisonnier de lui-même et de la maison vide. Perchée au sommet d'une colline, isolée dans un parc de trois hectares ceinturé de hauts murs, l'élégante maison à colombages était nichée au milieu d'un bosquet d'arbres gigantesques.

Confiné là, maussade, il passait d'une pièce à l'autre, d'un fauteuil à l'autre, feuilletait une revue, regardait la télévision (il y avait un poste dans chaque pièce) ou allait se plonger dans l'eau tiède, sans cesse renouvelée, de la piscine couverte. Malgré le souffle glacé de l'air conditionné qui luttait contre l'humidité dense de cet été finissant, il passa une nuit moite, à se tourner et se retourner dans son lit sans pouvoir trouver le sommeil. Une fois encore, il était aux prises avec ce désir qui le consumait et lui ôtait jusqu'à l'envie de dormir.

Le lundi soir arriva : après une journée de soleil étincelant, le ciel était enfin dégagé. Le lundi, c'était un bon jour. Les gens restaient tranquillement chez eux après le week-end. De bonne heure, il se prépara un rapide dîner avec ce qui restait dans le réfrigérateur. Il y toucha à peine. A 18 h 30, il alla dans le bureau, s'assit devant le téléphone et se frotta les mains. Il jubilait.

Il plaça le gros annuaire devant lui et l'ouvrit au hasard. Son doigt parcourut nonchalamment une colonne, s'arrêta puis reprit lentement sa course : Landrith, Landuf — Landrum ! Landrum, voilà un nom qui sonnait bien. Il y en avait des Landrum : Albert, Bruce, Dewey, Edward… Ed Landrum ? Parfait. Juste ce qu'il fallait. Il écrivit le nom en lettres majuscules sur une feuille de papier, referma l'annuaire, puis l'ouvrit de nouveau au hasard.

Son doigt s'arrêta sur Henderson. Il y avait des tas de Henderson, presque trois colonnes. Dans le doute, mieux vaut commencer par le commencement. Henderson Adrian C., pas question. Henderson Agnès B. (Mme), pas la peine. Et Henderson Alice (Mlle) ? Ça marcherait peut-être avec cette Alice. Il nota le numéro puis le composa.

Ce fut une femme qui répondit. A l'entendre, on lui donnait 80 ans bien tapés. Peut-être la grand-mère

— Allô ! Pourrais-je parler à Alice, s'il vous plaît ?

— Quoi ?

Elle avait oublié son cornet acoustique celle-là ou quoi ?

— Alice. Alice Henderson !

— Oui, c'est moi. Alice.

— Désolé. J'ai dû me tromper de numéro.

Il laissa retomber le combiné. Zéro. Bah, on ne pouvait pas toujours réussir du premier coup. Ça ne lui était même jamais arrivé. De toute façon, plus le gibier se dérobait, plus ça devenait excitant. Les premiers frissons de plaisir venaient avec la chasse. Maintenant, il appelait une dénommée Arline Henderson. Une voix d'homme hargneuse lui répondit, il raccrocha.

Barbara Henderson n'était pas chez elle. Une veinarde, cette Barbara ! Il appela Béatrice. Au bout d'un moment, elle décrocha, aussi avenante qu'une porte de prison. Elle avait une grosse voix vulgaire.

— Béa ? C'est toi, Béa ?

— Ouais. C'est moi. Qui c'est ?

— Je parie que tu devineras jamais.

— Si tu veux jouer, va jouer tout seul !

— Euh, ça fait un bout de temps, Béa. Je n'essaie pas de faire l'intéressant, je voulais juste voir si tu te souvenais encore...

— J'aurais dû m'en douter, coupa-t-elle. C'est Bernie. Pas vrai ?

Il rit tout bas.

— O.K. Tu as gagné. C'est Bernie. Je reconnais que je te prends un peu au dépourvu, Béa, mais je me demandais si par hasard tu ne voudrais pas...

— Ecoute, Bernie, dit-elle d'une voix sourde, dure, tu veux que je te dise ? T'es qu'un pauvre type. Je sors pas avec les pauvres types. Où tu crèches maintenant, Bernie ? Au zoo ? Quel est le numéro de ta cage, au cas où je changerais d'avis ?

Il se racla la gorge.

— Toi au moins, tu as le sens de l'humour, Béa. Ça fait plaisir. Dommage qu'on ne puisse pas s'entendre. Je nous avais mijoté une chouette petite soirée.

Il lui raccrocha au nez.

Les filles comme Béa Henderson, c'étaient des vipères ambulantes, alors que pour ce genre de choses, il fallait en lever une qui soit douce, confiante et pas trop futée. Ses autres appels avortèrent pour une raison ou pour une autre, mais il continua avec les Henderson jusqu'à ce qu'il arrive à Victoria.

— Vicky ? C'est toi, Vicky ?

— Oui, c'est moi Vicky.

Celle-là, elle était jeune. Elle devait avoir dans les trente ans, un peu moins peut-être.

— Ça fait un bout de temps, Vicky.

— Qui est à l'appareil ? demanda-t-elle. Je... Je ne vois pas qui vous êtes.

— Comment ? Et dire qu'il y a quelques années de ça, tu me voyais avec les yeux de l'amour.

— Mince alors ! (Petit rire nerveux.) Vous me mettez dans une situation drôlement délicate.

— Marrant non ?

— Peut-être pour vous, mais… Allez, soyez gentil, dites-moi qui vous êtes, s'il vous plaît.

Quelle gourde ! Ça allait être du gâteau.

— Allons, vas-y, fais un effort. Je vais t'aider un peu. Bill, Joe ou Dave. C'est l'un des trois. Tu n'as qu'à choisir.

Il s'en foutait. Si ça ne marchait pas, il raccrocherait et composerait un autre numéro jusqu'à ce que ça morde. Tôt ou tard…

— Sans rire ? Bill, Joe ou Dave ?

— Je suis sérieux comme un pape.

— Mm, voyons voir. Je connais un ou deux Bill, mais ça ne date pas de longtemps. (Un silence.) Hé, vous ne seriez pas Walter Buckley quand même ?

Ouh la la ! Quel cerveau dans cette petite tête !

— Dis chérie, j'ai dit Bill, Joe ou Dave, où est-ce que tu as vu Walt là-dedans ?

— Je sais bien, dit-elle avec humeur. Son nom vient de me revenir, c'est tout.

— Enfin, je dois reconnaître : tu chauffes. Au fait, qu'est-ce qu'il devient Walt ?

— Walter ? Aux dernières nouvelles, il travaillait chez un avocat conseil et sortait avec cette excitée de Jane Vogel.

— Sans blague ! Jane Vogel ? Tu rigoles ! J'ai jamais pu la sentir, cette fille.

— Moi non plus. J'espère qu'ils se sont mariés tous les deux. Ils vont bien ensemble. Vous êtes marié, vous ?

— Est-ce que je t'appellerais si j'étais encore marié ?

— Mmm. Vous avez été marié alors.

— Divorcé même.

— Bienvenu au club ! (Un long silence.) Je ne connais pas de Joe et je ne connais qu'un seul… Ah, ça y est, j'y suis. Dave Mosby. Vous êtes Dave Mosby !

— Enfin ! J'ai cru que tu n'y arriverais jamais. Comment as-tu pu oublier ?

— Dave, c'est bien toi, Dave ?

— En chair et en os.

— Après tout ce temps !

— Eh oui, beaucoup d'eau a coulé sous les ponts, hein Vicky ?

— Ça fait combien de temps — 5 ans ?

— Plus près de 6.

— Alors, comme ça, Betty et toi, vous avez divorcé.

— Eh, que veux-tu ? C'est la vie.

— Tu savais que Clint et moi, on était divorcés ?

— C'est ce qu'on m'a dit. C'est pour ça que j'ai appelé.

— Comme c'est gentil !

Et maintenant attention, la question banco :

— Alors, qu'est-ce que tu as fait après ton divorce ? Tu es allée t'installer chez une copine ?

— Non. Je me suis loué un petit appartement et j'ai repris un boulot. Ça montre comme Clint a bien soin de moi ! Et toi ? Tu es toujours dans les assurances, chez... chez qui déjà ?

Vite inventer quelque chose.

— J'ai ma propre agence maintenant, Vicky. Enfin presque. Une grosse affaire. (Il tira la feuille de papier à lui.) Un de mes amis, Ed Landrum, un type plein aux as, m'a pris comme associé.

— Super.

— Faut que je te présente Ed. Sa femme et ses enfants aussi.

— Ça serait sympa.

— J'habite chez lui. Il a une grande maison, un vrai château.

— Dis donc ! Et où ça, Dave ? s'enquit-elle.

Quand elles demandaient, il ne pouvait que dire la vérité. Elles posaient rarement la question et, de toute façon, ça n'avait pas d'importance, surtout quand elles vivaient seules.

— Crestview Gardens, dit-il.

— Vrai ? On peut dire que tu te mets bien. Je parie qu'il n'y a pas une maison à moins de 75 000 dollars dans ce quartier.

— 100 000, tu veux dire. Au minimum.

— Et tu y habites ?
— Juste pour quelque temps. Je me remets d'un accident.
— Oh, mon Dieu.
— Une jambe cassée… Triple fracture.
— Pauvre Dave.
— Oh, c'est pas terrible. Ça se ressoude très bien, mais je ne peux toujours pas mettre le nez dehors. Je finis par m'ennuyer. Tu ne viendrais pas me voir, Vicky ? Je te présenterais les Landrum. Tu verrais ce que c'est que le fric, le vrai.
— Oui, j'aimerais bien.
— Viens ce soir, alors. Ed est encore au bureau, je pourrais lui demander de te prendre au passage.
— Ce soir ? C'est que… Je travaille demain, tu sais.
— Juste pour une heure ou deux, histoire de se dire bonjour. Qu'est-ce que tu en penses, Vicky ?
— C'est un peu rapide, Dave, tu ne trouves pas ? Ça fait longtemps qu'on ne s'est pas vus. Je ne sais pas pourquoi, mais tu as l'air changé. Plus mûr… plus vieux.
— Eh, on ne rajeunit pas, Vicky.
— Tu as quel âge maintenant ? Voyons, tu avais…
— J'ai arrêté de compter, tu sais. Et toi, tu as quel âge, Vicky ?
— Tu n'as qu'à rajouter cinq ou six ans.
— Oh, mademoiselle fait sa coquette. Bon, écoute. J'appelle Ed pour voir s'il peut te prendre. Je te rappelle tout de suite, d'accord ?
— Ça ne l'ennuiera pas, tu crois ?
— Ed ? L'ennuyer ? Tu penses. C'est mon meilleur ami. Dans cinq minutes tout sera réglé.
Il raccrocha et attendit trois minutes.
— Ed est d'accord, ça marche, annonça-t-il. Mais, ça ne t'ennuierait pas de l'attendre dans le hall de l'hôtel Winston ? C'est à côté de l'agence. Il enverra un taxi te prendre chez toi à 8 heures pile.
— C'est que…
— Installe-toi près de la réception dans le hall.

— Comment est-ce qu'il saura que c'est moi ?

— Je lui ai fait un joli petit portrait, mais dis-moi toujours ce que tu porteras, je transmettrai.

— Je m'habille ?

— Viens comme tu es, Vicky.

— J'aurai une robe de soie verte avec une ceinture dorée.

— Le taxi passera te prendre à 8 heures. Tu sais, j'ai hâte de te revoir, Vicky !

Dès qu'il eut reposé le combiné, il se mit à ricaner. Impossible de s'en empêcher.

A 7h 55 il attendait dans un coin sombre d'où il pouvait surveiller l'entrée et la réception. C'était vraiment du pile ou face. Parfois, il tombait sur un vrai pou. Dans ce cas, il pouvait toujours laisser la donzelle se tortiller sur son fauteuil et faire marcher le téléphone un autre soir.

Il n'allait jamais les prendre chez elles en personne, ne donnait jamais rendez-vous deux fois de suite au même endroit et appelait toujours le taxi par téléphone. Pourtant, il subsistait un élément de risque qui lui donnait une exquise sensation de danger. C'était ça qui l'excitait.

Vicky Henderson, robe verte et ceinture dorée, arriva à 8 h 10. Elle se tint un moment près de la réception, mais, après avoir jeté un coup d'œil autour d'elle, elle s'assit du bout des fesses sur un fauteuil et s'examina d'un œil critique dans le miroir de son poudrier. La tête légèrement inclinée de côté, elle retoucha son maquillage.

Sa voix n'avait pas menti : elle avait à peine dépassé la trentaine, mais, pour le reste, il s'était trompé du tout au tout. Il avait imaginé une grande blonde, et c'était une petite brune. Elle avait des traits délicats. Un menton fuyant donnait à son visage un air inachevé qui ne manquait pas de charme. Elle avait de grands yeux sérieux et de longs faux cils. Sa bouche fine était bien dessinée, et pour quelqu'un de si petit, elle était étonnamment bien proportionnée.

Il était content. Elle était mieux que beaucoup. Elle ferait parfaitement l'affaire.

Il se dirigea alors droit vers son fauteuil et vint se planter devant elle, avec un petit sourire en coin. Elle laissa retomber le poudrier dans sa pochette et leva les yeux.

— Bonsoir, dit-il. Vous devez être Vicky. Je suis Ed Landrum.

Bien qu'elle se fût vite reprise et eût esquissé un sourire vacillant, elle avait eu un mouvement de recul. C'était toujours comme ça, il ne manquait jamais de leur causer un malaise avec son bon profil auquel ne correspondait pas l'autre sans qu'on sache vraiment pourquoi. On eût dit deux personnes dans un seul visage. Peu de choses l'excitaient autant que de provoquer ce mouvement de recul instinctif, de les voir se raidir comme prêtes à fuir. C'était d'ailleurs peut-être bien ce qu'elles auraient fait, si n'étaient venus à son aide ses manières policées, son élégant costume et l'espoir derrière tout ça de revoir leur Dave Mosby.

— Je suis si contente de faire votre connaissance, Ed, roucoula Vicky. (Elle en rajoutait pour se faire pardonner de sa réaction initiale. Se levant, elle accepta courageusement la main tendue.) C'est si gentil de vous être dérangé pour moi.

— Mais pas du tout. Je ferais n'importe quoi pour ce cher vieux Dave. C'est mon meilleur ami. On y va?

D'une légère pression sur son coude, il l'entraîna rapidement dans la rue. Le crépuscule tombait. Elle était si petite qu'elle devait trottiner pour se maintenir à sa hauteur.

Il s'arrêta devant une Bentley gris perle, étincelante. Pendant qu'elle s'extasiait sur la voiture, il démarra, pressa un bouton, les vitres montèrent. Alors, il régla l'air conditionné.

— C'est fou ce qu'il fait chaud ce soir, dit-elle une minute plus tard. C'est vraiment agréable de se promener dans une voiture aussi fraîche et confortable.

Un sourire éclaira son bon profil. Il accéléra et la

Bentley se faufila silencieusement dans le flot des voitures. Elle n'arrêtait pas de tirer nerveusement sur sa robe et de se tripoter les cheveux.

— Vous connaissez Dave depuis longtemps ?

— J'ai l'impression de l'avoir toujours connu. A vrai dire, ça ne fait que deux ans.

On pouvait raconter n'importe quoi, ces bécasses-là gobaient tout.

— Vous connaissez Betty, bien sûr.

— Oui, oui, bien sûr. C'est dommage. J'aimais bien Betty. Joyce aussi l'aimait bien.

— Joyce ?

— C'est ma femme. Vous allez la voir dans deux minutes.

— Dave m'a dit que vous avez des enfants.

— Oui, Bobby, sept ans, et Gloria, neuf.

— Sept et neuf ans, dit-elle d'un air songeur. Les enfants sont mignons à cet âge.

— Adorables.

Il lui offrit une cigarette mais elle refusa d'un signe de tête. Il appuya sur l'allume-cigare.

— J'avais complètement perdu Dave de vue. Betty et lui ont des enfants ?

— Non.

— Je préfère ça.

— Vraiment ?

Il s'engagea sur le périphérique et se carra confortablement dans son fauteuil. Il se l'était fait faire sur mesure.

— Je veux simplement dire que si deux personnes ne s'entendent plus, c'est toujours mieux si elles n'ont pas d'enfants.

— C'est vrai, dit-il en balayant d'un revers de main des cendres tombées sur son pantalon. Je n'y avais jamais réfléchi.

Il faillit éclater de rire.

S'appuyant contre la portière, elle se mit à le dévisager, le menton dans la paume de la main.

— Vous avez l'air tellement chic, Ed.

— Vous trouvez ?

— Excusez-moi de vous poser la question, mais comment... comment est-ce arrivé ?

— Comment est arrivé quoi ?

— Eh bien... votre visage.

— La plupart des gens n'en parlent pas.

— Oh, pardon, je vous ai fait de la peine.

— Non, non. J'aime les filles qui ont le courage d'en parler.

— Dites-moi, alors.

— Le Viêt-nam. J'étais capitaine, dans l'infanterie. Un éclat d'obus m'a emporté une partie de la figure et du crâne.

— Ils vous ont fait de la chirurgie esthétique...

— Bien sûr, mais il ne leur restait pas grand-chose. Ça a été difficile. Depuis ce temps-là, je n'ai pas eu beaucoup de succès, dit-il en riant amèrement. Surtout avec les femmes — jusqu'au jour où j'ai rencontré Joyce.

— Oh, je ne trouve pas que ce soit si terrible que ça. Vous n'êtes pas...

— Arrêtez vos salades. J'aime pas les menteuses et les hypocrites ! Dites plutôt que j'ai l'air d'un monstre ou alors fermez-la !

Elle avala sa salive.

— Je... je ne voulais pas... je voulais juste...

— C'est ça, vous vouliez juste — mais vous n'y êtes pas très bien arrivée, hein ?

Il tourna la tête vers elle. Une de ses paupières était à demi fermée, ce qui lui donnait un air particulièrement sinistre et malfaisant.

— Il vaudrait peut-être mieux que vous me reconduisiez chez moi, Ed. Vous direz à Dave que ce sera pour une autre fois. D'accord ?

Il ne répondit pas ; pas avant d'être sorti du périphérique et de s'être engagé dans les lacets qui montaient vers Crestview Gardens.

— Je suis désolé, dit-il. (Il n'était pas désolé du tout.) Je me mets parfois en rogne comme ça, tout d'un coup, mais ce n'est rien. Je n'ai rien contre vous, vous savez ?

— Bien sûr, répondit-elle, encore sous le choc.

Quelques instants plus tard, elle se ressaisit :

— Ce n'est pas votre faute, c'est la mienne. Je suis une idiote, c'est tout.

« Ça c'est sûr. En fait d'idiote, tu te poses là », se dit-il.

La route montait en zigzag. Ils arrivèrent enfin devant un grand portail de bois sombre. Il y avait une sorte de gadget sur un poteau. Il y introduisit une carte plastifiée et le portail s'ouvrit pour se refermer aussitôt derrière eux.

— Pratique, dit-elle, admirative.

A partir du portail, le terrain s'élevait en pente douce : c'était une immense pelouse parsemée d'arbustes et de massifs de fleurs où se dressaient çà et là des arbres vénérables. Tout était plongé dans l'ombre. Au sommet de la pente, la longue silhouette fantomatique de la maison se dessinait dans l'obscurité. De loin, avec ses lumières tamisées qui clignotaient à travers les arbres, on aurait dit un bateau voguant dans la nuit.

— Mon Dieu ! s'exclama Vicky. Quel endroit fantastique. C'est si beau et pourtant si — comment dire ? — solitaire... C'est comme si, le portail franchi, on entrait dans un autre monde.

Accaparé par le tumulte de ses propres pensées, il l'entendit à peine — comme si sa voix venait de très loin et que la ligne était mauvaise. Il lança la grosse voiture dans l'allée, l'amena devant l'entrée, freina brutalement, éteignit les phares et coupa le contact.

— Allons-y, dit-il. Dave doit nous attendre.

Passant devant elle, il ouvrit la porte et s'effaça pour la laisser entrer. Puis il referma la porte.

Ils pénétrèrent dans un salon superbe, faiblement éclairé, où régnait une agréable fraîcheur. De lourds rideaux tirés sur des fenêtres hermétiquement fermées rendaient plus palpable le mystérieux silence qui pesait sur la maison.

Il tendit l'oreille.

— Ils doivent être en bas, dans la salle de jeu, avec les enfants, dit-il. En train de regarder la télé, je suppose. Allons voir.

Vicky eut un petit sourire intimidé, puis le suivit vers le fond de la maison. Ils traversèrent une immense cuisine et se dirigèrent vers une porte qui était restée ouverte. De la lumière filtrait d'en bas, jetant une pâle lueur sur un large escalier moquetté qui descendait au sous-sol. Les murs étaient tapissés de couleurs gaies.

— Comme c'est agréable, dit-elle en descendant. Rien à voir avec ces caves lugubres et humides qu'on trouve dans la plupart des maisons.

— Joyce ne veut pas que les enfants jouent et braillent partout, expliqua-t-il, c'est pour ça que j'ai fait insonoriser cette salle de jeu et que j'y ai mis des choses que les enfants ne peuvent ni abîmer ni casser.

— Comment Dave fait-il pour descendre ces marches avec sa jambe dans le plâtre ? demanda-t-elle en jetant un regard pensif par-dessus son épaule.

— Il ne descend pas par là. Il y a un petit ascenseur qui va du sous-sol au grenier.

— Ça doit être drôlement pratique pour lui.

— Mais j'ai pensé qu'un petit étage ne vous ferait pas peur.

« J'ai réponse à tout, hein baby ? » poursuivit-il *in petto*.

Riant sous cape, il longea le corridor, puis s'arrêta devant une porte qu'il ouvrit négligemment. La pièce était éclairée et les voix stridentes de la télévision venaient se superposer à un arrière-fond de musique douce.

Une fois encore, il s'effaça et elle entra. La porte se referma derrière eux avec un petit bruit sec.

Les murs et le plafond étaient couverts de dessins d'enfants aux couleurs vives. Dans la pièce aveugle et déserte, il n'y avait qu'un sofa avec un dessus-de-lit en velours, deux fauteuils en cuir et deux lampadaires. La télévision portative, branchée à fond, dominait la pièce du haut d'une étagère.

Vicky regarda autour d'elle ; sa bouche s'ouvrit légèrement, et ses grands yeux s'emplirent de terreur.

— Mais il n'y a personne ici, lança-t-elle. Où sont-ils tous ? Où est Dave ?

Elle se retourna.

— Ed ? Répondez-moi. Qu'est-ce qui se passe ici ? Mais répondez-moi ! cria-t-elle, éperdue.

Il s'adossa contre la porte et une moitié de son visage eut un curieux petit sourire. Vicky hurla.

Peu après 7 heures, le lendemain soir, les inspecteurs Linwood et Mallick étaient assis chez Mlle Rena Whalen qui habitait juste au-dessus de Vicky Henderson.

— Bon, dit Linwood, reprenons tout à zéro, mademoiselle Whalen. Depuis combien de temps connaissez-vous Vicky Henderson ?

— Ça va faire trois ans, répondit Rena Whalen, une blonde un peu lourde, au visage rond et aux lèvres charnues. Vicky et moi travaillons dans la même boîte et je lui ai trouvé un appartement ici après son divorce.

— Et vous la conduisiez au travail tous les matins dans votre voiture puis la rameniez tous les soirs, c'est bien ça ? demanda Mallick qui prenait des notes.

— Oui, c'est ça. Elle n'a pas de voiture et nous partageons les frais. Ce matin, je suis descendue et j'ai frappé à sa porte comme d'habitude, mais elle n'a pas répondu. Alors, je suis remontée chez moi, et je l'ai appelée au téléphone. Je pensais qu'elle était peut-être sous sa douche. Mais elle n'a pas répondu non plus, alors, je suis partie au bureau.

» J'ai essayé de l'appeler plusieurs fois dans la journée, poursuivit-elle, et puis, à la fin de l'après-midi, j'ai réussi à persuader le gardien d'ouvrir sa porte pour voir s'il ne lui était pas arrivé quelque chose. Tout était en ordre, impeccable, mais pas de Vicky. Elle n'avait même pas couché dans son lit.

— Et ce n'est pas dans ses habitudes de passer la nuit hors de chez elle ? s'enquit Linwood.

— Pas du tout. A vrai dire, ça ne lui est même jamais arrivé depuis que je la connais. Ce n'est pas du tout son genre. C'est une fille bien, vous savez.

— Mais, intervint Mallick, vous saviez qu'elle devait sortir avec ce euh, Dave...

— Mosby, compléta Rena. Sortir n'est pas vraiment le mot. Elle devait juste lui rendre visite. Il ne pouvait pas sortir de chez lui parce qu'il avait une jambe dans le plâtre. Vicky m'a dit qu'il habitait à Crestview Gardens, chez un de ses amis à lui, un type très riche.

— Comment se fait-il que Vicky vous ait raconté tout cela ? demanda Linwood.

— Eh bien, je suis passée chez elle comme ça vers — oh, c'était un peu avant huit heures — et c'est à ce moment-là qu'elle me l'a dit. Elle était tout excitée. Ce Dave, c'était un de ses ex et il venait de lui téléphoner, alors que ça faisait cinq ou six ans qu'elle l'avait perdu de vue.

Linwood demanda :

— Et comment s'appelait le type chez qui ce Mosby était censé habiter ?

— Landrum. Ed Landrum. Je ne me souvenais pas du nom, mais Vicky l'avait noté sur une revue à côté du téléphone. Je l'ai cherché dans l'annuaire et j'ai bel et bien trouvé un Ed Landrum. Alors, je l'ai appelé et je lui ai demandé où était Vicky. « Vicky ? Quelle Vicky ? » il m'a répondu. Il avait l'air de tomber des nues. Il n'a même jamais entendu parler de Vicky Henderson. Qui plus est, il n'habite pas à Crestview Gardens, mais dans la banlieue sud, à Dampville.

Les deux inspecteurs se regardèrent, puis Mallick dit :

— Bien, nous allons y aller et avoir une petite conversation avec M. Ed Landrum. Pendant ce temps, je vais leur demander de prendre tous les renseignements possibles sur ce Dave Mosby.

— Nous repasserons vous voir demain matin, mademoiselle Whalen, ajouta-t-il en se levant.

Rena hocha la tête.

— Alors, qu'est-ce que vous en pensez, monsieur l'inspecteur ?

— Je trouve que ça ressemble beaucoup à une affaire que nous avons eue l'été dernier, dit Mallick ; et qui sait combien d'autres encore, dont nous n'avons jamais rien su parce qu'il n'y avait pas quelqu'un comme vous pour nous alerter et nous fournir des indications.

— Qu'est-ce qui s'est passé l'été dernier ? demanda Rena, la bouche sèche.

— En un mot, répondit Mallick, la fille a pris rendez-vous avec un type au téléphone. Elle est allée le trouver et elle n'est jamais revenue.

Il était de nouveau dans le bureau, devant le téléphone. D'habitude, il laissait s'écouler une semaine ou deux, mais c'était sa dernière soirée et, jusqu'à présent, il avait fait des dizaines de numéros sans succès. A ce rythme, tout l'annuaire allait y passer. En ce moment, il appelait une certaine Mildred Perry. Elle décrocha. Une voix mélodieuse.

— Allô, Millie ? C'est toi, Millie ?

— Oui, c'est moi.

— Devine qui c'est, Millie. Après tout ce temps, tu ne trouveras jamais...

Un peu avant 9 heures, les deux inspecteurs étaient au commissariat. Ils parlaient de l'affaire.

— Ça, c'est la meilleure ! s'exclama Mallick, qui venait d'avoir Chicago au bout du fil. Une fois de plus, ça ne débouche sur rien. C'est comme le coup de l'été dernier. Impossible que Mosby mente, ça fait un an et demi que sa femme et lui sont installés à Chicago. Et les Landrum recevaient hier soir — soirée bridge, d'après eux. Je te parie tout ce que tu veux que leurs invités l'innocenteront ! Ça nous mène où, tout ça ?

— Quelque part du côté de Crestview Gardens, répondit Linwood.

— Arrête, Harry ! Le coup du téléphone, c'est pas vraiment le genre des gens qui habitent Crestview Gardens. Son histoire de Crestview Gardens, c'était pour lui en mettre plein la vue, c'est tout. Après ça, si elle ne mordait pas à l'hameçon...

— Mmouais, peut-être, admit Linwood sans trop y croire. Mais argent ou pas, quand on est cinglé, on est cinglé. Moi, je n'arrive pas à piger cette histoire de Crestview Gardens. Il y a quelque chose qui ne colle pas. Ça ne veut rien dire. On a affaire à un dingue. Il doit appeler d'une cabine.

— Si au moins, il jouait à son petit jeu à longueur d'année, dit Mallick, on aurait peut-être une chance de le coincer. Mais, de toute évidence, il réserve ça pour l'été. Tu en tires une conclusion ?

— Et comment ! répondit Linwood. En hiver, notre oiseau file dans le Sud comme tous les autres fêlés de son espèce.

Pendant que les inspecteurs débattaient du problème, à Crestview Gardens, l'objet de leur conversation se tenait à l'entrée du grand salon silencieux avec Mildred Perry.

— C'est mort ici, dit-il. Ils doivent être en bas, dans la salle de jeu avec les gosses. On va les rejoindre, Millie ?

A l'aube, il remit de l'ordre dans la maison, puis descendit dans la salle de jeu. Il passa la serpillière sur le linoléum, essuya tout méthodiquement, puis inspecta minutieusement tous les coins et recoins de la pièce, allant jusqu'à se mettre à quatre pattes pour regarder sous le sofa et les fauteuils. Bien lui en prit, car sous le sofa, il trouva le poudrier en or de Vicky Henderson. Il s'était ouvert en tombant et il y avait un nuage de poudre sur le sol. Il l'effaça d'un coup de torchon humide et mit le poudrier dans sa poche.

Il sortit et traversa l'immense pelouse qu'une équipe

de jardiniers venait de nettoyer sous sa direction. Il arriva enfin à un bois très épais qu'on avait laissé à l'état sauvage. Sur ce fond de pelouse soignée, ça faisait très bel effet. Il y pénétra, emprunta un pont rustique qui enjambait un ruisseau et continua de marcher jusqu'à ce qu'il parvienne à un endroit où les arbres étaient si nombreux et rapprochés que même le soleil d'été ne parvenait pas à percer leurs branches entremêlées. Il y faisait toujours sombre et froid.

Il se mit à chercher et finit par trouver le rocher pour se repérer. Il compta vingt pas à partir du rocher, s'arrêta et après un examen méticuleux du sol, repoussa quelques feuilles mortes du pied et sortit une petite truelle de sa poche. Avec un sens pervers de l'ordre et de la précision, il enterra le poudrier à sa place exacte.

Avant de se relever, il remit les feuilles en place, puis rempocha la truelle.

— Voilà, Vicky, murmura-t-il, juste au cas où ton mignon petit nez deviendrait luisant.

Quand il sortit des bois, le soleil se dessinait nettement à l'horizon. Dirigeant ses pas vers le portail, il arriva enfin à la petite maison du gardien. Là, il se rasa la moitié droite du visage, prit une bonne douche et déjeuna de bon appétit. Après un coup d'œil à sa montre, il endossa un uniforme gris perle immaculé, ajusta sa casquette à visière devant la glace, eut un demi-sourire désapprobateur et sortit.

Il monta à pas tranquilles vers le garage où quatre voitures attendaient. Il en sortit la longue limousine bleu nuit. Gardien deux mois par an, chauffeur à plein temps ; c'était un boulot comme un autre, mais l'été, quand la « famille », maîtres et domestiques au grand complet, s'embarquait pour l'Europe et la maison de la Côte d'Azur, cette position avait ses petits avantages. Maintenant, l'été était fini ; dans deux heures environ ils seraient tous là et il faudrait reprendre la routine.

En bas, au portail, il freina, se retourna et regarda longuement le bois derrière lui. L'espace d'un instant, il sentit pétiller, monter en lui comme un champagne amer, un curieux sentiment de triomphe ; mais comme il s'éloignait, une voix, venue d'une partie depuis longtemps déconnectée de son être, commença à hurler dans sa tête :

« Faites qu'ils m'arrêtent », criait la voix. « Oh, mon Dieu, faites qu'ils m'arrêtent. »

Voice in the Night.
Traduction de Sylvette Lemerle.

Auto-stop

par

BRUCE HUNSBERGER

La conduite intérieure, d'un modèle peu récent, s'arrêta sur le bas-côté de la route. Les deux adolescents qui faisaient du stop coururent la rejoindre. Le plus âgé, un jeune costaud de dix-huit ans, monta devant pour s'asseoir à côté du conducteur. Son compagnon de dix-sept ans, d'aspect plus fragile, du genre grassouillet, à la chair molle, apparemment mal sorti de l'enfance, s'installa à l'arrière. La voiture redémarra ; les pneus patinèrent un peu, le gravier crissa, puis l'auto se glissa promptement dans le flot du trafic.

— Vous allez où ? s'enquit le conducteur, arborant un jovial sourire sur son visage carré, aux traits rudes.

— A quelques kilomètres d'ici, sur cette route, répondit le jeune costaud. On va danser.

— Vous allez vous payer du bon temps ?

— On compte bien s'envoyer en l'air. (Puis, se tournant vers son copain :) Hein, qu'en dis-tu, Butch ?

— Ouais, en l'air, c'est ça, confirma Butch, avec quelque nervosité.

— Vous vous appelez Butch ? dit le conducteur. Moi, c'est Bill, Bill Williams. Mais dans le temps on m'appelait Butch.

Sans quitter la route des yeux, il tendit sa main ouverte par-dessus le dossier du siège. Butch la toucha, sans plus.

— Et vous, c'est quoi ? demanda-t-il à l'autre garçon.

— Vince.

Ils se serrèrent la main.

Le jour déclinait rapidement ; la nuit n'allait pas tarder à tomber et plusieurs voitures avaient déjà allumé leurs phares. Williams brancha les siens et déclara :

— Vous savez, pour allumer leurs phares, la plupart des gens attendent qu'il fasse si sombre qu'on ne peut pas y voir à deux mètres. Pas moi. Je les allume dès que le soleil commence à s'enfoncer. C'est traître, le crépuscule ; c'est le moment le plus dangereux de la journée. Vous le saviez, ça ?

— Ouais, dit Vince. Quelqu'un m'a dit un jour quelque chose comme ça. Tu le savais, toi, que le crépuscule était dangereux, Butch ?

Pour toute réponse, Butch toussota.

Ils roulèrent sur plusieurs kilomètres, traversant des faubourgs puis retrouvant la campagne. Williams bavardait avec une aimable faconde et les deux garçons entrecoupaient ses propos de répliques brèves, plus ou moins grommelées. Comme ils s'engageaient dans une portion de route bordée de hautes futaies (des pins et des sapins), Vince dit :

— Vous pouvez vous arrêter ici.

— Ici ? fit Williams. Mais voyons, fiston, on ne danse pas par ici. On est au beau milieu de nulle part.

— *Ici,* j'ai dit.

Vince brandissait de la main gauche un stylet, très long et mince. Il l'appuya sèchement contre les côtes de Williams, trouant la veste de sport.

— Comme vous voudrez, dit Williams, écarquillant les yeux en contemplant la redoutable lame, mais ne me faites pas de mal, je vous en prie !

Il alla garer la voiture à l'écart de la route, derrière de hauts buissons.

— Qu'est-ce que vous voulez ? demanda-t-il d'une voix tremblante. C'est la bagnole ? Vous voulez la bagnole ? Vous pouvez la prendre. Tenez, voilà les clefs ! (Il les arracha du contact et les jeta à Vince.) Prenez la bagnole, mais ne me blessez pas, je vous en prie, épargnez-moi !

— On n'en veut pas, de la bagnole, dit Vince, glacial.

— Qu'est-ce que vous voulez alors ?

— Le pied.

— Je ne comprends pas.

— Le pied. Vous savez bien. Vous avez dû lire ça dans les journaux, comme quoi les jeunes aujourd'hui ont de drôles de façon de le prendre, leur pied — en tuant les gens, par exemple. Butch et moi, on a pensé qu'on aimerait tuer quelqu'un rien que pour le plaisir, rien que pour voir l'effet que ça fait. Pas vrai, Butch ?

Butch se contracta sur la banquette arrière, devint rigide et ne répondit pas.

— J'ai dit « pas vrai, Butch ? » proféra Vince d'un ton menaçant, mitraillant du regard son compagnon. Tu vas pas me dire que tu n'as marché que pour mieux me laisser tomber, parce que, ça, je veux pas l'entendre. On va le tuer, ce type, pour le plaisir ; un point c'est tout. Moi *et* toi. Il est trop tard pour caner.

— Ecoutez, plaida Williams, c'est de l'argent ? Vous voulez de l'argent ? Mais oui, vous en voulez sûrement, de l'argent. Pour des jeunes à la coule, comme vous, quelques dollars d'argent de poche, c'est toujours bon à prendre. Je vous le donnerai, mon argent, je...

— On veut pas d'argent, mec, s'esclaffa Vince. Pensez donc, le vieux à Butch, il est pourri de fric. C'est un millionnaire, pas vrai, Butch ? C'est un gros avocat d'affaires ; une vraie vedette par ici. Vous avez dû entendre parler de lui d'ailleurs, non ?

— Ferme-la ! glapit Butch. Ferme-la, tu entends ! Viens pas mêler le nom de mon père à cette histoire ! C'est déjà assez moche que tu aies réussi à m'embringuer dans ce cauchemar !

— Ouais, fit Vince, d'accord, je t'ai un peu poussé, mais à présent tu y es, en plein *dedans !* Alors pas question de faire machine arrière. Tu comprends, ce gus, même si on le laissait filer peinard, il nous causerait tous les emmerdements imaginables.

— Non, non, absolument pas, s'écria Williams. Je ne dirais rien, pas un mot, à personne. Je ne connais même pas vos noms.

— Vous allez me dire que vous ne savez pas que je suis Vince Kline et que, lui, c'est Butch Fetterman, et que son vieux c'est Carl Fetterman, le grand avocat ? Vous le saviez pas, ça ?

— Pourquoi tu lui as dit ça ? (Butch devenait hystérique.) Qu'est-ce qui t'a pris de lui dire ça !

— Je le lui ai dit pour que tu puisses pas te défiler. Maintenant, il sait qui nous sommes et qui est ton père ; et va pas t'imaginer qu'il ira pas le brailler à la ronde si on le laisse filer. Faut qu'on le tue à présent, Butch. On n'a pas le choix.

— Non ! (Williams semblait sur le point de sangloter.) Non, je vous en prie, ne me tuez pas, je vous en supplie !

Vince, secoué d'un petit rire de jubilation, appuya le couteau un peu plus fort contre le flanc de Williams.

— C'est ça, supplie, mec, ricana Vince. Implore qu'on épargne ta minable existence. C'est ça qu'on veut entendre. C'est pour ça qu'on te tue, pour t'entendre supplier et implorer, pour entendre ce que tu diras en sachant que tu vas être découpé en petits morceaux. Par quoi on commence, Butch ? On lui entaille la gorge pour le faire saigner un petit coup, ou bien on lui plonge la lame dans les tripes, deux, trois fois, mettons, pour faire un peu de grabuge à l'intérieur ? Ça devrait être plus douloureux, ça, je parie, hein ?

Butch, le visage enfoui dans les mains, refusant de regarder, se mit à pleurnicher.

— Je veux pas être mêlé à ça ! Je veux pas prendre part à cette saloperie !

— Oh, mais si, tu auras ta part, mon petit pote, rétorqua Vince en riant. Je m'en vais lui couper quelques doigts à titre de souvenirs, et je t'en ferai cadeau d'un, que tu pourras garder dans ta poche comme porte-bonheur. Qu'est-ce t'en dis ?

— Tu es un cinglé, un dingue ! hurla Butch.

— Allons, voyons, c'est-y une façon de parler à un copain ? A un vieux camarade de classe ? Lui dire de vilaines choses comme ça ?

— J'ai de l'argent ! s'écria Williams, éperdu. Je vous donnerai tout mon argent.

— Je t'ai dit qu'on n'en voulait pas, de ton foutu fric ! lança Vince avec une mine de dégoût. Ta vie, tu peux pas l'acheter, mec ; c'est tout comme si t'étais déjà mort ! Fini, terminé, plus rien à attendre à part la souffrance. (Il s'esclaffa.) T'entends ça, Butch ? Plus rien à attendre à part la souffrance !

— Prenez mon argent, je vous en prie, prenez mon argent, je vous en supplie ! Je veux que vous le preniez, psalmodia Williams.

— On l'aura de toute façon quand tu seras parti. (Vince se tourna vers Butch.) Hé, dis donc, c'est une chanson, ça, Butch, « Quand tu seras parti ». Chante-la-nous, Butch ; fais-moi entendre ta jolie voix.

— Prenez mon argent, je vous dis ! Je vous le donne, prenez-le ! brailla Williams.

— Bon, bon, fit Vince. Un mourant a droit à une ultime requête, il paraît. Passe-le-moi donc, ton fric, si tu tiens tant à me le donner.

— Mon portefeuille est dans ma poche intérieure, dit Williams. Il faudrait que vous abaissiez votre couteau une seconde.

Dès que Vince eut, curieusement, accédé à cette demande, Williams plongea la main dans la poche intérieure de sa veste, en extirpa un revolver à canon court et fit feu par trois fois sur l'imprudent Vince, médusé et horrifié. Vince poussa un gémissement, lâcha son couteau, bascula en avant et s'écroula sur le plancher. Relevant la tête, Butch, pâle et défait, vit le canon fumant du revolver braqué vers son visage.

— C'est comme qui dirait un renversement de situation, hein ? déclara Williams, sarcastique.

— Vous n'allez pas me tuer, non ? s'écria Butch.

— Oh ! on va pas recommencer tout ce guignol, lâcha Williams, comme excédé. Ecoute voir, fiston, je n'ai pas l'intention de te tuer. Ton copain, lui, c'est autre chose, il l'a cherché, mais toi, je vois bien que tu t'es laissé piéger dans cette affaire. T'es pas un mauvais gars ; tu t'es laissé aller à avoir de mauvaises fréquentations, c'est tout. N'empêche, tu es dans un sale pétrin. Moi, je suis paré, parce que, ton copain, je l'ai abattu en légitime défense. Mais toi ? Tu es son complice. Dans ce coup monté pour me supprimer, tu es en principe aussi coupable que lui. Pourtant, l'un dans l'autre, tu me plais assez, vois-tu, et ça m'ennuierait beaucoup de te voir plongé dans les pires ennuis. Un micmac de ce genre, ça pourrait te démolir pour toute la vie — et détruire la carrière de ton père, par-dessus le marché. Mais on pourrait peut-être s'arranger, trouver une solution.

— Que voulez-vous dire ?

— Eh bien, vois-tu, il va falloir que j'aille sans délai mettre la police au courant, mais rien ne m'oblige à leur dire qu'il y avait deux garçons impliqués dans l'histoire. Au fond, la menace de me liquider, elle n'était pas vraiment de ton fait, tu n'as pas voulu t'en mêler ; alors, pourquoi devrais-tu en pâtir ?

— Vous voulez dire que vous ne prononcerez pas mon nom ? Vous ne leur direz pas que j'étais dans le coup ? (Butch s'était redressé, tout excité.) Oh, ce serait chic de votre part, ça, monsieur ! Je vous en serais reconnaissant, vous savez, vraiment, et mon père aussi ; il l'apprécierait beaucoup.

— Il l'apprécierait jusqu'à cinquante mille dollars ? Butch en demeura bouche bée.

— Faut voir les choses en face, fiston, dit Williams. Moi, je te fais cadeau de ton avenir ; je te l'offre sur un plateau. Cinquante billets, ça n'est pas trop demander à titre de compensation, non ?

— Il ne marchera pas, déclara Butch.

Williams mit le contact et fit marche arrière pour rejoindre l'autoroute.

— Bon, alors, il ne nous reste plus qu'à aller trouver la police pour l'informer de tout ce pastis.

— Attendez, fit Butch, affolé. On peut toujours essayer de voir ce que mon père va dire. Après tout, il est avocat.

— C'est toi le patron, lâcha Williams, tout sourire. C'est toi qui décides.

Butch lui indiqua l'itinéraire à suivre et quelques minutes plus tard ils remontaient la longue allée bordée de peupliers de la propriété Fetterman, les pneus roulant presque en silence sur le revêtement lisse. Après avoir garé la voiture sous un portique à l'arrière de l'imposante résidence, Williams demanda :

— Il est seul, ton père ?

— Oui. Ma mère n'habite pas avec nous, et les domestiques ont congé ce soir.

Une fois qu'ils furent entrés, Butch dit aussitôt :

— Ecoutez, voilà ce que je propose. Mon père est dans son bureau. Il vaudrait mieux que vous attendiez dans le hall et me laissiez aller seul le trouver pour lui exposer toute l'affaire. Je crois que ce serait mieux comme ça. S'il veut vous parler, je reviendrai vous chercher.

Williams ayant approuvé cette façon de procéder, Butch pénétra dans le bureau. Williams entendit les éclats de voix du père, vibrant de colère, et les supplications du fils implorant sa compréhension. Puis les choses semblèrent se tasser ; il y eut une accalmie. Au bout de quelques minutes, Butch sortit dans le hall et pria Williams de venir dans le bureau.

— Vous vous rendez compte, monsieur Williams, que ce que vous proposez, c'est du chantage ? demanda Carl Fetterman, sombre et sévère.

— Je n'appellerais pas ça comme ça, dit Williams avec le plus grand sérieux. Je parlerais plutôt d'une sorte de balance des paiements. L'avenir de votre fils, c'est difficile à chiffrer en dollars, n'est-ce pas ?

— Si son avenir doit ressembler à son passé, le plus grand service que je pourrais lui rendre serait de le laisser mettre sous les verrous. Une calamité, voilà ce qu'il est, une honte pour moi et pour toute la famille. Il n'est bon à rien ! Il ne vaut strictement rien ! Un vrai vaurien.

Fetterman s'enflammait de plus en plus à mesure qu'il invectivait son fils. Debout, tête baissée, des larmes roulant sur ses joues, le garçon encaissait.

— Et maintenant, c'est le bouquet, le comble — mêlé à une tentative de meurtre. Tu n'as donc plus aucune dignité, mon garçon, plus le moindre sens moral ? Si tu ne sais pas te respecter toi-même, tu pourrais au moins avoir un peu d'égards pour ton père. Je suis un homme public, moi ; j'ai une réputation à maintenir et à défendre.

— C'est bien pourquoi j'ai pensé que ma proposition pourrait être à votre convenance, intervint Williams.

— Mais cinquante mille dollars ! Comment voulez-vous que je trouve une somme pareille en espèces dans un aussi bref délai ?

— Oh, vous devez bien avoir par ici, j'en suis sûr, quelques dollars de trop, en réserve, dit calmement Williams, quelques dollars non déclarés, à l'abri du fisc.

— Mettriez-vous en doute mon intégrité ? rugit Fetterman. M'accusez-vous de fraude fiscale, de tractations malhonnêtes ?

— Je ne suis pas en situation de vous accuser de quoi que ce soit. Je vous signale simplement que, si vous ne me procurez pas cet argent d'ici cinq minutes, j'irai directement trouver la police pour leur raconter ma petite histoire.

— Ah, oui, dit Fetterman, mais à présent mon fils est à la maison, et je suis prêt à jurer qu'il y est resté toute la soirée. Comment l'expliquerez-vous, ça ?

— Je leur dirai la vérité ; que votre fils a dit qu'il voulait d'abord vous parler, et que vous m'avez offert de l'argent pour qu'il ne soit pas impliqué.

— Il ne faut pas le défier, papa, gémit Butch. Il vaudrait mieux aller chercher l'argent et le laisser partir avec. Il ne faut pas le pousser à bout !

— Votre fils a raison, Monsieur Fetterman. Allez donc chercher l'argent.

Fetterman fixa son fils d'un air farouche.

— Je devrais les laisser te flanquer en prison, mais je ne peux pas. C'est bon, j'y vais.

Il sortit du bureau et Butch le suivit. Williams s'assit dans un vaste fauteuil en cuir et pêcha un authentique havane dans le coffret-humidificateur de Fetterman. Après l'avoir allumé avec un superbe briquet en or qui se trouvait à proximité, il fourra le briquet dans sa poche.

— Un petit bonus, gloussa-t-il, tout en levant les pieds pour les poser sur le bureau en acajou massif.

Il était en train de faire des ronds de fumée quand Butch revint avec un sac en papier contenant l'argent.

— Voici l'argent, dit-il. Maintenant, allez-vous-en.

Williams compta les billets, s'empara d'une poignée de cigares et partit. Une fois qu'il eut quitté la propriété et se fut engagé sur l'autoroute, il lâcha :

— Ça va, Vince, tu peux te lever à présent.

Vince se redressa péniblement et s'installa sur le siège.

— Eh bien, mon vieux, y a de quoi attraper des crampes ! Et ce plancher ! Dégueulasse ! Tu la nettoies jamais, ta tire ?

— Avec ce pacson, j'en achèterai une neuve.

— Tu l'as ! (Le visage de Vince s'éclaira.) Fais voir.

Williams lui jeta négligemment le sac en papier ; Vince y plongea les yeux et la main avec délice.

— Formidable ! Alors, ils ont mordu à l'hameçon ; ils ont tout avalé !

— Oui, tu es tombé sur un vrai jobard. Où tu l'as rencontré, ce môme ?

— A l'école. C'est un de ces gosses de riches qui s'imaginent que ça fait « cool » de fréquenter ce qu'on appelle les voyous.

— C'est un vrai palais qu'il possède là, son vieux. Je parie qu'on aurait pu lui faire cracher deux fois plus.

— On peut toujours y retourner, dit Vince.

Williams s'esclaffa.

— C'est une idée, ça, une bonne idée, ma foi. Un de ces jours, peut-être bien.

— Ouais, c'est comme si on avait de l'argent à la banque, pouffa Vince. Hé, dis donc, à propos, rends-moi le feu, tu veux ?

Williams lui passa le revolver.

— Dans un mois, mettons, dit Williams, on pourra se faufiler dans la place et inspecter les lieux. Pour pouvoir mettre la main aussi facilement sur cinquante billets, il doit avoir un tas de fric planqué là, le vieux.

— Bill, demanda Vince, on est près de l'endroit où tu es supposé m'avoir descendu ?

— Effectivement, c'est juste au bout, là. Pourquoi ?

— Je voudrais que tu t'arrêtes. Je peux pas retrouver mon couteau. J'imagine qu'il a dû tomber par la portière quand j'ai fait mon numéro.

Williams donna un coup de volant et la voiture quitta la route.

— Voilà, c'était ici, exactement.

— Coupe les phares et passe-moi la torche, dit Vince en mettant pied à terre.

Williams contourna la voiture par-devant, une lampe de poche à la main. Vince la lui prit, puis appuya le canon du revolver sur la poitrine de Williams.

— Recule-toi un peu, Bill. T'es pas à la bonne distance ; faudrait que tu sois à trois mètres à peu près.

— Qu'est-ce que tu racontes ?

— Je vais te descendre, dit Vince en souriant.

— Avec des cartouches à blanc ? dit Williams. Allez, cessons ce petit jeu et trouve ton couteau.

— Oh, je sais où il est, le couteau. C'est Butch qui l'a. Il s'en sert sur son papa.

Williams se figea.

— Qu'est-ce que tu veux dire ?

— Butch est en train de tuer le cher papa en ce moment même. Alors, quand je t'aurai fait sauter le caisson, je ramènerai ton corps chez Butch pour l'étaler dans le bureau. Tu auras l'air d'avoir tué le vieux et d'avoir été surpris par Butch en plein cambriolage. Naturellement, comme tu t'es précipité sur lui, il a bien fallu qu'il te tue. Et avec ton casier, qui ira mettre sa parole en doute ?

— Avec ton feu ? Ça paraîtra louche !

— C'est le revolver du vieux, ça. Butch l'a pris hier dans son bureau quand on a monté toute cette combine. Butch, vois-tu, il l'aime pas, son vieux, et ça fait des mois qu'il essayait de trouver un moyen pour s'en débarrasser. Tout le problème, c'était de faire passer ça pour un accident ou une agression, de façon qu'il y ait pas de pépins côté succession. Evidemment, il faudra qu'il attende quelques années avant d'être en âge d'hériter du pactole, mais c'est là que les cinquante billets arrivent à point nommé pour l'aider à franchir ces années creuses.

— Et tu m'as roulé dans la farine avec cette histoire d'auto-stop, sale faux jeton ! Tu as échafaudé tout ce scénario avec moi, et pendant ce temps-là tu marchais la main dans la main avec cette petite ordure ! Attends un peu, mon salaud, je vais te casser en deux !

Il bondit pour se jeter sur Vince et celui-ci tira deux coups de feu, l'atteignant par deux fois en pleine poitrine.

— A blanc ? hoqueta Williams, ahuri.

— Non, fit Vince, hilare. Ça ne t'a pas fait cet effet-là, hein ? C'étaient de vraies balles.

Il rattrapa Williams avant qu'il ne tombe et le tira jusqu'à l'arrière de la voiture où il enfila par-dessus lui une housse en plastique avant de le faire basculer dans le coffre et de l'y tasser. Quelques minutes plus tard, il stoppait à l'arrière de la résidence Fetterman, où Butch l'attendait à la porte.

— Tout s'est bien passé, Vince ?

— Au poil, dit Vince. Comme sur des roulettes.

Butch aida Vince à traîner le corps de Williams à travers le hall et à l'intérieur du bureau. Le cadavre du vieil homme était affalé dans le grand fauteuil de cuir ; le long manche luisant du stylet jaillissait de sa poitrine.

Ils enlevèrent la housse en plastique et déposèrent le corps de Williams face contre terre.

— Je vais me débarrasser de cette housse pendant que tu retournes à la bagnole pour ramener l'argent, dit Butch. Et n'oublie pas le revolver. J'en aurai besoin.

Quand ils se retrouvèrent dans le bureau, Butch se livra à une ultime inspection pour vérifier que tout était bien au point : le coffre ouvert, les corps dans la position qui convenait.

— Et l'argent, tu y as pensé ? demanda Vince. On va examiner l'état de ses finances à la loupe, on voudra savoir d'où vient ce trou dans le budget et où l'argent est passé.

— Personne ne sait qu'il l'avait, ce fric, alors comment saurait-on qu'il manque ? Passe-moi donc le feu du vieux maintenant.

— Oh, ouais, j'allais oublier. (Vince tendit le revolver à Butch.) Et ma part, au fait ? Tu vas me la donner maintenant ou plus tard ?

— Maintenant, dit Butch, et il expédia toutes les balles qui restaient dans le ventre de Vince.

— Tu as tiré sur moi !

— Naturellement, dit Butch. Je n'allais pas laisser un petit truand à la flan dans ton genre se balader avec mon fric dans sa poche. Et puis tu aurais été foutu de te poivrer au point de dévoiler le pot aux roses.

Vince s'écroula en avant, la face enfouie dans la moquette. Butch contempla le spectacle offert par le bureau et ne put s'empêcher d'éclater de rire. En fait, il se tordit de rire à tel point qu'il en pleura, et c'est en pleurs, dans cet état délirant, qu'il téléphona à la police.

The Hitchhikers.
Traduction de Philippe Kellerson.

Le pédophobe

par

JAMES HOLDING

Je n'aime pas les mômes. Vous non plus, vous ne les aimeriez pas si vous étiez dans mes bottes ; façon de parler, car, mes godasses, actuellement, c'est du quarante-quatre fillette façon prison.

Jusqu'à cette affaire du Secteur Sud, je m'en accommodais, des mômes. Sans les avoir particulièrement à la bonne, je n'avais rien contre. D'un autre côté, on ne peut pas dire que ça me chagrinait de ne pas en avoir à moi, de ma fabrication, d'autant que je ne suis pas marié.

Passons. Toujours est-il que les mômes étaient loin d'être un de mes sujets de préoccupation ce soir-là, quand le Lieutenant Randall vint m'aborder chez Tasso, où je me trouvais assis au comptoir à côté d'une fille qui s'appelait Sally Ann.

A ce moment-là, je ne savais pas qui il était. Il portait un costume bleu marine, une cravate à raies et une chemise blanche, du genre qui se boutonne du haut en bas. De plus, sa physionomie aimable, son attitude affable, semblaient n'annoncer que bienveillance et compréhension. Personne n'aurait pensé qu'il était flic.

Il l'était, pourtant. Il me le fit savoir d'emblée en exhibant son insigne et me donnant son nom.

— Et vous, vous êtes Andrew Carmichael, n'est-ce pas ? demanda-t-il avec une suave politesse.

— Ouais, répondis-je, automatiquement, sans réfléchir.

Il hocha la tête et posa sur moi, de ses étranges yeux jaunes, un regard apparemment plein de gentillesse et de sympathie.

— Bon, dit-il. En ce cas, si vous vouliez bien venir jusqu'à mon bureau pour avoir un petit entretien avec moi, je vous en saurais gré, monsieur Carmichael. Cela ne vous ennuie pas ?

M'ennuyer ? Etant donné les circonstances, je me demande qui n'aurait pas été ennuyé. Je venais à peine d'entamer mon second cognac ; ma main gauche, sous le comptoir, reposait confortablement sur la cuisse de Sally Ann.

— Maintenant ? demandai-je.

Curieusement, ma voix sortait un peu rauque. Je m'éclaircis la gorge.

— Maintenant, ça serait parfait, dit Randall.

Il se pencha devant moi pour s'adresser à Sally Ann :

— Vous voudrez bien l'excuser pour un moment, mademoiselle ?

Sally Ann écarta ma main de sa cuisse et dit :

— Volontiers. Quoi qu'il ait fait, j'ai rien à y voir. Y a tout juste un quart d'heure que je le connais, ce type.

C'est comme ça. Dès qu'un flic se pointe, fin de la romance.

— Vous désirez terminer votre verre ? dit obligeamment Randall.

Le cognac ne m'intéressait plus.

— Non, fis-je en descendant du tabouret. (Randall me surplombait de sa haute taille.) Je suis à votre disposition, mais j'aimerais quand même savoir de quoi vous voulez me parler.

— Bien sûr, il n'y a pas de raison d'en faire un mystère, dit-il tout en me poussant gentiment vers la sortie.

Devant chez Tasso, une voiture de police stationnait au ras du trottoir. Randall s'empressa d'aller m'ouvrir la porte arrière. Dès que je fus installé, il monta s'asseoir à côté de moi et fit un signe de tête au conducteur en uniforme. La voiture démarra.

— Ce dont nous désirons vous parler, monsieur Carmichael, dit Randall, c'est d'une petite histoire de contrefaçon, de fausse monnaie.

Une histoire de contrefaçon. J'exhalai un long soupir discret, silencieux, et déclarai :

— Je croyais que la contrefaçon, cela concernait la police fédérale, Lieutenant ?

— Effectivement. Sauf que, dans cette affaire, il y a une incidence locale, et c'est de cela que nous nous occupons. Vous voyez ce que je veux dire ?

Je ne voyais rien du tout, mais, à présent, cela n'avait guère d'importance. Dès l'instant où j'avais senti la forte main de Randall se poser sur mon bras, j'avais éprouvé une sensation glacée. Elle commençait seulement à se dissiper. Si c'était une affaire de contrefaçon qui préoccupait Randall, cela me mettait en dehors du coup. J'étais sauvé, et je vais vous dire pourquoi.

J'ai quelques notions sur pas mal de choses. Pour ce qui est des connaissances générales, je me situe plutôt au-dessus de la moyenne, mais en ce qui concerne la contrefaçon, je suis carrément nul. C'est à peine si je sais comment ça s'écrit.

Billets et pièces bidons n'ont jamais eu pour moi le moindre attrait. En fait, l'idée même de fausse monnaie n'a jamais éveillé en moi que de la répugnance. J'aime beaucoup trop le bel et bon argent pour m'intéresser à des ersatz et songer à les utiliser, voire à en fabriquer. C'est pourquoi j'ai poussé un soupir de soulagement dès que le Lieutenant Randall s'est mis à parler de contrefaçon. Si l'on recherchait quelqu'un, ce ne pouvait être moi — pas pour de la contrefaçon.

Si le lieutenant avait parlé de « vol à main armée », alors là, oui, j'aurais pu être inquiet. Parce que sur le vol à main armée, en particulier le braquage de banque, je dois dire que j'en connaissais un bout. Au cours des deux dernières années, j'avais braqué dix-huit succursales de banques sans qu'on ait réussi à mettre la main sur moi et sans que le moindre soupçon soit venu m'effleurer.

Un succès dont j'étais fier. Après tout, un braquage de banque, c'est coton comme boulot ; ça n'est pas à la portée de n'importe qui. Ça exige une minutieuse mise au point, du courage, de l'intelligence, un sens aigu du « timing » — et puis, bien sûr, l'application d'un système. Pour braquer une banque, c'est indispensable, un système ; un système qui tienne compte d'une multitude de menus détails tout en restant simple dans son principe. Ça n'est pas commode ; on doit songer à tous les obstacles éventuels : gardes armés, dispositifs d'alerte silencieux, caméras cachées, patrouilles de police, caissières hystériques, enfin, toute une tripotée de facteurs imprévisibles de ce genre ; sans parler des décisions capitales à prendre, des choix à faire : quelle sera, par exemple, dans la banque visée, la caissière la plus facile à intimider ; quelle sera, précisément, la banque la plus indiquée pour faire le coup, et aussi quel sera le moment le plus favorable de la journée ; et même — ceci peut vous paraître étrange — quelle devra être l'ampleur du butin que vous désirez rafler.

C'est important, ça. En tout cas, ça l'est dans mon système. Moi, je me contente à chaque fois d'une prise relativement modeste. Je m'en suis fait une règle. Le contenu du tiroir d'une seule caissière, c'est tout, rien de plus, rien de moins. C'est rapide, net, sans bavure et sans grande conséquence pour la banque et sa compagnie d'assurances. Quelques centaines de dollars de volés ? Même quelques milliers ? Ça s'oublie vite. C'est de la broutille. On veille à bien protéger la chambre forte où se trouve le gros magot, et l'on n'y pense pour ainsi dire plus !

Vous voyez ce que je veux dire ? Lancez un tas de petits cailloux dans une mare et vous déclencherez quelques rides à la surface, guère plus, mais flanquez-y un gros bloc de deux tonnes et vous verrez la différence !

Mon système, ce que les flics appellent un M.O., était bon, faut reconnaître. Dans la presse locale et à la radio, ça faisait maintenant deux ans qu'on m'avait baptisé le Chuchoteur et qu'on asticotait la police pour qu'elle trouve enfin le moyen de m'alpaguer, jusqu'ici sans résultat, parce que, justement, je prenais bien soin de m'en tenir au lancement des petits cailloux, à une pêche fréquente mais de peu d'ampleur. Ça me convenait parfaitement. Amasser une fortune, ça ne m'intéresse pas. Quelques centaines de dollars par mois, en plus de ma paie régulière, me permettaient de m'offrir à ma guise cognac et pépées genre Sally Ann ; ça me suffisait.

Alors vous comprenez bien qu'entendre le Lieutenant Randall me parler de contrefaçon m'ôtait un grand poids. J'étais donc tout à fait calme et sans inquiétude en m'installant face à lui devant son bureau quelque peu délabré, dans son local plutôt minable au siège de la police. Nonchalamment adossé à ma chaise en bois, l'esprit en repos, j'attendais qu'il ouvre le bal.

Il m'offrit une cigarette que je refusai. Il en alluma une lui-même, se pencha à côté de son bureau pour lâcher l'allumette dans sa corbeille à papier. Sur quoi, il entama la conversation en disant :

— C'est très aimable à vous de vous montrer aussi coopératif, monsieur Carmichael. Je l'apprécie, croyez-moi.

Je haussai les épaules.

— Suis-je en train de coopérer, ou suis-je en état d'arrestation ? M'inculpez-vous de quelque chose, Lieutenant ?

Il eut l'air sincèrement choqué.

— En état d'arrestation ? Inculpé de quelque chose ? Je crains que vous ne m'ayez mal compris.

— Vous avez dit que vous vouliez me parler de contrefaçon, non ?

— Certes. (Il tira une bouffée.) Et c'est bien ce que je vais faire. (Il toussota et m'informa vertueusement qu'il n'avalait pas la fumée.) En ce qui concerne cette histoire de contrefaçon, j'ai reçu ce soir un coup de fil de chez Tasso. On m'annonçait qu'un faux billet avait été refilé au bar ; j'ai donc naturellement fait un saut là-bas pour examiner ça de plus près. Effectivement, quelqu'un avait remis un billet bidon au barman de chez Tasso.

— C'est moche pour Tasso, dis-je. Mais qu'est-ce que j'ai à voir là-dedans ?

Ce micmac commençait à m'insupporter.

— Vous étiez là, n'est-ce pas ? dit-il paisiblement. Assis au bar avec votre jeune amie ?

— Vous le savez bien. Est-ce une excuse pour me faire perdre ma soirée comme ça ?

— Je ne vous « fais » pas perdre votre soirée. (Le Lieutenant prenait un ton offensé.) Je vous ai demandé — poliment — si cela ne vous ennuyait pas de venir ici vous entretenir avec moi, et vous y avez spontanément consenti. S'agit-il de coercition ? Ou de coopération volontaire ?

— Bon, très bien, c'est de la coopération ; mais c'est quand même une fichue perte de temps.

— Voilà donc qui est réglé ; c'est une bonne chose et je m'en réjouis.

— Ouais, faut voir, lâchai-je avec quelque hargne. Faites-moi une fleur, voulez-vous ? Tant que je suis ici, cuisinez-moi donc en vitesse et finissons-en, parce que c'est la dernière coopération que vous obtiendrez de moi, je vous prie de le croire. Vous ne pouvez pas mettre d'honnêtes citoyens sur la sellette et les tarabuster comme s'ils étaient des criminels, vous savez.

Randall eut un sourire en coin.

— Je vais vous apprendre quelque chose, monsieur Carmichael. Les honnêtes citoyens, nous pouvons les tarabuster, comme vous dites, autant qu'il nous plaît. Ce sont les criminels qu'il nous faut traiter avec délicatesse et déférence, avec les plus grands égards. Si vous ne me croyez pas, demandez à la Cour Suprême.

Il écrasa sa cigarette dans un cendrier tout maculé sur son bureau, puis leva les yeux vers moi.

— Le barman de chez Tasso vous a désigné comme étant le client qui lui a remis ce faux billet.

Ça, vraiment, ça me surprenait. Cela me mettait même mal à l'aise. Je récapitulais en esprit mes faits et gestes au cours de ma dégustation interrompue chez Tasso. Je me souvenais d'avoir réglé nos consommations avec un billet de cinquante usagé — le portrait du Président Grant y était tout froissé et taché — et ce billet, il n'avait pu parvenir en ma possession que d'une seule manière.

— Moi ? fis-je, l'air incrédule.

Randall acquiesça de la tête.

— Le barman dit que c'est le seul billet de cinquante qu'il ait touché cette semaine.

Je sais à présent que j'aurais dû admettre l'avoir donné, ce foutu billet ; prétendre que je l'avais gagné dans une partie de dés à la sauvette ou aux courses ou dans quelque autre endroit où l'on n'aurait pu retrouver sa trace. Au lieu de quoi, je commis une grave erreur. Je pris un air amusé, comme si j'étais soulagé, et déclarai :

— Un billet de cinquante ! Alors le barman se goure complètement ; il fait erreur sur la personne. Ça fait bien dix ans que je n'en ai même pas *vus*, des billets de cinquante, Lieutenant ! Comment voulez-vous donc que j'en aie eu un à dépenser ?

Je lâchai une bribe de vérité pour le convaincre.

— Je suis aide-cuisinier dans un restaurant Mac Dougal ouvert toute la nuit ; j'y boulonne dans l'équipe de minuit à huit heures. Vous connaissez beaucoup d'aide-cuisiniers comme moi qui distribuent des billets de cinquante à la ronde ?

— Non, murmura Randall, je ne peux pas dire ça. Pourtant, le barman semblait être sûr que c'est vous qui le lui avez donné ; il prétend s'en souvenir parfaitement.

— Même s'il s'était agi de sa propre grand-mère, il n'aurait pas pu s'en souvenir. Chez Tasso, ce soir, ça fourmillait de monde. Vous avez pu le constater vous-même. C'est sur trois rangs que les consommateurs se pressaient autour du bar. Le barman avait bien trop à faire pour se souvenir de quoi que ce soit.

Randall, apparemment dépité, haussa les épaules.

— Possible, fit-il. En tout cas, c'est pour cela que je vous ai fait venir ici ; pour obtenir des précisions.

— Bien sûr, Lieutenant, dis-je. Je ne vous en veux pas, maintenant que vous vous êtes expliqué. En fait de précisions, si vous voulez le savoir, risquai-je, j'ai réglé nos quatre consommations, à Sally Ann et à moi, avec un billet de cinq dollars et j'ai laissé la moitié de la monnaie au barman comme pourboire.

Je ne manquais pas d'audace en disant ça ; mais après tout, c'était la parole du barman contre la mienne. Sally Ann, elle, ne comptait pas. Quand elle s'imbibait, elle ne prêtait attention à rien si ce n'est à son propre reflet dans la glace derrière le comptoir.

Randall abaissa ses paupières sur ses yeux de chat et poussa un soupir. Je crois bien que c'était la première fois que je les voyais bouger, ces paupières. Une fois les yeux jaunes masqués, son visage revêtait un aspect entièrement différent.

— Bon, eh bien, même si vous ne l'avez pas remis, ce billet, peut-être pourriez-vous m'être encore de quelque utilité, monsieur Carmichael.

— J'essaierai.

— Donnez-moi les noms de toutes les personnes de votre connaissance qui se trouvaient autour du comptoir chez Tasso ce soir. *Quelqu'un* l'a refilé, ce billet bidon, et il faut que je trouve qui c'était. Si seulement vous pouviez me donner ne serait-ce qu'un ou deux noms...

Il s'interrompit, semblant espérer une réponse positive. Je secouai la tête.

— Je ne connaissais personne à part cette fille, Sally Ann, et elle ne m'a même pas dit son nom de famille. Vous savez comment c'est. Vous entrez dans un bar pour prendre un verre et vous demandez à une poupée d'en prendre un avec vous, rien que pour avoir de la compagnie. Peut-être que le barman, lui, pourra vous aider.

— Je l'espère, dit Randall après un autre soupir.

Je me levai.

— Ça va comme ça ? Je peux me retirer à présent ?

Du revers de la main, il eut un geste d'assentiment fort courtois.

— Bien sûr. Mais je vais vous reconduire. C'est le moins que je puisse faire. (Il consulta sa montre.) Je serai libre d'ici cinq minutes environ, si vous voulez bien attendre un peu.

Je n'avais pas la moindre envie d'attendre. Je voulais fuir les yeux jaunes de Randall et sa fausse politesse aussi vite que possible ; en sus de quoi, je n'avais vraiment aucun désir de retourner chez Tasso.

— Laissez donc, merci, dis-je. Je prendrai un taxi.

— A votre aise, comme vous voudrez, susurra-t-il.

Puis son ton se fit brusquement incisif.

— Savez-vous, monsieur Carmichael, que j'attache une importance toute *particulière* à ce billet de cinquante dollars, à ce billet-là très précisément ? Je compte dessus.

— Vous comptez dessus ? Pour quoi faire ?

— Pour me mener tout droit au Chuchoteur, dit Randall.

Je me figeai, pétrifié. Sur le moment, je n'osai même pas tourner la tête, de peur d'entendre craquer mon cou.

— Le Chuchoteur ? Ce braqueur de banques dont les journaux n'arrêtent pas de parler, c'est ça ?

Les mots sortaient avec peine.

— Oui, c'est bien ça, dit Randall. Un petit voleur à la manque qui s'en est tiré dix-huit fois de suite avec une veine insensée.

Non sans effort, je me réinstallai sur ma chaise, me contraignant à prendre une attitude détendue ; mon visage n'exprimait qu'une curiosité mêlée de perplexité. Sans rien laisser paraître de l'effet qu'avait produit l'insulte proférée à l'égard de ma personne et de mon système, je demandai d'un ton détaché :

— Comment un faux billet de cinquante dollars pourrait-il vous mener à un braqueur de banques, Lieutenant ? Pour moi, ça n'a pas de sens.

— Oh, si, d'une certaine façon, étant donné le stratagème un peu tordu que nous essayons en ce moment... en désespoir de cause, pourrait-on dire.

Il pinça les lèvres et fixa son regard sur une toile d'araignée nichée dans une encoignure du plafond. J'attendis qu'il poursuive, en m'efforçant de conserver une apparente sérénité.

— C'est une combine enfantine, finit-il par dire. Enfantine, c'est le mot. Ça ne marchera probablement pas. Il y a peu de chances. D'abord, elle n'a même pas été conçue par un flic, mais par un amateur. Un lecteur candide, plein de zèle et sans complexe, en a suggéré l'idée dans une lettre adressée au président de la dernière banque visitée par le Chuchoteur.

Je gardai le silence, respirant à peine.

— Une idée assez farfelue, enchaîna Randall, mais j'étais prêt à essayer n'importe quoi pour ne plus avoir les journaux sur le dos. (Il m'adressa un regard hésitant.) Comme cela vous a causé quelque désagrément, monsieur Carmichael, j'imagine que vous avez peut-être le droit de savoir de quoi il s'agit — si cela vous intéresse.

— Ça m'intéresse, oui, dis-je. En ville, tout le monde s'y intéresse, au Chuchoteur.

— A qui le dites-vous ! Eh bien, voilà : ce faux billet de cinquante, chez Tasso, c'est une sorte de piège.

Je ressentis comme un souffle glacé sur ma nuque. Je me retournai pour voir si la porte, derrière moi, était ouverte. Elle ne l'était pas.

— Un piège ? répétai-je.

Il inclina la tête.

— D'abord, il faut vous dire qu'à présent nous connaissons somme toute fort bien le M.O. du Chuchoteur.

— Qu'est-ce que c'est, un M.O. ?

Je croyais bon de jouer les ignares.

— Un modus operandi, ou méthode d'opération, si vous voulez. Au cours de chacun de ses hold-up, par exemple, le Chuchoteur détimbre sa voix à l'extrême pour la déguiser. Il opère toujours seul. Il change chaque fois d'aspect. Il ne rafle jamais que le contenu d'un seul tiroir. Il fait son coup vers l'heure du repas, entre midi et une heure, et toujours dans de petites succursales isolées de banlieue, des agences mineures situées dans une aire géographique que ses dix-huit braquages nous ont permis d'assez bien circonscrire. Tout cela, ça fait partie de son M.O. Vous me suivez ?

— Oui, mais pas en ce qui concerne le faux billet de cinquante.

— J'y viens. Une fois que l'on connaît le M.O. habituel du Chuchoteur, on peut plus ou moins devancer sa pensée, n'est-ce pas ? On peut prévoir grosso modo à quelles banques il compte s'attaquer et, ce qui est encore plus important, sur quelle caissière, dans n'importe quelle banque, il est le plus susceptible de braquer son pistolet Woodsman pour la sommer de lui remettre l'argent de son tiroir.

— Là, vous plaisantez ! dis-je.

— Non, pas du tout. Ça fait aussi partie de sa routine. C'est toujours une caissière qu'il agresse, jamais un homme ; et c'est toujours *la plus jolie* de la banque.

Je le fixai avec des yeux ronds. Il me révélait des aspects de mon système dont je n'avais même pas conscience.

— Pourquoi donc la plus jolie caissière ? demandai-je, fasciné.

Randall eut un petit rire.

— Ce type est probablement un peu psychopathe sur les bords et prend son pied en effrayant des jolies filles avec un pétard. Je ne sais trop. En tout cas, nous lui avons tendu ce piège de la fausse monnaie en nous fondant là-dessus.

— Sur ce truc de la jolie caissière ?

— Sur ça, oui, et sur la liste des banques qui pouvaient, d'après nos déductions, faire l'objet de ses prochaines opérations. Dans chacune de ces banques possibles, nous avons donc, tout simplement, choisi la plus jolie caissière, voyez-vous ; ou plutôt la caissière que le Chuchoteur, à en juger par ses précédents choix, trouverait, lui, la plus jolie. Nous lui avons ensuite confectionné un petit paquet de billets qu'elle devait conserver à part et en permanence dans son tiroir. Il s'agissait de quelques billets authentiques de dix et de vingt dollars, parmi lesquels venaient s'insérer deux faux billets de cinquante que nous avions empruntés aux agents du Trésor. Des billets usagés, vous comprenez ; pas maintenus par une bande, non, laissés plus ou moins en vrac dans le tiroir, mais avec interdiction d'y toucher tant que le Chuchoteur ne se serait pas manifesté. Chacune de ces caissières avait également reçu une autre consigne : *si* le Chuchoteur se présentait à son guichet, probablement aux alentours de midi, elle devait, immédiatement et sans discussion, lui remettre tout l'argent de son tiroir — et en particulier, bien entendu, la liasse contenant les deux faux billets. Vous commencez à y voir clair, monsieur Carmichael ?

— Bien sûr, dis-je, la gorge sèche. Ensuite, je suppose, vous avez fait courir le bruit que des faux billets de cinquante dollars circulaient en ville, et vous avez alerté magasins, bars et autres lieux pour qu'on y ouvre l'œil. C'est ça ?

— C'est ça.

— Eh bien ! fis-je. (Je réussis une esquisse de sourire.) C'est donc pour ça que le barman de chez Tasso vous a si vite appelé ce soir ?

— Exact. Ce billet de cinquante qu'on lui a refilé a servi de signal d'alarme. J'ai bien cru que nous le tenions enfin, le Chuchoteur, parce que, dans le butin qu'il a raflé voici deux semaines à l'agence du Secteur Sud de la « Second National », il y avait deux faux billets de cinquante, et celui-ci était l'un d'eux. Aucun doute là-dessus.

Je me sentais mal. *Deux* faux billets de cinquante ; alors, l'autre se trouvait encore dans ma chambre, sous le matelas, dans cet hôtel miteux où j'habitais. Il faut que je file d'ici, me dis-je, saisi de panique, il faut que je retourne chez moi en vitesse, il faut que je le brûle, ce foutu billet, il faut que je quitte la ville...

Le téléphone de Randall se mit à sonner. Il décrocha le combiné et prêta l'oreille à une voix métallique à l'autre bout de la ligne, hochant la tête de temps à autre. Après avoir raccroché, il me déclara :

— Cet appel vous concernait, monsieur Carmichael.

— Moi ? dis-je.

— Deux de mes gars sont allés fouiller votre chambre.

Par son ton, le lieutenant avait presque l'air de s'excuser.

— Et en ce qui concerne ce billet de cinquante, j'ai bien peur que le barman de chez Tasso n'ait pas fait erreur sur la personne, monsieur Carmichael.

Paroles fatales ! Négligemment lâchées, mais fatales quand même. J'accusai le coup. Ma voix grimpa de trois tons.

— Fouiller ma chambre ! hurlai-je.

Randall leva une main lénifiante.

— C'était parfaitement régulier, dit-il. Ils avaient un mandat de perquisition en règle. En fait, nous l'avions depuis un mois, ce mandat, prêt à être utilisé ; il ne restait plus qu'à y inscrire un nom, le vôtre. (Il toussota.) A cet égard, le barman de chez Tasso nous a sortis d'affaire quand il a appelé pour signaler le faux billet. Il connaissait votre nom, semble-t-il, parce qu'un jour, chez Tasso, quelqu'un vous a appelé au téléphone du bar, et quand le barman a demandé si Andrew Carmichael se trouvait dans l'établissement, vous êtes allé répondre. Vous vous souvenez de ça ?

Je ne m'en souvenais que trop bien. La sensation de froid sur ma nuque descendait et s'étalait entre mes omoplates. Je m'efforçai de rassembler mes esprits pour chercher quelque moyen de m'en tirer.

Randall ne m'en laissa guère l'occasion. Il enchaîna aussitôt :

— Une fois que nous avons eu votre nom, il n'a pas fallu plus de cinq minutes pour découvrir où vous habitiez, remplir le blanc sur le mandat, et expédier les gars à votre hôtel. Après quoi, je suis parti chez Tasso.

— Vous avez dit que je n'étais pas en état d'arrestation !

Ma voix était on ne peut plus criarde ; ça blessait même mes tympans.

— Vous avez dit que je n'étais pas inculpé de quoi que ce soit !

— Vous ne l'étiez pas. Pas alors, mais vous l'êtes maintenant.

Comment m'en dépêtrer ? Je fis de mon mieux.

— Vous m'avez attiré ici sous de faux prétextes, Lieutenant. Vous m'avez interrogé et mis sur le gril hors la présence de mon avocat, sans m'informer de mes droits. Vous m'avez privé de mes garanties constitutionnelles, vous...

Randall ferma pour la seconde fois les yeux.

— Je n'ai rien fait de tout cela.

— Mais si, vous m'avez harcelé de questions. Vous m'avez accusé, au moins implicitement, d'être le Chuchoteur. Vous avez essayé par tous les moyens de me contraindre à des aveux.

— Oh, non.

Il plongea la main dans un tiroir entrouvert au bas du bureau et en retira un magnétophone miniaturisé.

— Je pense que le ruban de cet appareil confirmera que les questions, c'est surtout vous qui les avez posées, et quant aux aveux, si l'on peut dire, ils sont plutôt de mon fait, quand je vous ai expliqué en détail le petit piège que nous avions tendu au Chuchoteur.

Quand avait-il branché ce magnétophone, ce rusé démon ? Quand il s'était penché pour jeter sa première allumette brûlée dans la corbeille à papier ?

Je fis une autre tentative.

— Vous m'avez délibérément retenu ici, tandis que vos hommes fouillaient ma chambre.

— Cela, je l'admets, concéda-t-il, d'une voix onctueuse comme de la crème. Et vous voulez savoir ce qu'ils y ont trouvé ?

Comme je ne répondais pas, il poursuivit :

— Je vais vous le dire. Premièrement : fourré sous le matelas, au milieu d'un tas d'autres billets authentiques de toutes sortes, un faux billet de cinquante dollars, portant un numéro de série qui permet de l'identifier ; c'est un des deux faux billets de cinquante dérobés voici quinze jours dans l'agence du Secteur Sud de la « Second National Bank ». Deuxièmement : trois paires de lentilles de contact, de teintes variées. Troisièmement : trois perruques, trois paires de faux sourcils, deux ensembles de fausses moustaches et fausses barbes, teintes assorties. Quatrièmement : un pistolet Woodsman. Cinquièmement : un dossier complet de journaux locaux relatant les exploits du Chuchoteur, le plus ancien remontant à plus de deux ans.

Il me décerna un regard de commisération et fit claquer sa langue.

— Dois-je continuer, monsieur Carmichael ?

Accablé, je secouai la tête.

— *A présent,* monsieur Carmichael, vous l'aurez, votre avocat. *A présent,* nous vous inculpons de multiples vols à main armée. *A présent,* la Cour Suprême sera là pour garantir tous les égards qui vont vous être dus. Parce qu'à présent, monsieur Carmichael, je vous le certifie, vous êtes sûr d'aller faire un bon petit séjour à l'ombre, comme il sied au Chuchoteur.

Je n'en doutais pas.

— Très astucieux, Lieutenant, dis-je. Très fort. Vous m'avez joué là un fort joli tour, je le reconnais.

— Ce n'est pas un tour de ma façon. Je vous l'ai dit.

Il ouvrit le tiroir du milieu de son bureau, non sans une certaine ostentation.

— J'ai ici l'original de la lettre où cette idée a été suggérée.

Il sortit une simple feuille de papier.

— La voici. Vous plairait-il d'y jeter un coup d'œil ?

Il me la tendit. Je la pris, par pur réflexe, et lus ces quelques lignes gribouillées au crayon :

Chair Meussieu Présidant de la banque :
Je connai un moyen de rouller le Chuchoteur. Quand il braquera votre banque, vous pourrié lui doner de l'argent faut au lieu de l'argent vré. Merci.

Richard Stevenson, 9 ans.

Je jetai sèchement la lettre sur le bureau de Randall. Il me dévisageait ; son expression était difficile à déchiffrer.

— Le président de la banque a décidé d'ouvrir au jeune Richard Stevenson, à sa banque, un compte approvisionné de cinq dollars. Gentil, n'est-ce pas ? susurra-t-il.

— Fameux, appréciai-je, avant de rire avec amertume.

Alors, si je ne peux pas piffer les mômes, ça se comprend, non ?

The Misopedist.
Traduction de Philippe Kellerson.

Poker menteur

par

JACK RITCHIE

N'ayant rien de mieux à faire, je battis les cartes avant d'entamer une nouvelle réussite.

Le grand gars qu'ils appelaient Hank, regardait d'un air morne par la fenêtre de la cabane. Fred, un vrai costaud, tentait, sur la radio portative, de capter le bulletin des informations locales.

Le troisième, au visage barré d'une fine moustache — c'était apparemment lui qui donnait les ordres — s'assit près de la table et suivit le déroulement de ma réussite.

— Que fais-tu pour vivre à longueur d'année dans un coin pareil ? s'enquit-il.

Je plaçai deux cartes :

— Je chasse et je tends des pièges, l'hiver. Je pêche aussi, de temps à autre... Et je fais quelques travaux agricoles quand c'est nécessaire, ajoutai-je, levant la tête.

Le chef avait des yeux noisette et un demi-sourire plaqué sur la figure.

— Tu prends ça plutôt calmement, observa-t-il.

— Je n'en sais pas encore assez pour m'émouvoir, rétorquai-je en haussant les épaules.

— Tu es dans le vrai, ricana-t-il. Tiens-toi tranquille et tu n'auras pas de souci à te faire jusqu'à nouvel ordre.

Les trois hommes avaient déboulé armés, sur le coup

de midi, et ils s'étaient emparés de la cabane. Ce n'était pas moi qui les intéressais. Simplement, je me trouvais être dans un endroit où ils voulaient se planquer.

— J'ai faim, déclara Fred, diminuant le volume de la radio.

— Il y a du gibier dans la cambuse. Découpez-vous-en un morceau, mais emportez une torche pour vous éclairer. Il n'y a ni fenêtre ni lumière là-dedans.

Fred sortit du tiroir un couteau à découper. Il rapporta de la réserve quelque trois livres de viande qu'il déposa sur la table.

— A toi de la faire cuire, me dit-il.

Je me rendis près de l'évier et je me mis à découper le quartier de viande en tranches. Le chef haussa le ton de la radio afin de capter le bulletin d'informations de six heures.

Ma tâche achevée, je décrochai la grande poêle à frire qui était suspendue au mur.

— Ils ont de vous des signalements assez ressemblants. A mon avis, vous avez trop traîné, remarquai-je.

— Ne te bile pas pour nous, intervint Fred.

J'allumai une cigarette.

— J'ai l'impression que vous vous êtes affolés. Vous n'aviez pas besoin de tuer le caissier. C'était un gars très doux, ce Jim Turner, il ne vous aurait opposé aucune résistance.

Fred se carra sur sa chaise :

— Dans ton patelin, la banque est une vraie passoire. D'après les informations, elle a déjà été cambriolée l'an dernier.

— Exact. Les gens de la région pensent que Willie Stevens était dans le coup. Personne ne l'a aperçu depuis que c'est arrivé.

Hank coupa la radio :

— Sans cette saloperie de bagnole, on devrait être à Chicago, à l'heure qu'il est.

Je secouai par terre la cendre de ma cigarette.

— A vrai dire, vous avez eu de la chance que votre

voiture soit tombée en panne. Sinon, vous vous seriez sans doute heurtés à un barrage routier. Vous autres, citadins, vous vous imaginez que par ici, il est facile de voler parce que les maisons sont distantes les unes des autres. Seulement, nous avons des voitures équipées d'émetteurs radio qui patrouillent dans tout le comté.

— Ton ami Willie a bien réussi son coup, lui ! marmonna Fred.

— Il est du pays. Il connaissait plusieurs routes qui ne figurent pas sur les cartes... Je suppose que vous avez abandonné votre véhicule là où il s'est mis en rideau, dis-je en ajoutant du bois dans le poêle.

— Nous autres « citadins », on ne manque pas non plus d'astuce, tu sais. Et personne ne risque de repérer la tire avant que nous ayons filé d'ici.

Hank ouvrit la sacoche qu'ils avaient apportée et la renversa pour empiler sur la table l'argent qu'elle contenait. La satisfaction se peignit sur son long visage.

— Dix-huit mille dollars, annonça-t-il.

Après avoir mis à chauffer deux boîtes de légumes, je préparai du café en commentant :

— Soit six mille par tête. Si vous partagez équitablement et si vous êtes réguliers.

— Ce n'est pas ton affaire, rétorqua le chef en me décochant un regard torve.

— Simple réflexion, fis-je avec une ébauche de sourire. Six mille dollars, c'est une jolie somme. C'est ce que gagne un bon plombier dans son année. A condition qu'il fasse des heures supplémentaires.

Je retournai les steaks dans la poêle avant d'enchaîner :

— Ça fait quand même drôle de vous ranger dans la même catégorie que les plombiers !

Sourcils froncés, le chef repoussa sa chaise :

— Débarrasse la table de ce fric, et mangeons.

La table dressée, je servis les steaks.

— Quand on sera de retour en ville, fit Hank, la bouche pleine, je m'offrirai tout ce qu'il y a de mieux.

Des steaks épais, de l'alcool de prix et des femmes de luxe.

J'ouvris une boîte de lait condensé que je posai sur la table :

— Ma question est peut-être stupide, mais comment envisagez-vous mon avenir ?

— Ne te fais pas de souci pour ça, répliqua Fred, découvrant ses dents dans un sourire. Tout a été prévu.

Leur repas achevé, Hank, tout en se curant les dents, considéra ses compagnons :

— Si on faisait un petit poker à vingt-cinq cents le point ? Il faut bien tuer le temps.

J'allai chercher les cartes sur l'étagère. Profitant de ce qu'ils étaient occupés à compter leur monnaie, je retirai du jeu l'as de pique que je fourrai dans ma poche.

Je me confectionnai ensuite un sandwich à la viande et je m'assis à la table pour regarder les autres jouer.

Hank n'eut pas de chance et se retrouva avec une quinte face au brelan d'as de Fred. Je sortis discrètement l'as de pique de ma poche et le coinçai avec mon genou contre le dessous de la table.

— Quelquefois, on peut juger un homme à sa manière de jouer, dis-je. Surtout dans une partie honnête comme celle-ci.

Le chef misa les deux pièces qui lui restaient.

— Tu as remarqué quelque chose d'intéressant ? demanda-t-il.

Je laissai passer quelques secondes et me raclai la gorge :

— Non… je ne crois pas.

Fred me dévisagea, songeur. Puis, il rafla le jeu et se mit à compter les cartes. Déplaçant mon genou, je laissai choir l'as par terre. Fred cogna du bout des doigts sur la table.

— Il manque une carte.

— Ah… la voici ! m'écriai-je après m'être penché pour regarder sous la table. On a dû la faire tomber par inadvertance. Elle vous aurait été utile pour votre dernière main, fis-je en souriant à Fred. Dommage qu'elle ne se soit pas trouvée dans le jeu.

Fred considéra Hank d'un air songeur, et je compris que le poker, c'était fini pour la soirée. Je jetai un coup d'œil à ma montre en bâillant :

— Il n'y a qu'un lit ici et je devine que vous ne me le laisserez pas. Et malgré ça, deux d'entre vous devront se résigner à coucher par terre. Si vous le jouiez aux cartes, ce lit ? suggérai-je, désignant le jeu.

Un coup d'œil à ses deux compagnons, et le chef se leva pour aller s'asseoir sur la couchette. Il commença par se déchausser.

— Bon, dis-je en souriant à Hank et Fred. Voilà qui règle la question.

Le chef balança une chaussure sur le sol et regarda dans ma direction :

— Toi, tu coucheras dans la cambuse. On n'aimerait pas avoir le crâne fendu d'un coup de hache pendant qu'on dort, tu comprends ?

J'allumai une lanterne supplémentaire, je récupérai une couverture et me rendis dans la réserve. J'entendis l'un des gars tirer le verrou et le bloquer.

En fait, la cabane ne se compose que de la pièce principale et de cette cambuse. Celle-ci, creusée dans le flanc de la colline, a un sol de terre battue, et on ne peut en sortir que par la porte donnant sur l'autre salle.

Je patientai deux heures pour m'assurer qu'ils étaient endormis. Et avec une petite truelle choisie dans un lot d'outils, je m'affairai à creuser la terre sous la porte.

Dès que j'eus obtenu un trou de quelque vingt centimètres de profondeur, je pris l'un de mes pièges, le gros qui, l'hiver dernier, avait capturé un ours noir.

Je le disposai dans le trou et l'armai. J'étalai ensuite par-dessus une bande de toile d'emballage que je fixai avec des chevilles de bois. Puis, je répandis de la terre pour masquer la toile.

Après avoir posé une planche sur le tout, je m'approchai de la caisse de pommes de terre où je planquais mon argent dans un sac en toile cirée. Je prélevai une quinzaine de billets de vingt dollars que je fourrai dans ma poche.

Je passai le reste de la nuit assis sur une caisse, réfléchissant à ce qu'il me faudrait faire le matin venu.

Il était huit heures quand Hank déverrouilla la porte. Je sortis de la cambuse.

— Bonjour, lançai-je, forçant sur la gaieté pour l'exaspérer.

Le chef dormait toujours sur la couchette, mais Fred, lui, était assis à la table. Ça l'avait mis de mauvaise humeur de coucher par terre.

— Fais-nous du café, m'ordonna-t-il sèchement.

Sourire aux lèvres, je me mis à préparer le petit déjeuner. Quand j'allai chercher des œufs, je laissai la porte du placard ouverte afin qu'ils puissent apercevoir le cruchon de quatre litres sur l'une des étagères. L'odeur du bacon en train de frire réveilla le chef. En bâillant, il fouilla ses poches en quête d'une cigarette.

— Ah ! le grand air et une bonne nuit de sommeil, rien de tel pour vous remettre un homme à neuf ! lui lançai-je.

— Que contient ce grand cruchon là-bas ? questionna Fred, maussade.

— Oh un alcool beaucoup trop fort pour vous à cette heure matinale ! lui déclarai-je en hochant la tête. A moins que vous n'ayez vraiment un estomac d'acier.

— Apporte-le ici, commanda-t-il.

Le bouchon retiré, Fred renifla l'alcool. Il se remplit ensuite un verre et en avala une gorgée. La voix râpeuse, il dit :

— Tu le fabriques toi-même ?

— Il n'y a pas de timbre fiscal dessus, non ?

Après le repas, je m'assis à table et battis distraitement le jeu de cartes.

— Qu'est-ce que vous diriez d'un petit poker ? suggérai-je.

Fred s'offrit un autre whisky et dévisagea Hank :

— Bof... pourquoi pas ? C'est toujours amusant, une partie entre copains.

Je déposai quelques pièces de monnaie sur la table.

— On va d'abord compter les cartes.

Au bout d'un moment, Hank à son tour se mit à boire.

— Combien de temps allons-nous rester ici ? demanda-t-il.

— Deux jours, décida le chef.

— Moi, je crois qu'on aurait intérêt à déguerpir tout de suite, rétorqua Hank, grognon. Avec un peu de patience, on finirait bien par se faire une bagnole sur le chemin de traverse...

— On restera ici jusqu'à ce que je dise de partir ! coupa brutalement le chef, levant le nez de son jeu.

Durant quelques secondes, ils se défièrent du regard. Puis, Hank se détourna. Alors je dis :

— C'est facile de voir lequel de vous est le boss !

Tout en remplissant son verre, Hank loucha vers moi. Il retira sa veste et la jeta sur la couchette, auprès du veston sport du chef.

Après une demi-heure de jeu, il se mit à gagner. Comme il raflait un gros pot perdu par son chef, je secouai la tête en disant :

— Je devrais peut-être m'offrir un petit coup de ce whisky qui semble porter chance à Hank.

— Sers-m'en aussi un verre, ordonna le chef qui écrasa sa cigarette.

Sur les sept cartes qui m'avaient été distribuées, je quittai après avoir joué la quatrième et j'allai chercher une cruche d'eau.

Il y avait gros sur la table et personne ne me prêtait attention. Je sortis de ma poche les billets de vingt dollars que je glissai sous la veste de Hank, sur la couchette.

Ils misaient de nouveau lorsque je repris ma place. Il y avait bien quarante dollars de pot quand le chef replia son jeu et passa. Avec Fred et Hank, les enchères se poursuivirent jusqu'à ce que finalement Fred cédât. Souriant, Hank abattit quatre neufs. Livide, Fred jeta ses cartes sur la table.

— J'en ai marre de jouer dans de telles conditions !

Cette fois furieux, Hank se pencha par-dessus la table.

— Qu'est-ce que tu veux dire au juste, grinça-t-il.

Fred se dressa en chancelant et tira un automatique du holster qu'il portait sous l'aisselle.

— Personne ne gagne continuellement, à moins qu'il n'ait la main particulièrement leste.

Visage durci, le chef se leva d'un bond :

— Pose cette arme !

Fred abaissa légèrement l'automatique.

— C'était une erreur d'emmener ce minable avec nous, fulmina-t-il. Après tout, on ne sait pas grand-chose de lui.

Je me dirigeai vers la couchette où je pris le veston de Hank et l'argent caché dessous.

— Votre veste, Hank, dis-je. J'ai l'impression qu'on ne veut plus de vous.

D'une secousse, je fis tomber l'argent sur le sol où il atterrit avec un *flop !* qui attira l'attention générale. Bien que déjà embrumé par l'alcool, Fred fut le premier à réagir. Il vrilla son regard sur Hank :

— Faux jeton ! Je savais bien qu'il devait y avoir plus de dix-huit mille dollars !

Bouche bée, Hank loucha vers les billets.

— C'est toi qui as transporté le magot dans son sac, grogna Fred, son arme braquée sur lui. Et c'est toi qui en avais la clef.

Réalisant ce qui allait se passer, Hank réagit avec vigueur :

— C'est la première fois que je vois ce fric !

L'expression de Fred demeura inchangée tandis que, dans sa main, le pistolet faisait feu par deux fois. Hank eut un soubresaut et tournoya sur lui-même, mort avant même de toucher le sol.

Frémissant de fureur, Fred considéra le corps. Visage tendu, le chef lui aussi regarda le cadavre de Hank.

Serrant toujours dans ma main la veste du malheureux Hank, je me laissai choir sur la couchette. Au bout de quelques secondes, je posai le vêtement et ma main se déplaça légèrement. Quand je me relevai, c'était le veston du chef que je tenais.

— Eh bien, voilà ! Vous ne serez plus que deux à vous partager le butin, observai-je calmement.

Ils se tournèrent vers moi et les yeux de Fred s'étrécirent en voyant le veston.

— Montre-moi ça de près ! hurla-t-il.

Il m'arracha le vêtement des mains et se tourna vers son chef :

— Elle est à toi, cette veste, gronda-t-il.

Je me faufilai vers la porte de la réserve. Le chef fronça les sourcils, visiblement déconcerté, son regard se porta du vêtement vers moi et, brusquement, quelque chose se fit jour dans son esprit :

— Sois pas jobard, Fred. Ne comprends-tu pas ce qui s'est passé ?

Mais, l'air méchant, l'autre ne l'écoutait pas.

— Fais pas le con..., lança nerveusement le chef.

Le pistolet de Fred claqua. Je me ruai dans la cambuse dont je rabattis la porte sur moi. En tâtonnant dans le noir, je retirai la planche qui dissimulait le piège. J'allai ensuite me tapir derrière les caisses de pommes de terre et je guettai.

Il ne fallut pas une demi-heure à Fred pour ouvrir la porte. Sa silhouette se découpa dans la lumière derrière lui. D'une main, il s'appuyait au chambranle, de l'autre il étreignait le pistolet.

Je le hélai en jetant vers lui une pomme de terre qui le toucha à la poitrine. Il riposta par un coup de feu qui retentit dans l'obscurité. Mâchonnant un juron, il avança d'un pas. Une enjambée encore, et il gueula quand le piège à ours se referma brutalement.

Je progressai le long du mur jusqu'à ce que ma main heurtât la bêche. Fred s'agrippait aux mâchoires du piège pour tenter de les desserrer quand je le frappai sur la tête. Un seul coup suffit.

Après avoir ramassé par terre l'automatique, je

m'avançai prudemment dans la cabane. Le chef était aussi mort que Fred et Hank.

Alors, je me remplis un verre. La besogne s'annonçait rude pour moi — transporter les trois cadavres dans le bois où je les enterrerais.

Mais je savais exactement où les enfouir. Cette ravine étroite derrière la cabane ferait l'affaire. Il y avait assez de place pour trois corps de plus.

C'était là que, un an auparavant, j'avais enterré Willie Stevens après avoir cambriolé la banque avec lui. Nous n'avions tiré de l'opération que cinq mille dollars, ce qui me paraissait maigre pour un partage.

Je pris la clef dans la poche de Hank et m'en fus jeter un coup d'œil à mon nouveau magot.

Hospitality, Most Serene.
Traduction de Simone Huinh.

Ma fin et ses suites

par

GEORGIANA EIDUKAS

Jamais encore il n'y avait eu pareille épidémie de grippe, mais je serais malvenue à m'en plaindre, car c'est elle qui m'a sauvé la vie. Pas exactement *ma* vie, mais celle de Clarissa Evans White, le personnage que je joue dans *A longueur de journée*, le feuilleton classé n° 2 depuis plusieurs années et l'un des rares qui soient encore diffusés en direct. Si la grippe n'avait pas frappé notre petite troupe jeudi dernier, je serais actuellement inscrite au chômage.

A la vérité, le coup se préparait depuis déjà pas mal de temps même si c'est jeudi dernier qu'il fut perpétré. Lorsque le personnage que vous interprétez est dans le coma depuis dix-neuf semaines, et que le seul texte qu'on vous octroie est un soupir de loin en loin, ce qui vous pend au nez n'est-il pas évident ?

Cela faisait des années que je jouais cette femme capricieuse récriminant, cajolant, pleurnichant. Je m'étais mariée trois fois et j'avais divorcé deux fois, avec de nombreuses liaisons extra-conjugales en sus. Mon dernier mari — un homme aussi beau que bon et beaucoup trop bien pour moi — était mort dix-neuf semaines auparavant, le jour même où j'avais sombré dans le coma. On trouvait que sa mort s'était produite dans des circonstances suspectes, mais la police était dans l'impossibilité de m'interroger à cause de mon coma qui tombait vraiment à pic.

Mais ce jeudi...

J'arrivai au studio à l'heure indiquée bien que je n'aie pas eu droit à un mot de dialogue depuis une éternité, alors que Ruthie Maynard, cette ringarde qui joue Mary Brant — « la bonne vieille Mary » — était en retard, comme à son habitude. Durant toutes ces semaines, j'étais toujours arrivée à l'heure, je m'étais fait maquiller, coiffer, j'avais enfilé ma chemise d'hôpital et lu le script, puis joué ma scène si tant est qu'on puisse « jouer » quand on est censée être dans le coma ! Enfin, vu les circonstances, je dois dire que j'étais très convaincante.

Bien entendu, le producteur avait eu droit à mes doléances, mais ça ne m'avait menée à rien. Il était très satisfait de nos taux d'écoute, et l'auteur avait introduit dans l'histoire plusieurs nouveaux personnages, qui permettaient d'utiliser des acteurs également nouveaux et surtout *très jeunes*.

Apparemment, une femme d'un certain âge avait moins d'attrait pour les vingt à trente ans qui constituaient la majeure partie de notre public. Aussi lorsque le coma de Clarissa se continua de semaine en semaine, je commençai à me poser des questions et m'inquiéter.

Ce jeudi donc, après l'émission, je regagnai ma loge, me changeai de vêtements, mangeai le sandwich que j'avais commandé à la cafétéria, puis je m'en fus chercher mon script du vendredi. D'ordinaire, après l'émission, nous passons deux ou trois heures à répéter nos scènes du lendemain, à essayer les vêtements que nous devons porter, et à permettre aux techniciens de régler les éclairages ou d'étudier les angles de prise de vue. Mais ce jour-là, il n'y avait pas de script.

Tout d'abord, je crus que c'était une conséquence de l'épidémie et que Paul Scott, le producteur de l'émission, aussi bien que Joe Hester, le réalisateur, avaient la grippe ou qu'il y avait eu quelque pépin à la dactylographie, mais Robbie Sullivan, le réalisateur adjoint — qui n'était autre que le fils de notre « sponsor » Robert Sullivan, du savon Sullivan, « véritable crème de beauté » — nous rassembla pour nous avertir que nous devrions arriver plus tôt le lendemain, car nos scripts ne nous seraient distribués qu'à ce moment-là.

En règle générale, l'émission du vendredi se termine par un suspense. Betty épousera-t-elle Bob ? Freida va-t-elle dire la vérité à Arnold au sujet de leur fils ? Frank arrivera-t-il à recouvrer la mémoire ? Ou son amnésie cache-t-elle quelque chose de beaucoup plus terrible encore ? Mais une fois par an environ, nous avons notre suspense du vendredi, *plus* un coup de théâtre qui bouleverse toute l'histoire. Pour ces scènes-là, les acteurs ne reçoivent leur script que peu avant le passage à l'antenne, afin qu'il ne risque pas d'y avoir de fuites dans le public et aussi parce que Joe, le réalisateur, trouve que cela donne plus de spontanéité à notre jeu. Inutile de vous dire qu'il faut faire fissa pour assimiler son texte.

Quand ce plouc de Robbie Sullivan nous annonça que nous devrions arriver de bonne heure le vendredi pour la raison que je viens de préciser, tous les regards étaient sur moi. J'avais le sentiment que tous mes partenaires s'écartaient instinctivement de moi, comme on évite le contact d'un paria, ce qu'est un acteur sur le point de se retrouver au chômage. Leur prescience s'expliquait : tout comme moi, ils avaient compris qu'un personnage ne peut rester dix-neuf semaines dans le coma sans que son sort soit sur le point d'être définitivement réglé. A présent, ils savaient quel serait le coup de théâtre de ce vendredi, qui tiendrait les téléspectateurs sur des charbons ardents pendant tout le week-end, où le feuilleton n'était pas diffusé.

Je m'attardai longuement dans ma loge, car je souhaitais éviter de rencontrer d'autres membres de la troupe. J'avoue que j'étais en proie à une vive amertume. J'avais donné vingt-deux ans de ma vie à ce feuilleton et voilà qu'on me balançait, tandis que Ruthie Maynard allait continuer à jouer indéfiniment

Mary Brant, l'amie de tout le monde. Ce n'était pas juste.

Quand je sortis de ma loge, je m'attendais à plonger dans le silence total d'un studio désert, au lieu de quoi j'entendis tout un remue-ménage en provenance du couloir desservant les bureaux. Une des portes était ouverte, celle de la pièce réservée aux auteurs, et il s'en échappait une série de jurons indignes d'une bouche féminine.

Lilly Sullivan, qui est la cousine de Robbie et a pour office de remplacer Peter, Paul ou Daisy quand ils sont absents, était environnée d'un tas de papiers en désordre.

— Aaaah ! hurla-t-elle en agitant les bras à hauteur de sa tête comme un personnage de film comique, je vais devenir folle !

Ses cheveux lui tombaient sur les yeux, ses collants étaient déchirés à la jambe, et sa robe claire toute froissée…

— Tu as besoin d'un coup de main ? proposai-je.

— Oh ! Dieu sait que oui, Liz, mais tu ne peux m'être d'aucun secours car on m'a bien recommandé de ne pas laisser voir les scripts à qui que ce soit avant demain. Ce connard de Robbie était censé rester pour m'aider, mais il avait rendez-vous avec une de ses poules. Avec tout ce monde qui manque à cause de la grippe, je ne sais vraiment pas comment nous allons arriver à nous tirer d'affaire pendant le week-end !

— Et si je ne regardais pas ?

— Comment ça ?

— Tu n'as qu'à trier les pages qui restent et me les passer à l'envers. Comme cela, je ne verrai pas le script.

— Tu es gentille, Liz, mais je ne peux vraiment pas laisser quelqu'un approcher de ces feuilles. Moi-même, je n'ai pas encore eu le temps de jeter un coup d'œil au texte.

Comme elle prononçait ces dernières paroles, toute une pile de feuilles qui se trouvaient au bord du bureau tomba en s'éparpillant par terre. Lilly hurla derechef et tandis qu'elle se baissait pour les ramasser, elle ne vit pas Liz Snyder, alias Clarissa Evans White, escamoter promptement un exemplaire du script dans son sac fourre-tout.

Tout ce que j'avais craint se trouva justifié.

Ce soir-là, je relus plusieurs fois le script, mais le texte demeurait inexorablement le même. Dans la troisième et dernière scène de l'émission de ce vendredi, Clarissa Evans White, le fidèle jeune médecin lui tenant la main pour cette ultime épreuve, mourait dans le coma, sans jamais avoir repris conscience. Et cette fois, c'était le jeune médecin qui soupirait en rabattant le drap sur le visage de la morte, mettant ainsi un terme à une carrière qui avait duré près d'un quart de siècle. Plus je relisais le texte, plus je me sentais bouillir. Mais il y avait encore un moyen de changer l'avenir en risquant le tout pour le tout.

Je passai plusieurs heures à récrire la deuxième et la troisième scènes, que je tapai ensuite de façon très convenable.

Dans la première scène, deux des nouveaux personnages nouaient simplement des relations, et elle n'avait guère d'importance en ce qui me concernait. La deuxième scène était jouée par Ruthie Maynard. Mary Brant — son personnage dans le feuilleton — recevait un coup de téléphone menaçant d'un mystérieux maître chanteur. Prise de panique, elle tentait de se tuer en se mettant la tête dans le four à gaz dont elle avait ouvert les robinets. Cette scène devait constituer le suspense du vendredi. Au tout dernier moment, Tom Dawes, qui jouait le rôle d'un vieil ami, survenait à la porte de service de la villa et, voyant par la fenêtre ce qui était en train de se passer, il hurlait le nom de Mary en enfonçant la porte. Agenouillé près d'elle, il la suppliait de vivre, de continuer à respirer jusqu'à ce que les secours arrivent.

Bien entendu, Mary allait survivre. C'était évident, puisque Clarissa Evans White mourait. Jamais aucun auteur n'aurait fait disparaître dans le même épisode deux de ses principaux personnages. Les « fans » ne l'auraient pas toléré. D'autant que Mary Brant recevait un volumineux courrier alors que celui de la pauvre Clarissa se raréfiait de plus en plus depuis le temps qu'elle était dans le coma.

J'arrivai au studio de très bonne heure le lendemain matin. Lilly Sullivan s'y pointa peu après moi et me donna mon exemplaire du script. A son expression, je devinai qu'elle l'avait lu, mais je fis de mon mieux pour éviter de rencontrer son regard attristé.

— Tu veux que je t'aide à distribuer les scripts, Lilly ? demandai-je d'un ton très dégagé.

— Volontiers, Liz. Qui est arrivé dans ton coin ?

Par « mon coin », elle entendait les loges des acteurs.

— Il y a juste Tom Dawes et le jeune Bob Coombs, qui joue le docteur. Je leur porte leurs exemplaires ?

En disant cela, je ne courais pas grand risque ; il ne s'agissait que d'un mensonge mineur.

— Oh ! avec plaisir, Liz... Je ne sais vraiment plus où donner de la tête. Mike Vannet a téléphoné hier soir pour dire que lui aussi avait la grippe. Robbie va être le seul maître à bord aujourd'hui !

Mike Vannet est l'auteur de *A longueur de journée* et il ne pouvait vraiment tomber malade plus à propos. Cela faisait une personne de moins dont j'avais à me soucier.

Je me postai à proximité de l'entrée secondaire du studio, afin de remettre « leurs » exemplaires du script à Tom et Bob. Robbie était un peu en retard lorsqu'il survint enfin, mais je réussis à l'intercepter. Le gratifiant d'un sourire discret, je lui chuchotai :

— Dans un box de la cafétéria, il y a une très jolie fille qui m'a chargée de vous dire quand vous arriveriez : « Souvenez-vous d'il y a trois mois. »

Son visage habituellement coloré pâlit aussitôt, et il hocha vaguement la tête.

Robbie est connu pour l'attention qu'il porte aux jeunes représentantes du sexe opposé. J'ignorais absolument quelles pouvaient être ses fréquentations trois mois auparavant, mais j'étais sûre qu'elles englobaient à tout le moins une de ces ravissantes personnes. J'avais donc la certitude que mon message piquerait sa curiosité, mais j'avoue que sa réaction ne laissa pas de me surprendre.

Tandis qu'il s'en allait d'un pas pressé vers la cafétéria, je pouffai intérieurement, rien qu'à l'imaginer progressant anxieusement d'un box à l'autre en dévisageant toutes les femmes, dans l'espoir d'en trouver enfin une qu'il reconnût. Il allait perdre ainsi le peu de temps qui nous restait pour répéter avant de passer à l'antenne. Pauvre Robbie !

A présent, j'étais prête. Jusqu'au moment de l'émission, je n'avais plus rien à faire que tenir compagnie à Ruthie Maynard. Elle débordait d'une telle sollicitude à mon égard, m'accablant de platitudes si doucereuses que je me sentis proche de l'hyperglycémie. A un moment donné, Tom Dawes fit mine de vouloir nous rejoindre, mais je le regardai en secouant la tête et il vira de bord pour aller parler à la chef habilleuse qui était non loin de là.

Robbie revint juste à temps pour discuter angles de prise de vue avec les cameramen et voir avec les deux nouveaux interprètes les dialogues de la première scène. Comme Ruthie et moi étions ensemble, il nous engloba au passage dans une même affectueuse étreinte, en me jetant un regard qui exprimait davantage sa perplexité quant à ses vaines recherches dans la cafétéria que sa commisération touchant mon imminent départ.

Lilly lui donna le signal convenu et il réclama aussitôt le silence, tandis que nous allions prendre les places qui nous étaient assignées dans les différents décors. On entendit la musique du générique, et les caméras commencèrent à fonctionner.

La première scène se déroula exactement comme il était dit sur le script original. Un peu trop même, car, manquant d'expérience, les nouveaux jouaient avec raideur. On allait avoir du boulot avec eux si leurs rôles devaient se prolonger.

Après la coupure publicitaire, Ruthie joua aussi sa scène conformément au script original qu'elle avait en main. Etendue dans mon lit d'hôpital, je la voyais dans le décor qui se trouvait de l'autre côté du plateau. Lorsqu'elle eut raccroché le combiné téléphonique, elle hésita sur la conduite à adopter, puis tous les téléspectateurs durent être bouleversés quand elle s'agenouilla pour introduire sa tête dans le four de la gazinière. Les battements de mon cœur s'accélérèrent lorsque Tom Dawes frappa à la porte. Ayant enfoncé cette dernière, il s'agenouilla lui aussi et prit dans ses bras le corps inerte de Ruthie. La caméra se déplaça pour offrir aux téléspectateurs un gros plan de son visage bouleversé par l'émotion, tandis qu'il gémissait : « Oh ! mon Dieu, j'arrive trop tard ! *Ma pauvre chère Mary est morte !* »

J'aurais donné je ne sais quoi pour que la caméra filme cette scène avec la défunte ouvrant soudain des yeux exorbités par le saisissement.

Durant la coupure publicitaire, Robbie se précipita vers le décor de la cuisine, pensant que Tom Dawes avait improvisé son texte, cependant que Ruthie se répandait en vociférations. Atteinte aussi par la grippe, la script-girl n'était pas là pour recevoir les éclats, mais Lilly frôlait la syncope.

Personne ne s'était encore avisé de penser à moi quand, la publicité terminée, ma scène commença.

Tandis que ma Clarissa était dans le coma, je pouvais entendre les bruits étouffés dus à ceux qui entraînaient Ruthie hors du plateau en s'efforçant de la calmer. Il ne faudrait pas longtemps pour que l'on comprenne ce qui s'était passé et qui était responsable du changement.

Je sentais la tension régner autour de mon lit. Ces derniers temps, Bob Coombs n'avait invariablement que deux ou trois lignes de texte, déclarant à l'infirmière : « Toujours pas de changement » quand ce n'était pas « Seul l'avenir nous dira ce qu'il en est », mais cette fois, il avait une demi-page de dialogue, qu'il attaqua en s'écriant :

— Clarissa ? Oh ! mon Dieu… Clarissa !

Je battis joliment des paupières en faisant rouler ma tête d'un côté à l'autre de l'oreiller. Je voyais la petite lumière rouge sur la caméra en action. Mon regard égaré découvrit Bob penché vers moi.

— Où suis-je ? balbutiai-je.

— A l'hôpital. Vous aviez reçu un coup sur la tête et cela faisait des semaines que vous étiez dans le coma.

— Mon mari... ? haletai-je, en me haussant au niveau des plus bouleversantes comédiennes.

— Je suppose que vous ne vous souvenez de rien ?

— Mort..., articulai-je avec peine. Il est mort.

— Vous vous rappelez donc ?

— Oui.

Je hochai lentement la tête et une vraie larme, une énorme larme, roula sur ma joue, que le cameraman recueillit précieusement tandis qu'une musique d'orgue s'élevait en un vibrant crescendo. Tout le monde s'était massé dans l'ombre derrière les caméras. Robbie compulsait frénétiquement les pages de son script, cherchant à découvrir ce qui lui avait échappé.

Hochant de nouveau la tête, je déglutis avec difficulté et un très léger tremblement fit frémir ma lèvre inférieure quand je dis :

— C'est Mary... *C'est Mary qui l'a tué.*

Et, face à la caméra, j'eus une sorte de sourire mouillé, témoignant de la force d'âme de celle qui avait réussi à faire triompher la vérité, sourire qui s'adressait à tous les « fans » que je n'allais pas manquer d'avoir désormais.

Musique. Fermeture en fondu.

Cliffhanger.
Traduction de Maurice Bernard Endrèbe.

La maison de la peur

par

ROBERT EDMOND ALTER

A l'abandon depuis près de deux cents ans, la maison Yost s'élève dans un lieu isolé dont les gens s'écartent. Comme une chose morte, reliquat oublié d'une ère préhistorique, sans autre espoir que l'éternité, elle est enfouie au plus profond des bois, non loin du lac Oneida.

A en croire la superstition locale, cette demeure est hantée ; mais certains esprits forts la qualifient en plaisantant de « maison malade ». Toujours est-il que rares sont ceux qui s'en approchent. Les enfants en ont peur, et Hon Schyler a dit bien des fois que même les renards et les lapins évitent son voisinage.

Construite par Hans Yost en 1768, son architecture est du genre en vogue à l'époque coloniale : un vaste toit en angle aigu qui recouvre des combles sans fenêtres et deux étages, une entrée du type géorgien habituel avec deux pilastres de style ionique. Yost et sa famille avaient vécu heureux, pendant sept ans, dans cette maison solidement bâtie. Puis, quand avait éclaté la guerre d'Indépendance, ils s'étaient enfuis à Albany pour échapper aux incursions des Indiens. Ils ne revinrent jamais.

Deux ans plus tard, quand Sillinger mena la droite des troupes du général anglais Burgoyne dans une attaque de flanc contre la vallée de Mohawk, l'intendant-général réquisitionna la maison vide pour en faire un dépôt de vivres. C'est ce qui donna naissance à la légende de l'or de Sillinger.

Benedict Arnold fit reculer le commandant britannique et ses troupes grâce à une manœuvre classique et ils lâchèrent pied en désordre, pris de panique. Leur retraite fut si précipitée qu'ils abandonnèrent derrière eux l'intendant-général et ses hommes. Cette nuit-là, une bande d'insurgés ivres et les Indiens Seneca, leurs alliés, encerclèrent la maison Yost où ils massacrèrent le petit groupe de Britanniques.

Ce fut une affaire abominable. Les Britanniques étaient sans armes et tentèrent de se rendre, mais les sauvages voulaient à tout prix leurs scalps, et quant aux insurgés, ils avaient bu trop d'alcool pour s'en soucier. Si vous prêtez l'oreille aux récits des vieilles femmes de la région, vous serez peut-être tenté de croire que, certaines nuits, quand gémit le vent du nord-ouest, on peut encore entendre dans les bois solitaires les cris pitoyables de l'intendant Sillinger et de ses hommes demandant grâce.

Que les vieilles femmes disent vrai ou non, la légende de l'or de Sillinger n'en est pas moins basée sur des faits assez bien établis. On savait qu'à cette époque, les armées anglaises payaient leurs frais de route en sterling et que les fonds étaient confiés à la garde de l'intendant. De toute évidence, ni celui-ci ni aucun de ses hommes, n'avait pu s'échapper avec la réserve d'or. Les insurgés et les Indiens qui avaient perpétré le massacre puis fait main basse sur les provisions n'en avaient trouvé aucune trace. Qu'était donc devenu l'or de Sillinger ?

— Il est toujours là, disaient les vieux et les enfants. Là-bas, dans la maison Yost au fond des bois, sous la garde des spectres des hommes de Sillinger, morts assassinés. Écoutez ! Entendez-vous ? Entendez-vous leurs appels dans le vent qui souffle ?

Quand j'étais gosse, j'aurais pu jurer avoir parfois entendu leurs clameurs, pendant la nuit. Et un jour — j'avais onze ans à l'époque — je fus certain d'avoir perçu autre chose que la voix d'un fantôme : c'était sans aucun doute le coup fracassant assené par un tomahawk. C'est ce jour-là que j'entrai pour la première fois dans la vieille maison à l'aspect rebutant.

Mon copain préféré, Joe Turpin, sa sœur Gert et moi étions partis pour pêcher dans la petite rivière qui borde le bois Yost. Mais les poissons ne mordaient pas à l'hameçon et, comme nous ne savions que faire de nous-mêmes, Joe émit une proposition saugrenue :

— Allons jeter un coup d'œil à la vieille maison Yost.

— Oui, mais... dis-je sans conviction.

Gert plaqua une main sur ses lèvres et nous regarda en écarquillant les yeux :

— Oh ! Il ne faut pas y aller, balbutia-t-elle à mi-voix.

Ce fut sans doute sa présence qui m'enhardit. Elle avait dix ans, avec des cheveux d'un blond de miel et un petit nez retroussé. A mes yeux, elle était très jolie, mais comme Joe la trouvait moche, je ne lui avais pas révélé ce que j'éprouvais pour sa sœur. Bien que n'y voyant pas très clair dans mes sentiments, j'étais décidé à me faire valoir auprès de Gert.

— Pourquoi pas ? dis-je. Je me fiche complètement de ces vieux fantômes.

Nous y sommes donc allés. Je marchais en tête dans le bois touffu, envahi par des plantes sauvages et de nombreux chênes aux ramures noueuses. J'avais le sentiment de ressembler un peu au courageux Henry Stanley se mettant en route pour retrouver le docteur Livingstone au fin fond de l'Afrique.

Soudain, nous aperçûmes pour la première fois, à travers les vieux arbres aux branches entrelacées, la lugubre maison. De hautes herbes et des lianes aux formes bizarres avaient poussé dans la cour depuis longtemps abandonnée. Le caractère singulièrement malsain de cette végétation parasite et l'ambiance de mystère qui enveloppait le bâtiment délabré nous causèrent un choc et nous cessâmes d'avancer.

— Pourquoi tu t'arrêtes ? me demanda Joe, peu rassuré.

— Et toi ?

— On a cloué des planches sur les fenêtres. Nous ne pourrons pas entrer.

Au fond, j'étais soulagé, mais je me croyais obligé de donner à Gert une nouvelle preuve de mon audace et je dis :

— Regardez : la cave est ouverte. Allons voir !

Les portes épaisses donnant sur l'escalier de la cave s'étaient depuis longtemps disloquées. En arrêt dans la cour couverte d'herbe, nous regardions l'entrée de cette caverne obscure et silencieuse.

— J' te parie dix cents que tu n'auras pas le culot d'y descendre tout seul, dit Joe.

Je ne possédais pas dix cents et je n'avais guère envie de parier. Mais Gert continuait à me fixer de ses grands yeux et chuchotait :

— Oh ! non, Phil, il ne faut pas.

— Je tiens le pari, murmurai-je.

Je commençai à descendre les vieilles marches de pierre couvertes de mousse, les poings serrés, les battements de mon cœur résonnant dans mes oreilles.

La cave était vaste, pleine de toiles d'araignée et faiblement éclairée par des soupiraux aux vitres brisées. Elle était remplie d'une masse de débris, de coffres pourrissants, de barriques aux douves détachées et d'objets tels que des vieux rouets, que la saleté accumulée pendant des années avait enveloppés comme des suaires et bizarrement déformés.

L'air froid qu'aucun souffle n'agitait avait une odeur vireuse ; des champignons de couleur pâle et à l'aspect repoussant avaient poussé sur le sol de terre battue. Des centaines d'entre eux s'étaient décomposés et, devenus légèrement phosphorescents, émettaient des lueurs qui me semblaient tenir de la magie. Tout autour, des plaques de moisissure parsemaient le sol humide et noirâtre.

Je ne restai là qu'un moment, juste le temps de jeter

autour de moi des regards apeurés. Soudain, j'entendis quelque chose qui faisait *t-chok*.

C'était un faible bruit, un peu comme un écho venant d'un espace vide et qui serait sorti de cette horrible terre moite.

Un instant après, le *t-chok* se répéta et je ne pus me défendre de penser aux tomahawks de jadis fendant le crâne des hommes de Sillinger.

Je ne pus en supporter davantage et je pris la fuite, remontant quatre à quatre les marches boueuses pour me précipiter par l'ouverture de la cave, vers l'air frais et la lumière du jour. Je dépassai à toute allure mes deux amis éberlués, courant à perdre haleine vers le bois. Joe et Gert étaient sur mes talons, lui criait à tue-tête et sa sœur m'appelait d'une petite voix aiguë. Je me retournai en criant comme eux :

— Je les ai entendus ! J'ai entendu ceux qu'on tuait à coups de tomahawk !

Nous ne cessâmes de courir qu'en atteignant la petite rivière et nous nous jetâmes sur la berge couverte de galets pour retrouver notre souffle. Peu après, le *pan* d'un coup de fusil retentit quelque part en aval.

— C'est sans doute Hon Schyler, observa Joe.

En effet, c'était lui. Il parut au bout de quelques minutes, marchant d'un pas égal, avec son fusil sur l'épaule et un lièvre accroché à sa ceinture. Hon avait environ vingt-quatre ans. C'était un grand gars élancé, basané et énergique, sans beaucoup d'instruction, car il n'avait guère fréquenté l'école. Dans les bois, il n'avait pas son pareil et il aurait fait un éclaireur de première force pour la chasse aux Indiens, si un job de ce genre s'était, comme autrefois, avéré utile.

— C'est vous, les gosses, que j'ai entendus crier dans le bois ? nous demanda-t-il avec un large sourire. Vous avez débusqué ce lièvre et il est passé juste devant moi.

— Phil a vu les fantômes de la maison Yost, Hon, lui dit Gert.

— Je n'ai pas dit que je les avais vus, fis-je remarquer. Mais j'ai entendu quelque chose.

Hon nous conseilla de rester sur place et il s'engagea dans le bois en direction de la maison Yost. Il revint une vingtaine de minutes après et déclara que tout ce qu'il avait vu ou entendu, c'étaient des rats.

Il nous mit en garde :

— Vous feriez bien de ne plus aller dans cette vieille bâtisse. Presque toutes les poutres et les planches sont si vermoulues qu'elles risquent de tomber à tout moment. Et toi, Phil, je crois que ton père piquerait une sacrée colère s'il apprenait que tu viens jouer là.

C'était vrai. Papa était shérif et il disait souvent que les autorités du comté devraient démolir la maison Yost avant qu'un gamin ne se rompe le cou en s'y amusant.

— Je n'ai pas l'intention de lui en parler, répondis-je, si personne d'autre ne le fait.

Hon me sourit et conclut :

— Bien. Gardons le secret entre nous quatre. Mais trouvez un endroit plus sûr pour jouer.

Joe et moi ne sommes pas retournés à la maison Yost avant notre quinzième année. Et nous n'y serions pas allés sans l'intervention d'Harold Edmonds.

C'était un jeune nouvellement arrivé de New York et qui se croyait d'une espèce supérieure. Joe et moi ne l'estimions guère. Il cherchait toujours à nous épater en vantant les merveilles de la cité, comme pour nous faire sentir que nous étions des péquenots.

On lui dit un jour :

— N'empêche qu'il n'existe pas à New York une maison hantée vieille de deux cents ans.

Intéressé, il tint à connaître tous les détails. Nous lui racontâmes donc l'histoire du massacre et de l'or perdu de Sillinger. Harold s'esclaffa, en disant que ce n'était qu'un conte de vieilles femmes, pour faire peur aux mômes. Il me demanda :

— Tu ne crois pas *vraiment* que tu as entendu un coup de tomahawk, n'est-ce pas ? Je dis bien : *vraiment ?*

Quoique pris au dépourvu, je répliquai :

— Je ne puis pas dire au juste ce que c'était. Mais je

sais que j'ai entendu *quelque chose* et que cela venait de la cave. Toi qui n'as peur de rien, pourquoi ne vas-tu pas te rendre compte par toi-même ?

— D'accord. Mais à toi de me montrer l'endroit, si tu n'as pas la trouille.

Il fallut y retourner, parce qu'il nous avait défiés.

Nous le conduisîmes par le bois et à travers la cour aux plantes étranges jusqu'à l'entrée de la cave, béante comme une fosse. Je lui dis :

— C'est là, au fond.

D'un coup de pied, Harold envoya un petit caillou au bas des marches et nous fit un sourire narquois en disant :

— Vous m'accompagnez ou vous restez ici en vous tenant par la main ?

Je ne regardai pas Joe, mais je supposai qu'il devait éprouver la même chose que moi. Je m'en serais terriblement voulu de me laisser humilier par ce garçon de la ville si malin. Je l'écartai d'un coup d'épaule et, sans prononcer un mot, passai le premier pour le guider.

La cave n'avait pas changé, toujours humide et froide, avec les champignons répugnants poussant dans le sol fangeux. Pourtant, malgré son ambiance sépulcrale, elle ne me parut pas aussi sinistre que lors de ma première visite. Il y a, en effet, une différence marquée entre la façon de voir les choses à onze ans et à quinze ans. En outre, la présence de deux compagnons modifiait aussi mes impressions.

Joe s'intéressait comme un botaniste aux champignons, qu'il appelait des « fleurs de mort ». Harold s'éloigna vers les recoins plus obscurs de l'immense cave pour les inspecter par lui-même. Comme je croyais tout de même un peu à l'or de Sillinger, je me hasardai parmi les débris de coffres, de tonneaux et de meubles tombant en morceaux, fouillai avec précaution dans des paquets de vieux vêtements pourris, couverts de moisissure, et dans d'autres choses informes et visqueuses qui avaient dû, bien des années auparavant, être mises au rebut par la famille Yost.

J'avais fourragé jusqu'au fond d'un vieux coffre délabré où l'on distinguait des lettres gravées sur un côté. En frottant avec la paume de la main, j'avais fait partir assez de crasse pour pouvoir lire : St. Leg... A ce moment, Harold appela :

— Hé, les gars, venez voir ! Il y a un passage secret derrière cette étagère.

Je me dirigeai, suivi de Joe, vers le fond de la cave, où se trouvait Harold, tenant une allumette enflammée. Un grand meuble branlant s'était détaché de la muraille et laissait voir, juste derrière, une ouverture étroite d'environ un mètre cinquante de haut. La lueur vacillante de l'allumette éclairait des murs de terre, solidement boisés et étayés par de gros poteaux de chêne.

— Ça doit être le tunnel de secours, dit Joe.

— Qu'est-ce que cela veut dire ? questionna Harold.

— Tu ne sais donc rien ? Autrefois, les gens avaient l'habitude de les creuser sous leurs maisons, pour le cas où les Indiens les attaqueraient. S'ils n'arrivaient pas à repousser les Peaux-Rouges des abords de leur demeure, ils se glissaient dans le tunnel, surgissaient dans les bois et, prenant leurs ennemis à revers, les scalpaient avant de se retirer.

— Je me demande où celui-ci peut conduire, dit Harold en scrutant du regard l'intérieur obscur du passage souterrain, qui m'inspirait la crainte d'y rester emprisonné.

Joe et moi ignorions où pouvait déboucher ce tunnel inquiétant et ne tenions pas à le savoir. A en croire la légende, quelques soldats de l'intendant avaient tenté de fuir par le tunnel, la nuit du carnage. Mais les insurgés qui avaient encerclé la propriété étaient des hommes de la localité, et quelques-uns s'étaient postés dans les bois, à la sortie du souterrain. Ils avaient repoussé dans le boyau, à la baïonnette, les Anglais, qui étaient alors tombés sous les coups de tomahawk des Indiens altérés de sang.

— Je crois, dis-je, que la plupart de ces souterrains ne sont pas sûrs. Les étais ne sont plus solides et risquent de céder.

Harold me décocha ce sourire moqueur qui m'exaspérait.

— Tu as la frousse, hein ? Vous feriez tous les deux une belle paire de femmelettes.

— Vas-y toi-même, grand chef, répliquai-je sèchement. Fais-nous voir comment tu vas le traverser jusqu'au bout.

— Tu crois que je ne le ferai pas ? Alors, regarde.

Nous l'observâmes qui se faufilait derrière le vieux meuble incliné, se courbait et pénétrait dans le tunnel. L'allumette qu'il tenait projetait sur les murs qui s'effritaient une petite lumière jaune. Celle-ci s'éloigna, s'amenuisa et finalement disparut.

Joe et moi passâmes une vingtaine de minutes à nous amuser dans la cave, en attendant le retour d'Harold. Mais, comme il ne revenait pas, on se décida à partir.

— Ce gros malin de la ville a sans doute l'intention de nous faire une bonne blague, dit Joe. Il s'est probablement caché dans les bois, pour voir s'il peut nous effrayer. Sortons d'ici.

J'étais d'accord. La poussière et les toiles d'araignée m'avaient donné à la longue des sensations pénibles. J'avais l'impression que l'humidité imprégnait mes vêtements, que ma peau était moite et mon corps tout sale.

Nous sommes sortis de la cave et pendant trois heures nous avons battu les fourrés pour retrouver Harold, explorant le bois, cherchant partout et criant son nom. Voyant que l'ombre de la nuit commençait à s'étendre rapidement, nous avons repris le chemin de la maison.

Joe ne cessait de dire qu'Harold nous avait joué un tour et qu'il était maintenant chez lui, se moquant de nous à l'idée que nous tournions en rond dans le bois pour le retrouver.

Je n'en étais pas tellement convaincu. J'éprouvais cette impression troublante que quelque chose clochait, tout en ne sachant trop quoi faire pour y remédier. Dès mon retour à la maison, je téléphonai aux parents d'Harold. Ils étaient déjà inquiets et je dus leur dire ce qui s'était passé. Je ne précisai pas que nous avions vu Harold pour la dernière fois dans la maison Yost. Je leur donnai simplement à entendre que nous avions perdu sa trace dans les bois.

Cette même nuit, mon père prit la tête d'une expédition de secours, un groupe nombreux d'hommes et de jeunes, munis de lanternes et de torches, se mit en devoir de fouiller le bois. Je me joignis à eux. Hon Schyler était naturellement des nôtres, car il connaissait les lieux comme sa poche. Vers neuf heures, j'eus l'occasion de lui parler et je lui avouai qu'Harold était passé par le tunnel.

— On vous avait pourtant avertis bien des fois, de vous tenir éloignés de ce vieux bâtiment !

— Je sais, Hon, mais il a insisté pour y aller. Pensez-vous qu'il a pu être victime d'un éboulement ?

— C'est possible. Mais inutile d'affoler les autres avec cette supposition avant que nous soyons fixés. Je vais filer jeter un coup d'œil.

Il y avait école le lendemain, et les hommes renvoyèrent tous les garçons chez eux à minuit. C'est à ce moment que je revis Hon. Il me prit à part et me dit avoir emprunté le tunnel sans retrouver Harold.

— Il aura certainement abouti dans les bois, poursuivit-il, car j'ai remarqué les empreintes de ses pas tout près de la sortie, mais je les ai perdues sur les feuilles. De toute façon, à votre place, toi et Joe, je garderais bouche cousue sur votre expédition dans le domaine Yost. Tu te ferais engueuler par ton père s'il l'apprenait.

— Bien sûr, dis-je, nous ne dirons rien...

On retrouva Harold Edmonds le lendemain, mais,

dans la rivière. Il s'était noyé. Il avait une bosse au sommet de la tête, dont le coroner estima qu'elle avait été probablement causée par une souche ou un rocher à fleur d'eau.

Les dix années qui suivirent la mort d'Harold me semblèrent passer très rapidement. A dix-huit ans, je partis pour l'université et j'accomplis ensuite mon service militaire. A mon retour définitif à la maison, je venais d'avoir vingt-cinq ans.

Mon père insistait pour que j'accepte un emploi dans les bureaux du procureur du comté, ce qui me permettrait de faire mes premiers pas dans une carrière politique. Bien que n'ayant que peu de goût pour ce job, je décidai de le prendre pendant quelque temps. Ces fonctions me donneraient, en effet, l'occasion d'établir certains contacts et de me familiariser avec la législation quelque peu complexe pour une affaire assez particulière que j'avais en tête.

J'occupais le poste d'adjoint au procureur du district depuis un an, lorsqu'un deuxième drame bouleversa notre ville. Mon ami d'enfance, Joe Turpin, fut assassiné. Des gosses trouvèrent son cadavre gisant sur la berge de la petite rivière bordant le bois de la propriété Yost. Le meurtre ne faisait aucun doute, car Joe avait été égorgé avec une violence telle qu'il était à moitié décapité.

— La blessure n'est pas due à un couteau, dit le coroner. Il a été tué avec un instrument à lame large et on lui a porté un coup droit. Peut-être une hache, ou même une bêche.

Je rendis visite à Gert, la sœur de Joe. Elle avait épousé un homme du pays, et Joe, qui n'était pas encore marié, avait loué une chambre chez eux.

— A ta connaissance, Gert, lui demandai-je, Joe avait-il des ennemis ?

— Non, certainement pas. Ici, tout le monde aimait Joe, tu le sais bien, Phil.

— Peux-tu me dire pourquoi il s'est rendu hier dans

le bois. Avait-il l'intention de chasser, de pêcher ou de faire autre chose ?

Gert baissa les yeux vers ses mains crispées sur ses genoux et frissonna en me répondant :

— C'est affreux quand j'y pense. Joe m'a annoncé qu'il allait se balader dans le bois Yost et, histoire de plaisanter, je lui ai dit : « Ne t'approche pas trop de la maison, sinon les tomahawks t'abattront. » Il a ri en répliquant qu'il irait peut-être y jeter un coup d'œil pour essayer de retrouver l'or de Sillinger.

Elle porta son poing à sa bouche en se mettant à pleurer et je la pris dans mes bras.

— Alors, reprit-elle en sanglotant, cette chose horrible lui est arrivée... comme si... comme si c'était vraiment...

— Allons, Gert, dis-je doucement, tâche de ne pas trop y penser pour le moment. Laisse-nous ce soin. Nous irons jusqu'au fond de l'affaire.

Le fond, j'avais le sentiment d'en être tout près. Je retournai au bureau, où je pris un revolver P .38 ainsi qu'une torche électrique, et je me dirigeai vers la maison Yost.

Rien dans la vieille demeure ne paraissait avoir changé. La porte d'entrée dégradée par le temps, avec son imposte brisée et son fronton vermoulu, était toujours en place, comme pour protéger des secrets maléfiques. Je me frayai un chemin à travers les hautes herbes et descendis les marches de la cave.

Braquant ma torche vers le sol couvert de moisissures, je contournai les restes à moitié pourris des barriques, des coffres et des meubles en ruine, puis suivis la muraille jusqu'aux rayonnages qui protégeaient l'accès du passage souterrain. Je m'arrêtai un instant devant l'ouverture étroite de ce tunnel et je prêtai l'oreille.

T'chok... t'chok

L'homme était au fond, en train de bêcher comme il l'avait fait pendant des années. Je souris en évoquant les heures interminables qu'il avait dû passer là à rechercher quelque chose qui ne s'y trouvait plus. Je me faufilai derrière le meuble, me courbai et m'engageai dans le tunnel, avançant avec prudence, à l'aveuglette, utilisant ma torche le moins possible de crainte qu'il n'aperçoive la lumière.

Ce boyau était vraiment affreux. J'avais la sensation d'être une taupe fouissant une terre profonde comme un abîme. Par instants, les rayons de ma torche provoquaient des reflets étranges dans le tunnel aux murs encroûtés de boue séchée, dont je suivais le tracé parfois sinueux ; ils révélaient aussi, sur le sol dur teinté par la moisissure, des trous peu profonds, partout où l'homme avait creusé.

Une lueur vive éclaira soudain, juste en face de moi, un tronçon du tunnel, à un endroit où il formait un coude. Je fourrai la torche dans ma poche et me saisis de mon revolver. Puis, je fis quelques pas et regardai par-delà le tournant.

Une lanterne allumée était posée sur le sol et Hon Schyler, accroupi, creusait la terre avec une bêche à manche court. Je m'avançai vers le cercle de lumière.

— Je me suis toujours douté que c'était toi, Hon, dis-je.

Il leva brusquement la tête et faillit s'assommer en heurtant une des traverses. La flamme de la lanterne faisait rougeoyer son visage crispé, aux yeux hagards et à l'expression démoniaque. Ramassé sur lui-même, il me faisait face et tenait sa bêche comme un fusil au présentez armes. Il se passa la langue sur les lèvres avant de parler :

— C'est dommage que tu viennes fourrer ton nez dans mes affaires, Phil.

— Tu veux dire que, maintenant, tu vas être obligé de me refroidir, comme tu l'as fait avec Harold Edmonds et Joe ? Pourquoi ne t'es-tu pas arrangé pour que la mort de Joe ait l'air d'un accident ?

Hon répliqua en ricanant :

— Parce que Joe n'a pas été aussi facile à expédier que le môme Edmonds. Pour Joe, j'ai dû me servir de ça, dit-il en levant sa bêche d'un geste expressif. Il m'avait entendu creuser et pris sur le fait. J'ai passé trop d'années à rechercher l'or de Sillinger pour le partager avec le premier venu, Phil. Aujourd'hui, je suis très près du trésor, tu entends, je le *sais*.

— Non, lui dis-je, c'est impossible.

— Non ? Qu'est-ce que tu me chantes là ? L'or se trouve sûrement dans le tunnel. J'ai fouillé toute la maison des douzaines de fois et je suis sûr qu'elle ne contient rien. La nuit du massacre, les hommes de l'intendant sont passés par ici, n'est-ce pas ? Quand ils ont constaté qu'ils ne pourraient s'échapper, ils ont dû l'enfouir sur place.

— Non, Hon, il a disparu, et disparu depuis des années.

Un éclair de folie passa dans ses yeux et il hurla :

— Tu mens ! Tu essayes de me refaire, tu le veux pour toi seul !

J'ouvris la bouche afin de lui expliquer, mais il ne m'en laissa pas le temps. Soudain, de biais, il tenta de décocher un coup de bêche pour atteindre le revolver que j'avais à la main. Je fis un bond en arrière et me cognai la tête contre une traverse. Je n'eus même pas une seconde pour lever le bras et viser, car il se rua sur moi avec sa maudite bêche au fer carré, brandie pour me trancher la gorge. Je tirai donc de la hanche, à bout portant.

La détonation du P .38 se répercuta dans les entrailles de la terre, et je tremblai, craignant de voir le tunnel s'effondrer. Des débris s'émiettèrent sur mon dos courbé, mais les vieux madriers résistèrent. Quand la fumée se fut dissipée, j'aperçus Hon couché sur le dos, la tête près de la lanterne. Il ne semblait pas réaliser que mon coup de feu l'avait atteint.

— L'or est ici, je le sais, dit-il en haletant. Un jour, j'ai même trouvé deux anciens souverains dans le passage.

Je m'accroupis à côté de lui. Ses yeux avaient un drôle de regard vitreux.

— Ils étaient probablement tombés du coffre de Sillinger, lui dis-je, quand j'ai commencé à le traîner hors d'ici, il y a dix ans. Il était tout démantibulé. Je craignais que tu ne te trouves quelque part à l'extérieur. C'est pourquoi j'avais l'intention d'utiliser le souterrain qui me mènerait dans le bois. Mais, j'ai manqué de courage pour aller jusqu'au bout. Finalement, j'ai pris le risque de le hisser jusqu'à la cour.

Hon s'efforçait de me regarder, mais ses yeux étaient comme voilés.

— Toi... c'est toi...

— Oui, Hon. J'ai caché l'or dans le bois quand j'avais quinze ans. Je ne savais pas trop qu'en faire, parce que les lois sur la découverte des trésors sont si imprécises que je craignais d'être obligé de céder la moitié à l'Etat. Par bonheur, j'ai rencontré il y a deux mois un homme qui s'en est chargé moyennant une somme raisonnable et sans poser de questions.

— Tu mens ! Ce n'est pas vrai !

— C'est la vérité, Hon. J'avais découvert l'or dans la cave le jour où tu as tué le jeune Edmonds. Comme Joe n'avait rien vu, je n'en ai soufflé mot et je suis revenu le lendemain pendant que tout le monde cherchait Edmonds. Le trésor était resté là, dans la cave, depuis 1777, enfoui dans la masse des détritus. Le nom de l'intendant y était même inscrit.

— Non, dit Hon d'une voix étranglée. J'ai fouillé dans ces débris voici des années. Il n'existait pas de coffre portant le nom de Sillinger. Rien que des vieux vêtements et...

— Tu aurais dû fréquenter l'école plus longtemps, Hon. Nous avons appris en classe que « Sillinger » est une contraction, usitée dans la région, de son véritable nom : *Barry St. Léger.*

Mais cette révélation venait trop tard pour Hon. Il était maintenant à jamais délivré de tout souci.

The Shunned House.
Traduction de F. W. Grosse.

Le menteur artificiel

par

WILLIAM BRITTAIN

Et, pour commencer, Don José était mort.

Le major Orin Watkins, chef de la Sécurité au Centre national de Recherche biologique, regarda le petit homme assis en face de lui. Avec son vieux visage ridé, exprimant angoisse et désarroi, Augustin Lanier faisait penser à un personnage de Dickens. Pas Scrooge, bien sûr, car Augustin était un brave homme, ni même Micawber car il était plutôt maigre. Barkis peut-être... Oui, Orin l'aurait assez bien vu dans la peau de Barkis, tel qu'il en gardait le souvenir après sa lecture passionnée de *David Copperfield.* Bien qu'il eût titre d'archiviste parce qu'il était chargé du fichier, Augustin n'était pas « cadre » mais c'était un excellent employé et, tout comme Barkis, il débordait de bonne volonté.

— Don José était mon canari préféré, expliqua doucement Augustin. Je lui avais donné ce nom parce que, dans l'opéra, Carmen appelle don José « mon beau canari ». Et maintenant, il est mort, monsieur.

Orin n'avait jamais pu s'habituer à ce que des hommes ayant vingt ans de plus que lui l'appellent « monsieur ».

— Augustin, je suis navré que votre canari soit mort. Mais est-ce la seule raison qui vous ait poussé à venir me voir ? Je vous voyais par la fenêtre et vous êtes resté une vingtaine de minutes à faire les cent pas avant de vous décider à entrer. Je pensais que vous aviez quelque chose d'important à me dire.

— Mais c'est important, monsieur Watkins, assura Lanier en se tassant un peu plus sur son siège et regardant Orin par-dessus ses lunettes à monture d'acier. Voyez-vous, je crois que je devrais être relevé des fonctions que j'ai au Centre car il se pourrait que je constitue un risque.

Orin considéra le vieil homme avec surprise. Augustin était un des premiers employés qu'on avait engagés lorsque le Centre avait été construit. Et il avait passé haut la main les tests auxquels on l'avait soumis. Tout comme ses antécédents, les tests touchant l'intelligence et la psychologie, ainsi que les réactions enregistrées par le détecteur de mensonge, tout indiquait une personnalité sans tache. Certes, comme on y étudiait des organismes pathogènes particulièrement mortels, il fallait que le personnel du Centre fût sélectionné avec un soin extrême. Alors Augustin constituer un risque ? Non, c'était impossible.

— Ecoutez, Augustin, votre canari est mort, mais ça n'est pas une raison pour vous affoler et vouloir nous quitter. Reposez-vous jusqu'à demain et allez visiter des oiselleries. Lorsque vous aurez remplacé Don José, vous l'oublierez vite.

— Ce qui me tracasse, ça n'est pas tellement que Don José soit mort, monsieur, assura Lanier en secouant la tête avec emphase, mais le fait qu'il soit mort étranglé.

— Etranglé ? Comment diable a-t-il fait pour s'étrangler ?

— Oh ! Don José ne s'est pas étranglé accidentellement, monsieur.

— Vous voulez dire que... ?

— Je... Je ne sais pas trop, monsieur.

Sortant un mouchoir de sa poche, Lanier se mit à le rouler en boule dans ses mains, tout en poursuivant :

— C'est là tout le problème, monsieur. D'autant que la mort de Don José n'a été que le premier incident... Il m'est arrivé des choses tellement étranges au cours de ces derniers jours, monsieur Watkins, que je me demande si je ne perds pas la tête.

Lanier avait fait cette déclaration d'un ton d'excuse, comme s'il avait le sentiment de mettre tout le Centre en péril. Il s'essuya les yeux avec le mouchoir roulé en boule.

— Je suis désolé de vous déranger ainsi, monsieur, mais j'ai estimé que vous deviez être mis au courant.

Que le vieil homme ait eu le courage de venir lui parler ainsi, attestait son dévouement total au Centre, jugea Orin. Combien de gens auraient accepté de convenir, fût-ce en eux-mêmes, qu'ils avaient peut-être l'esprit dérangé ?

— Ecoutez, Augustin, dit-il gentiment, le mieux serait sans doute que vous commenciez par le commencement… Dites-moi ce qui vous est arrivé d'étrange au cours de ces derniers jours ?

Subrepticement, il pressa un bouton sous le rebord de son bureau. Un microphone dissimulé dans la boule d'onyx qui décorait le meuble, se mit à ingérer les paroles de Lanier pour les transmettre à un magnétophone installé dans un des tiroirs inférieurs.

— Eh bien, le commencement remonte à vendredi dernier, monsieur. Ce matin-là, j'avais peur d'être en retard. D'ordinaire, je peux compter sur Mme Carrigan — c'est ma logeuse — pour me réveiller si je manque de le faire à mon heure habituelle, mais elle est partie voir des parents et ne sera pas de retour avant la fin du mois. Quant au sergent Pomeroy — c'est l'autre locataire — il est à la pêche pour plusieurs jours et ne rentrera que plus tard dans la semaine. Je me trouvais donc seul à la maison et j'avais dû oublier de remonter la sonnerie du réveil…

Orin se demandait si son interlocuteur allait finir par en arriver au fait.

— Pomeroy… s'enquit-il sur le ton de la conversation. C'est bien Jerry Pomeroy, un des gardes de la porte ouest ?

— Oui, monsieur, confirma Augustin. Sur ce, comme je sortais de la maison pour prendre ma voiture, je me suis aperçu que j'avais oublié mes clefs. Cela m'arrive assez souvent... Je suis navré d'être aussi distrait.

— Donc quelqu'un d'autre a pu les utiliser pour entrer ici où, ensuite, il avait accès partout, sauf dans les labos, évidemment.

— Oh ! monsieur Watkins ! s'exclama l'autre, visiblement choqué. Les clefs n'ont jamais été hors de ma possession plus d'une minute ou deux !

— Bon, Augustin, bon. Continuez votre histoire.

— Je suis remonté aussitôt dans la chambre et c'est alors que je l'ai trouvé.

— Vous voulez parler de Don José ?

— Oui, monsieur. Il gisait au beau milieu du tapis. Et il avait été étranglé... avec mes clefs.

— Etranglé avec vos clefs ? répéta lentement Orin. Je ne vous suis pas bien.

— Oh ! excusez-moi, monsieur... Ce n'était pas exactement avec mes clefs... Elles sont sur un anneau attaché à une chaînette. C'est cette chaînette qui était serrée autour du cou de Don José, et si étroitement qu'il en a été presque décapité, le malheureux...

— Ce sont des choses qui peuvent arriver, tenta de raisonner Orin. Quand vous êtes parti, l'oiseau s'est échappé et, en voletant dans la pièce, il se sera pris le cou dans votre chaînette...

— Oui, je suppose que cela aurait pu se produire ainsi, sauf...

— Sauf que quoi ?

— La chaîne n'était pas simplement enroulée, mais *nouée* autour de son cou.

Orin se laissa aller contre le dossier de son fauteuil :

— Aucune possibilité que l'oiseau se soit...

— Non, monsieur Watkins, absolument aucune.

Bizarre, certes, mais enfin cela n'avait rien à voir avec la sécurité du Centre. A moins, bien sûr, qu'Augustin devenant gâteux, eût des passages à vide dont il ne gardait pas souvenir. Ce serait au cours d'un de ces moments-là qu'il aurait lui-même étranglé le canari.

— Vous avez dit tout à l'heure que l'étranglement de Don José n'avait été que le *premier* incident ? Qu'entendez-vous par là, Augustin ?

— Eh bien, monsieur, ensuite il y a eu les fiches dans mon armoire à pharmacie.

— Les fiches ?

— Oui. Voyez-vous, après la mort de Don José, je n'ai cessé de me demander tout au long de la journée comment cela avait pu se produire, au point d'en avoir un violent mal de tête. Alors, en rentrant chez moi vendredi après-midi, j'ai décidé de prendre deux comprimés d'aspirine. Parce que je suis sujet aux migraines, Mme Carrigan tolère que je garde un flacon de comprimés dans l'armoire à pharmacie de la salle de bains.

— Continuez, Augustin, continuez.

— Je suis donc monté dans la salle de bains où j'ai commencé par remplir un verre d'eau. Lorsque j'ai ouvert l'armoire à pharmacie... Mon Dieu, quelle dégringolade !

— Dégringolade de quoi ?

— Des fiches, monsieur. Des fiches électriques, de celles qu'on appelle « multiples », je crois.

— Bon, et alors ? fit Orin.

— Eh bien, n'est-ce pas un drôle d'endroit pour ranger des fiches comme ça ? Surtout qu'il y en avait bien quatre ou cinq douzaines.

— Oui, que faisaient-elles là ? s'enquit Orin avec un rien de sarcasme.

— Je n'en ai aucune idée, monsieur. Surtout qu'elles n'y étaient pas la veille au soir et que je me trouvais seul à la maison. C'est ça qui me tourmente, monsieur Watkins. Est-il possible que, sans en avoir conscience, ce soit moi qui les aie mises là ?

— Sans en garder aucun souvenir, ce serait quand même bizarre...

— Oui, n'est-ce pas ? Mais c'est peut-être que... que je perds la tête ?

— Ce sera aux médecins d'en juger, Augustin. Mais, si j'étais vous, je ne me ferais pas trop de souci. Il doit y avoir une explication. D'ailleurs, si vous perdiez la tête, comme vous dites, vous auriez des hallucinations, des visions...

L'expression du vieil homme fit Orin se pencher vers lui, par-dessus le bureau.

— Serait-ce que vous avez eu des hallucinations, Augustin ?

— Je... Je n'en sais trop rien...

— Que voulez-vous dire par là ? Expliquez-vous ? La voix d'Orin s'était faite soudain plus sèche qu'il ne le voulait.

— C'était samedi soir, monsieur Watkins. J'étais sorti faire un tour, sans but précis, parce que j'avais de la peine à trouver le sommeil depuis la mort de Don José et cette histoire de fiches. Il était onze heures et demie quand j'ai quitté la maison. Ce doit donc être aux alentours de minuit que cela est arrivé...

— Qu'est-ce qui est arrivé ?

— Je m'étais arrêté sous un réverbère pour allumer ma pipe. Comme je frottais l'allumette, j'ai eu soudain conscience qu'un homme se tenait près de moi. Je ne l'avais pas entendu approcher. Il devait avoir des chaussures à semelles de crêpe.

— Il vous a agressé ? Exigé de l'argent ou quelque chose comme ça ?

— Oh ! non, pas du tout... Il a même très poliment ôté son chapeau... Mais ce geste m'a fait voir qu'il portait un masque.

— Un masque ?

— Oui, monsieur. Un de ces masques en caoutchouc qui recouvrent toute la tête. J'ai eu drôlement peur... Non pas seulement parce que ce masque représentait une tête de loup-garou, mais parce que l'homme s'est soudain mis à quatre pattes hurlant à la lune ! Puis il s'est relevé d'un bond, coiffé de son chapeau et a disparu dans l'obscurité après m'avoir serré la main !

— Voilà, en tout cas, qui peut aisément s'expliquer, déclara Orin en souriant. Il s'agissait de quelqu'un revenant d'une soirée costumée ou alors d'un mauvais plaisant. Ivre, très probablement.

— Peut-être, monsieur... Mais après les deux autres incidents, j'aime autant vous dire que cette rencontre m'a drôlement secoué les nerfs.

— C'est assez dingue, j'en conviens, mais nullement impossible. Y a-t-il encore une autre chose, Augustin ?

— Oui, monsieur Watkins, et qui s'est produite la nuit dernière, à moins que ce ne soit ce matin... C'est difficile à dire.

Orin se rendait compte que son interlocuteur était terriblement éprouvé par ce qui lui était arrivé. Ses mains tremblaient et il était au bord des larmes.

— Hier soir, monsieur, j'ai fait le ménage dans ma chambre, aspirateur et tout. Lorsque je me suis couché absolument rien ne clochait... Je vous demande de me croire, monsieur Watkins !

— Mais je ne mets pas votre parole en doute, Augustin. Continuez donc.

— Oui, excusez-moi... Je finis par perdre le contrôle de mes nerfs... Bref, j'ai fermé ma porte à clef et je me suis couché. Ce matin, lorsque je me suis levé, j'ai trouvé... j'ai trouvé...

Augustin se cacha brusquement le visage dans ses mains et éclata en sanglots.

Durant plusieurs minutes, le silence du bureau ne fut troublé que par ces sanglots spasmodiques puis, au prix d'un terrible effort, le vieil homme parvint à se ressaisir. Se baissant alors, il ramassa par terre un rouleau de papier qu'il déposa sur le bureau d'Orin.

Orin le déroula devant lui. Il s'agissait d'une sorte de poster représentant un militaire, un officier français, visage viril dominé par un nez imposant sous lequel était imprimé *Général Jacques Massu.*

— Là, en tout cas, rien d'effrayant, commenta Orin.

— Sauf, monsieur Watkins, que je n'ai jamais eu un tel poster en ma possession. Or il était accroché à mon étagère de livres quand je me suis réveillé. Je vous jure que je ne l'avais jamais vu auparavant ! Jamais ! Alors, comment est-il venu là ? D'abord, on tue mon canari... Puis les fiches dans l'armoire à pharmacie et ma rencontre avec cet homme affublé d'un masque hideux... Avec ça pour finir. Tout d'abord, j'étais résolu à ne pas en souffler mot...

— Oui, c'est ainsi qu'auraient agi quatre-vingt-dix-neuf personnes sur cent. Mais vous avez bien fait de venir me parler, Augustin. Seulement... Oh ! le diable m'emporte !

D'un geste rageur, Orin roula en boule une feuille de papier et la jeta dans un coin de la pièce.

— Vous ne vous sentez pas bien, monsieur Watkins ?

— Si, Augustin, si. C'est simplement que vous êtes un trop brave type et que je m'en veux...

— Qu'y a-t-il donc, monsieur Watkins ?

— Ecoutez. Vous venez de me raconter des choses assez extravagantes. Toutefois, en ce qui me concerne, je ne pense pas que vous soyez en train de perdre la tête. D'un autre côté, je ne suis pas médecin et, quels que puissent être mes sentiments personnels, je dois penser avant tout à la sécurité du Centre. Vous êtes bien d'accord ?

— Sans doute, mais...

— Laissez-moi poursuivre. Si ces choses étaient arrivées à l'un des savants qui travaillent ici, mon sentiment serait que quelqu'un cherche à le rendre fou. Mais, Augustin, le poste que vous occupez n'est pas d'une telle importance et, disons-le carrément, si vous veniez à disparaître demain, votre remplacement ne poserait pas grand problème. Qui plus est, vous n'êtes pas suffisamment au fait des recherches auxquelles nous travaillons pour que vous soyez en mesure de communiquer à quelqu'un des renseignements primordiaux. Je ne veux nullement vous vexer mais c'est l'exacte vérité.

— J'en suis parfaitement conscient, monsieur Watkins.

— Bon, alors si nous éliminons l'hypothèse que quelqu'un cherche à nous priver de votre collaboration, que reste-t-il ?

Augustin regarda tristement le plancher :

— Ce que vous voulez me donner à entendre, c'est que j'ai rêvé ces différentes choses ou alors que je les ai faites moi-même. N'est-ce pas ?

— Oui, mais... Oh ! bon sang !

Orin empoigna rageusement le combiné de son téléphone en disant :

— Il me faut vous garder ici, au Centre, Augustin. Vous ferez l'objet d'une surveillance particulière et les médecins viendront vous voir régulièrement. Je vais donner des ordres pour que vous soyez installé aussi confortablement que possible, mais tout ce que vous m'avez raconté doit rester strictement entre nous, vous m'entendez bien ? Et si vous pensez vous réclamer de vos droits constitutionnels, faites une croix dessus. Vous êtes ici dans un endroit top secret et non dans une salle d'audience.

— Ne vous faites aucun souci en ce qui concerne mon confort, monsieur Watkins. Je savais très bien à quoi m'attendre lorsque je suis entré ici.

Orin ouvrit la bouche, puis la referma brusquement. Qu'aurait-il pu dire ? Il se mit à actionner le cadran du téléphone.

Après avoir confié Augustin Lanier à deux gardes auxquels il donna ordre de ne pas le perdre de vue jusqu'à plus ample informé, Orin s'en fut à la cafétéria où il mangea ce qui aurait pu aussi bien être du carton bouilli pour le plaisir qu'il y prit. De retour au bureau, il se laissa tomber dans son fauteuil à pivot et fit face à un plan du Centre qui décorait le mur.

Un bruit de pas cadencé au-dehors le fit se tourner vers la fenêtre d'où il vit la relève des gardes militaires.

Après avoir échangé les saluts réglementaires, les arrivants prirent place dans les guérites flanquant l'entrée, tandis que ceux qui venaient de terminer leur faction de quatre heures regagnaient leurs quartiers, situés juste au-dessous du bureau. Là, les hommes qui vivaient à demeure au Centre pouvaient bavarder, lire ou prendre un acompte de sommeil tandis que les sous-officiers qui avaient une chambre en ville, se hâtaient vers la sortie où un car les attendait. Ils étaient libres de leur temps jusqu'à huit heures du soir.

Comme Orin ramenait son regard sur le plan, ses sourcils se froncèrent. Il venait de s'aviser d'une chose qu'il n'avait pas remarquée auparavant. Certes, il était facile d'y remédier, mais ça n'en était pas moins une faille dans le dispositif de sécurité.

On frappa à la porte.

— Entrez ! cria Orin d'un ton impatienté

L'homme qui pénétra dans la pièce avait sa chemise militaire déboutonnée et grattait sa poitrine velue. Il serrait entre ses dents une pipe dont le fourneau avait presque la taille d'une tasse à café. Si le colonel Timothy Doherty, chef du service médical du Centre, n'avait pas été un médecin exceptionnel, on l'aurait depuis longtemps envoyé exercer ailleurs. Mais Orin l'aimait beaucoup, car le gros docteur rayonnait d'une joie de vivre tout irlandaise, qui était la bienvenue dans l'ambiance militaire régnant au Centre.

— J'ai pensé que vous aimeriez savoir où j'en suis avec votre Lanier, annonça Doherty en se laissant tomber dans un fauteuil et secouant sur la moquette le contenu incandescent de sa pipe.

— Oui, Tim. Dans une minute.

— Comment ça, dans une minute ? Vous m'aviez dit vouloir être informé aussitôt que j'en aurais terminé avec votre homme !

— Jetez d'abord un coup d'œil à ce plan, voulez-vous ? fit Orin en pointant l'index vers le mur. Nous nous trouvons ici, et les gardes qui viennent d'être relevés sont au-dessous de nous.

— On ne peut en douter, acquiesça le médecin, vu qu'ils font un boucan à réveiller les morts.

— Mais, Tim, ils sont encore à l'intérieur du Centre.

Doherty écarta les mains en un geste expressif :

— Remarquable déduction, Orin !

— Non, soyons sérieux, Tim. Je veux m'assurer que je ne me trompe pas. A présent, nous autorisons les gardes habitant en ville à sortir du Centre quand ils ont terminé leur service, et sans qu'ils soient l'objet d'une inspection bien minutieuse. Si donc l'un d'entre eux voulait emporter quelque chose du Centre, il pourrait le faire sans grand risque.

— Emporter quelque chose ? Et qu'est-ce qu'un de vos hommes pourrait bien vouloir emporter d'ici ?

— Il est des gens qui seraient disposés à payer très cher des informations touchant les activités du Centre.

— Dois-je comprendre que vous n'avez pas une entière confiance dans les gardes ?

— Au poste que j'occupe, je me dois de n'avoir entière confiance en personne. Or la tentation est grande... Regardez, les archives se trouvent à l'autre extrémité de ce bâtiment. Maintenant qu'il a terminé son service, qu'est-ce qui empêche un des gardes en question d'aller aux archives, au lieu de quitter immédiatement le Centre ?

— Eh bien, pour commencer, quelqu'un pourrait le voir, car il fait grand jour. Et, ensuite, le service des archives est toujours soigneusement fermé à clef.

— Mais si c'était la nuit ? Et si le garde possédait une clef ?

— Dans ce cas, je suppose qu'il pourrait accéder aux archives s'il en éprouvait l'envie.

— Et se documenter sur tous nos travaux. S'il disposait d'un appareil, il pourrait même photographier n'importe quel document.

— Un instant, Orin. Un homme monte spécialement la garde devant la salle des archives et même lui n'en possède pas la clef, non plus que celle des classeurs.

— Soit. Mais supposons que notre homme emprunte

le couloir que voici… Jusqu'à la dernière minute, il échappe à la vue du garde en question. Il peut donc l'assommer par surprise et…

— … et à supposer même qu'il arrive à ouvrir toutes les serrures, lorsque le garde reprendra connaissance et l'identifiera, il aura tous les policiers du comté à sa recherche.

— Mais s'il porte un masque ?

— Mais ! Mais ! Mais !

Doherty ralluma sa pipe et considéra Orin à travers la fumée :

— Si cela vous tourmente à un tel point, faites surveiller les gardes du secteur jusqu'à ce qu'ils aient quitté le Centre.

— Oui… Je m'en vais suggérer ça au commandant, apprécia Orin avec un hochement de tête, avant d'enchaîner : Bon, maintenant parlez-moi de Lanier ?

— Soit dit entre nous, il est aussi sain d'esprit que vous ou moi… encore que je ne m'avancerais pas trop en ce qui vous concerne après ce que vous venez de me raconter.

Le médecin considéra Orin en riant, puis dit d'un ton détaché :

— Au fait, le canari de Lanier est vraiment mort, vous savez.

— Ah ? Et comment avez-vous appris ça ?

— Lanier m'avait dit l'avoir enterré dans le jardin de sa logeuse. J'ai envoyé deux hommes là-bas et ils ont retrouvé le défunt canari. Il avait bien eu le cou brisé.

— J'ai l'impression que vous faites mon boulot, dites donc ! s'esclaffa Orin.

— L'essentiel est qu'il soit fait. Nous avons le cadavre de l'oiseau et le portrait de Massu. Nous savons donc que, à tout le moins, ces deux choses n'ont pas été imaginées par Lanier, et je crois bien que je vais devoir le reconnaître aussi sain d'esprit que de corps.

— Nous ne devrons pas moins nous séparer de lui, à moins que nous ne puissions trouver une explication logique à ces incidents.

— Avez-vous pensé au détecteur de mensonge ?

— Oui, mais à quoi cela nous avancerait-il ? Si Augustin ment, il constitue automatiquement un danger pour le Centre. Et s'il ne ment pas, les choses qui lui sont arrivées justifient que nous prenions la précaution de nous séparer de lui. Alors, où est la différence ?

— Le détecteur de mensonge pourrait nous livrer quelque indice touchant ce qui se passe dans son cerveau. Vous avez appris à vous en servir au cours de la formation spéciale que vous avez reçue et vous savez donc qu'il n'est point parfait. C'est pour cette raison que les constatations faites à travers lui ne sont pas acceptées comme preuves par les tribunaux.

— Mais il en va différemment au Centre. Lorsqu'on soumet quelqu'un au détecteur de mensonge et que les résultats ainsi obtenus dépassent certaines limites, nous nous séparons de la personne en cause. Ce n'est peut-être pas équitable, mais nous n'avons pas le droit de courir un risque.

— Soit. Néanmoins nous savons tous deux que le détecteur de mensonge ne radiographie pas le cerveau du sujet pour découvrir s'il ment ou non. La machine se borne à mesurer ses réactions. Un bracelet permet de savoir si sa tension artérielle monte, si son pouls s'accélère. Une embrasse autour de la poitrine nous renseigne sur son rythme respiratoire, et des électrodes aux extrémités de ses doigts nous indiquent s'il transpire. Le tout étant reporté automatiquement sur son diagramme.

— Vous parlez comme le livre où j'ai étudié la chose, Tim. On pose au sujet des questions neutres ou bien l'on prononce des mots quelconques tels que « chien », « chat » ou autre pour tester ses réactions. Mais si l'on dit « canari » à Augustin, l'aiguille du tracé va faire un bond terrible à cause de... Grand Dieu !

— Orin, vous devenez tout blême ! Vous ne vous sentez pas bien ? Voulez-vous un cordial, quelque chose ?

— Non, juste le téléphone.

Orin se saisit du combiné et actionna le cadran :

— Sergent Jennings ? Amenez M. Lanier dans mon bureau. Et sans délai ! aboya-t-il dans l'appareil avant de le reposer sur son support.

— Je suppose que vous êtes sur une piste, dit posément Doherty.

— Oh ! le salopard ! Quelle astuce ! s'exclama Orin sans paraître lui prêter attention. Et tout aurait marché si Augustin s'était tu comme n'importe qui d'autre l'aurait fait à sa place. Mais il est venu me trouver. Que Dieu le bénisse pour s'être montré aussi consciencieux !

— Je crois que je vais rester, déclara alors Doherty. De toute façon, ce matin, je n'ai qu'un furoncle à soigner. Mais je vous conseille de devenir un peu plus cohérent, sinon je vais vous réserver une cellule capitonnée juste à côté de celle de Lanier.

Trois minutes plus tard, Augustin Lanier pénétrait de nouveau dans le bureau et, après avoir salué nerveusement les deux hommes, s'asseyait dans le fauteuil que lui indiquait Orin.

— Augustin, lui dit Watkins quand le vieil homme fut installé, je crois pouvoir vous annoncer que j'ai de bonnes nouvelles pour vous. Je pense avoir découvert la signification des choses qui vous sont arrivées.

— De toutes ces choses, monsieur ? s'enquit l'autre dans un souffle.

— Absolument toutes, oui, confirma Orin. Ecoutez... Il y a quelques instants j'expliquais au colonel Doherty, ici présent, comment un des gardes du secteur pourrait s'introduire dans la salle des archives et y puiser des renseignements ultra-confidentiels.

— Vraiment, monsieur Watkins ? Mais c'est où je travaille... où je travaillais... et j'ai toujours pensé que c'était étroitement surveillé ?

— Non seulement il serait possible de s'y introduire, mais je crois que c'est exactement ce que quelqu'un se propose de faire. Et il est de par le monde maints endroits où certains renseignements lui seraient grassement payés.

— Oh ! J'espère que vous allez pouvoir l'arrêter à temps, monsieur ! Nombre d'enveloppes que j'ai classées là portaient la mention « top secret » !

— Je ne pense pas que cela présente grande difficulté. Selon moi, le voleur projette de rester ici, sur place, en s'arrangeant pour que le vol paraisse avoir été commis par un autre. Cet autre étant vous, Augustin.

— Moi ? Mais je ne comprends pas... Comment ça ?

— A vous, Tim, dit alors Orin en faisant pivoter son siège vers Doherty. Si un vol comme celui que je vous ai décrit venait à se produire, quelle est la première chose que je devrais faire ?

— Oh ! donner immédiatement des ordres pour que même un chat ne puisse sortir du Centre, tout en présentant vos excuses au commandant pour avoir pris une telle initiative sans lui en référer.

— Bon, mais quand j'en arriverais à l'interrogatoire des suspects ? Il me faudrait recourir au détecteur de mensonge, en commençant par les gens ayant accès à la salle des archives. Augustin se trouverait donc être un des premiers à être interrogés.

— Je ne comprends toujours pas où vous voulez en venir, dit Doherty.

— Réfléchissez, Tim, réfléchissez bien, lui conseilla Orin avant de se tourner vers le vieil homme. Augustin, vous avez été choisi comme bouc émissaire pour un vol de documents qui doit se produire cette nuit ou d'ici quarante-huit heures au plus tard. Pour cela, on a fait de vous un phénomène : le premier menteur artificiel qui soit au monde.

— Je ne sais vraiment plus que penser, monsieur... balbutia Lanier.

— Tim, poursuivit Orin, imaginez Augustin attaché au détecteur de mensonge. Sa tension artérielle, son pouls, sa respiration, la conductivité de sa peau, tout est surveillé, enregistré. Je commence alors à lui demander son nom ou ce qu'il ressent... n'importe quoi qui le mette à l'aise avant que nous passions à l'opération proprement dite. Nous sommes tombés d'accord que le voleur doit avoir accès aux clefs de la salle des archives. Alors, après quelques mots innocents, je dis « clefs ».

Lanier sursauta malgré lui cependant qu'il pâlissait intensément :

— Oh ! mon pauvre Don José, murmura-t-il. Et avec mon propre trousseau !

— Saint Patrick, protégez-nous ! commenta Doherty à mi-voix. Avec une réaction comme celle qu'il vient d'avoir, les aiguilles vont monter au sommet du diagramme ! Mais, ajouta-t-il en se grattant le crâne, les autres choses, Orin ?

— Essayez donc le mot « fiches », Tim.

— Ah ! oui, bien sûr... Et le truc du loup-garou le ferait réagir intensément au mot « masque ». Mais le général Massu ?

— Il faut assommer le gardien qui veille à la porte de la salle, non ? Alors pourquoi pas avec une des massues du gymnase ? Et, ainsi, nous détenons le parfait suspect. Non point parce qu'Augustin a fait quoi que ce soit de mal, mais parce qu'il a été conditionné psychologiquement pour réagir de façon violente aux mots que nous serions amenés à prononcer au cours de l'interrogatoire. Et pendant que nous nous concentrerions ainsi sur Augustin, le vrai coupable rirait sous cape. Mais Augustin n'a pas agi comme prévu et, au lieu de garder pour lui tous ces incidents bizarres dont il était victime, il est venu m'en faire part.

— Et le véritable voleur, celui qui a fait toutes ces choses à M. Lanier ? L'avez-vous aussi dans votre collimateur, Orin ?

Watkins eut un large sourire tout en se laissant aller contre le dossier de son fauteuil :

— Bien sûr, Tim. Augustin, vous m'avez dit que, ces derniers jours, vous vous trouviez seul dans la maison où vous habitez. Eh bien, c'était faux.

— Vous voulez dire que ma logeuse... ?

Orin secoua la tête :

— Je ne la vois guère admise ici comme garde. En revanche…

— Le sergent Pomeroy… balbutia Lanier en ouvrant de grands yeux. Sa chambre est juste en face de la mienne…

— Vous y voilà, Augustin. Voyez-vous, je suis persuadé que Pomeroy ne s'en est pas allé à la pêche loin d'ici, comme il vous l'avait annoncé. Il a certainement fait mine de partir avec tout son équipement, afin que vous en ayez plein la vue, mais il est allé bien vite se débarrasser de sa gaule, du filet et du reste pour revenir subrepticement. Depuis lors, il est demeuré caché dans sa chambre. Vous m'avez dit avoir oublié vos clefs à plusieurs reprises, il a donc pu s'introduire dans votre chambre pour en prendre une empreinte avec de la cire. C'est l'affaire de quelques secondes et il a eu largement le temps d'opérer avant que, vous avisant de votre oubli, vous reveniez chercher votre trousseau. Etant donné que vous travaillez dans la salle des archives, ces clefs lui auraient donné accès à n'importe quel classeur ou fichier. Et pour Don José, il a simplement attendu de constater que vous aviez de nouveau oublié vos clefs et, ouvrant aussitôt la cage, il a eu vite fait de trucider votre canari. Pour les autres incidents, c'était encore plus facile : dès que vous étiez parti pour la journée, Pomeroy avait tout loisir de faire ce qu'il voulait dans votre chambre.

— Voilà une hypothèse extrêmement intéressante, mon cher Orin, apprécia Doherty. Mais vous allez avoir du mal à la prouver, non ?

— Oh ! pas du tout, lui affirma Watkins.

La nuit du surlendemain, une silhouette toute de noir vêtue pénétra dans le bâtiment en utilisant une clef, puis en utilisa une autre pour s'introduire dans la salle des archives. L'homme en referma vivement la porte derrière lui mais, au même instant, quelqu'un arracha par-derrière le foulard noir qui dissimulait le bas de son visage. Saisi, il lâcha le trousseau de clefs qu'il tenait à la main tandis que les plafonniers s'allumaient soudain.

L'intrus se trouva face à quatre soldats qui braquaient leurs fusils sur lui.

— Bonsoir, sergent Pomeroy, dit Orin Watkins tout en escamotant le foulard noir dans sa poche. Merci de n'avoir pas déçu notre attente.

The Artificial Liar.
Traduction de Maurice Bernard Endrèbe.

Endurant mille morts...

par

HAL ELLSON

14 h 30. Pas un souffle. Pas un bruit. La chaleur était étouffante. Rogers se tourna vers le bureau, regarda la bouteille de cognac et secoua la tête. Boire seul n'avançait à rien. Il jeta un coup d'œil à sa montre. Moreno n'avait pas appelé. C'était lui qui avait la drogue.

« Ils ne peuvent jamais être à l'heure dans ce putain de pays », se dit-il. Le téléphone sonna sur la table de chevet. Il l'empoigna.

— Rogers ? demanda la voix.

— Ouais. Je suis encore là, Butler.

— Alors ?

— Alors, rien.

— Pas de coup de fil ?

— Non, toujours pas. Qu'est-ce qu'on fait ?

— On attend. C'est tout ce qu'on peut faire pour le moment.

— Ça fait deux jours que je mijote dans cette putain de chambre, Butler.

Butler se mit à rire.

— Tu peux te faire appeler au bar, tu sais.

— Tiens, ça c'est pas con.

— Ouais, mais attention, n'exagère pas. Un faux pas et tout est à l'eau.

— Je sais.

— Autre chose, Rogers...

— Ouais.

— Moreno va te contacter, mais ce n'est pas lui que tu verras.

— Alors, comment je vais faire pour l'échange ?

— Ne t'inquiète pas. Quelqu'un d'autre viendra livrer la marchandise à sa place. Ça ne m'étonnerait pas que ce soit un cul-de-jatte ou un aveugle.

— Tu rigoles ?

— Pas du tout. C'est sa façon d'opérer à Moreno. Il prend un type au bout du rouleau, prêt à tout et n'importe quoi pour une poignée de pesos. C'est pas cher et c'est discret. Comme ça, il gagne sur les deux tableaux.

— Peut-être, dit Rogers. Mais qu'est-ce qui l'empêche d'appeler maintenant ? Il sait pourtant bien qu'on est là, non ?

— Oui, il le sait. Mais il est prudent. Il se peut qu'il y ait des poulets dans les parages et que le coin soit surveillé. Alors, tu ne bouges pas. Tu attends, c'est tout.

— Je vois.

— O.K. Ne t'énerve pas, hein ? dit Butler et il raccrocha.

Rogers reposa le combiné. « Ouais, c'est ça, ne t'énerve pas », se dit-il, amer, « mais ça me retombe tout dessus ».

Il en était convaincu maintenant ; Butler restait le cul dans son fauteuil dans un hôtel à deux pas de là. Aucun risque pour lui dans tout ça, mais c'était lui qui avait tout monté et avec son fric.

Rogers se tourna vers la bouteille, la déboucha et avala une bonne lampée, puis encore une autre. Il regarda la bouteille. Il en restait à peine la moitié.

« Ne t'énerve pas », pensa-t-il et il eut un sourire pour son reflet dans le miroir ; il se sentait un peu regonflé.

Il décrocha le téléphone et dit que si on l'appelait, il était au bar. Il raccrocha et se dirigea vers la porte.

Le couloir était sombre et frais. Ses talons sonnèrent

sur le carrelage. Le cognac faisait vraiment son effet maintenant et il se sentait mieux, plus léger.

— Viva Mexico ! lança-t-il en pressant le bouton d'appel de l'ascenseur.

Il sortit de la cabine comme porté par un nuage. Le vaste salon de l'hôtel, baigné d'une pâle lumière, se mit à trembler sans raison apparente. Un bruit de voix espagnoles, fluides et inintelligibles l'enveloppa. Soudain, elles lui devenaient plaisantes, presque familières. Il heurta un garçon en veste blanche. Celui-ci s'inclina en s'excusant.

— C'est ma faute, dit Rogers précipitamment. Où est le bar ?

Le garçon indiqua une porte en verre dépoli vers laquelle Rogers dirigea ses pas, léger et détendu maintenant que l'angoisse de l'attente s'était dissipée.

« Attention, danger ! » se dit-il. Une fois au bar il se reprit. « Ne t'énerve pas, plus de cognac », décida-t-il.

Le barman s'approcha.

— Señor ?

— Une bière.

Une canette, puis deux, puis trois. Il s'était juré de prendre son temps pour les boire, mais une sensation de bien-être absolu l'envahissait peu à peu. Elle le submergea à la quatrième.

« Moreno n'appellera pas aujourd'hui », décréta-t-il, et il quitta le bar.

Sur le trottoir, il fut aveuglé par la lumière. Plissant les yeux à plusieurs reprises, il finit par distinguer la petite plaza. Elle était déserte. Accablée de chaleur, la ville somnolait. Une cloche sonna une fois. Un coup sourd et lourd.

Il se sentit vaciller et ferma les yeux. Quand il les rouvrit, un visage basané se tenait tout près du sien. Une rangée de dents blanches étincela.

— Vous voulez faire un petit tour, Señor ?

— Un petit tour où ? répondit-il.

Immédiatement, l'homme débita une liste entière de

visites qui auraient pu tenter un touriste. Rogers fit non de la tête.

— Pas de visites, Señor ?

— Non.

— Quelque chose d'autre, alors ?

Rogers hésita. Un homme s'approcha et s'arrêta près d'eux.

— Señor, je suis un guide officiel, lança-t-il rapidement. J'offre mes services à un prix raisonnable, aussi je suggère que vous ne louiez pas les services de cet homme.

— Ha ! parce qu'il a un petit badge à la boutonnière, du coup il devient guide officiel ! dit le premier. Lui et ses amis, ils veulent tout se garder !

— Ne l'écoutez pas, Señor. Vous regretteriez de l'avoir pris comme guide. Il n'est pas habilité à faire visiter.

— Et pourquoi ? demanda le premier d'un ton hargneux. Parce que toi et tes amis, vous vous gardez tous les badges ?

Rogers regarda le guide officiel. Il était bien habillé, bien nourri et sûr de lui, ça se sentait.

— J'ai déjà accepté les services de cet homme, dit-il désignant d'un signe de tête celui qui l'avait abordé le premier.

Le guide officiel s'inclina et s'éloigna sans un mot.

— Alors, s'enquit Rogers, qu'est-ce qu'il y a d'autre, à part les visites touristiques ?

— Plein de choses, Señor.

— Une salle de jeu, par exemple ?

— Oh, oui. Si cela vous tente, je peux vous recommander un endroit très respectable.

— Respectable ? Rogers éclata de rire mais, quand le visage du guide s'assombrit, il lui donna une tape amicale sur l'épaule.

— O.K. Montre-moi cet endroit respectable.

Les dents blanches étincelèrent à nouveau dans le visage basané. Le guide s'inclina et montra une voiture garée le long du trottoir à trois mètres de là.

Quand Rogers se mit à marcher, la rue bascula. Tout se brouilla devant lui. Il tituba et trébucha. Une main ferme saisit vivement son bras, l'aidant à se rétablir.

— Ça va, Señor ?

— Très bien.

Le guide sourit et courut à la voiture. Il ouvrit la portière, la referma sur Rogers, fit rapidement le tour du véhicule et s'installa au volant.

Une course d'une dizaine de minutes à travers les rues, désertes par cette chaleur torride, les amena à leur destination. C'était une vieille maison en adobe, aux murs bleu pâle et aux fenêtres munies de barreaux. Tous les volets étaient fermés.

Une lumière aveuglante inondait la rue déserte. Rogers plissa les yeux et dit :

— C'est là ?

— Oui, Señor.

— On dirait qu'il n'y a pas grand monde là-dedans.

— Il y a toujours quelqu'un. Entrez et donnez-leur ceci.

Le guide lui tendit une carte. Rogers la prit.

— Tu vas m'attendre ? demanda-t-il.

— Oui, Señor.

— C'est que je vais peut-être y rester pas mal de temps.

— Je suis très patient.

Rogers s'extirpa péniblement de la voiture. Quand il ouvrit la porte de la maison, un souffle d'air frais lui caressa le visage. Il cligna des yeux et la pièce se stabilisa. Ce n'était pas un bouge, loin de là. Il y avait de la musique douce. Huit joueurs se tenaient autour d'une longue table. Un gros homme à la face rougeaude s'inclina derrière un petit bar. Rogers lui donna la carte du guide, et le gros homme lui indiqua la longue table où les dés roulaient sans discontinuer.

Trois heures plus tard, Rogers sortit de la maison. Le guide était encore là. Dès qu'il vit son client, il bondit hors de la voiture et lui ouvrit la portière. Rogers monta.

— Ça va ? lui demanda le guide en s'installant au volant.

— Ça va, répondit Rogers.

Mais ça n'allait pas du tout. Il avait trop bu. Pire, les dés avaient été contre lui.

— La chance était avec vous ? s'enquit le guide.

— Pas vraiment.

— Ha, dommage.

« Dommage, c'est bien le mot », se dit Rogers. Son front se mouilla de sueur à la pensée de ce qui s'était passé.

— On va ailleurs ? demanda le guide. Ou bien voulez-vous rentrer à l'hôtel ?

— Pas tout de suite.

— Comme vous voudrez.

Le guide regarda droit devant lui, attendit quelques minutes et dit :

— Vous aimeriez peut-être aller dans un bon restaurant ?

— Non, pas de restaurant.

Le guide haussa les épaules.

— Vous avez une idée ? demanda-t-il.

— Ramène-moi à l'hôtel.

Cette fois, le guide ne prit pas la peine de répondre. Il mit le moteur en marche. Quand il démarra, Rogers ferma les yeux.

« Mais qu'est-ce que j'ai fait, bon Dieu ? » pensa-t-il et à nouveau, son front se mouilla de sueur au souvenir de ce qui s'était passé là-bas, dans la maison de jeu. Il avait perdu. Perdu non seulement son argent à lui, mais aussi l'argent que Butler lui avait donné pour payer la drogue quand il verrait Moreno.

« Seigneur ! » pensa-t-il. Mais tout n'était pas perdu. Moreno ne l'avait pas contacté. Peut-être n'appellerait-il pas. Peut-être…

Il se racontait des salades et il le savait. Même si Moreno ne devait jamais le contacter, il y aurait toujours Butler. Il faudrait lui rendre des comptes. C'était son argent après tout.

Mieux valait s'entendre avec Moreno. Le contacter d'une façon ou d'une autre et se faire remettre la drogue au bluff.

« Tu parles. Le bluffer. Impossible. On ne baratine pas un dealer. Il n'y a que deux choses qui marchent avec eux : l'argent ou un flingue. »

Soudain, tout s'illumina : un flingue, bien sûr ! La voiture s'arrêta.

— Señor ?

Il ouvrit les yeux. Ils étaient à nouveau devant l'hôtel. Le soleil avait perdu de sa violence, mais tout était encore trouble pour Rogers.

— Ça va ? demanda le guide.

— Oui, mais il fait chaud. Si on allait prendre un verre.

Le guide fronça les sourcils.

— Qu'est-ce qu'il y a ?

— Je conduis, Señor.

— T'inquiète pas pour ça. Mais tu as autre chose derrière la tête. Tu penses que j'ai déjà trop bu, hein ?

— Oh, non. Seulement vous avez l'air soucieux.

La remarque contraria Rogers, mais il réussit à rire.

— Je n'ai pas le moindre souci. Allons prendre ce verre. Je meurs de soif.

— Comme vous voudrez, Señor.

Cette expression irrita Rogers. Soudain, le comportement tout entier de ce guide lui portait sur les nerfs. Mais il savait bien ce qui l'ennuyait réellement, c'était d'avoir perdu l'argent.

Rogers descendit de voiture avant que le guide n'ait eu le temps de courir lui ouvrir la portière. Cela lui fit plaisir, et il faillit éclater de rire, mais il se retint.

La porte vitrée de l'hôtel s'ouvrit. Un homme grisonnant, dans un uniforme chamarré trop grand pour lui, s'inclina obséquieusement. La fraîcheur du salon enveloppa Rogers. Il se dirigea vers le bar, s'enfonçant avec délice dans cette ombre profonde, si reposante après la violente clarté de la rue. Se maudissant de s'être fourré dans un tel pétrin, il songea à nouveau au revolver, mais seulement comme à une entité à part, pas comme à un instrument de salut.

— Salut, murmura-t-il.

— Señor ? dit le barman, pensant peut-être avec sa connaissance limitée de l'anglais, qu'il s'agissait là d'un nouveau cocktail.

— Une bière, dit Rogers, et il se tourna vers le guide.

— Bière aussi, dit celui-ci.

Quelques minutes plus tard, le barman appela :

— Señor Rogers ?

— Oui.

— Téléphone. Vous le prenez dans une cabine ?

Un garçon en veste blanche brancha le téléphone dans une cabine vide à l'autre bout de la salle pendant que Rogers, à l'agonie, attendait. Si c'était Moreno, il était foutu.

— Allô ?

— Butler à l'appareil. Alors ?

— Toujours rien.

— Et merde.

— Comme tu dis.

— On ferait peut-être mieux de se tirer.

— Comment ça, se tirer ?

— On ne peut pas attendre éternellement. Je connais quelqu'un d'autre. On traitera avec lui.

Les doigts de Rogers se crispèrent sur le téléphone. Suffoqué, il dit :

— Et il faudra tout recommencer à zéro.

— Ça vaut mieux que d'attendre.

— Qui est-ce qui attend, toi ou moi ? Ça fait deux jours que je poireaute dans ce putain d'hôtel. Laisse-lui encore une chance.

— O.K. Je lui donne jusqu'à demain matin. Ça te va ?

— Ça ira. répondit Rogers, sachant qu'il ne pouvait demander un délai plus long.

— O.K.

Butler raccrocha. Rogers fit de même et retourna au bar, les jambes flageolantes. Il avait certes un peu de répit, mais toujours pas d'espoir de s'en sortir, côté Butler. Celui-ci serait sans pitié.

Le guide le regardait. Rogers vit l'air empressé qui se peignait sur son visage basané, le désir de plaire, de bien faire.

« Tu ne peux rien pour moi. Personne ne peut rien pour moi », pensa-t-il et il finit sa bière.

— Une autre ? proposa-t-il.

— Comme vous voudrez, Señor.

Le barman apporta deux autres canettes et remplit les verres. Rogers le regardait faire, quand, tout à coup, il s'aperçut qu'il ne pouvait pas payer.

Il jura intérieurement. Son regard croisa celui du guide. Il fourra la main dans sa poche. Un seul et unique peso en sortit.

— C'est tout ce que j'ai sur moi, dit-il. Tu peux m'avancer un peu d'argent jusqu'à ce que… ?

— Bien sûr, répondit le guide en souriant.

Il régla les consommations et laissa un pourboire.

— Merci.

— De rien.

Ils finirent les bières et quittèrent le bar. « Maintenant », se dit Rogers. Pas moyen de faire machine arrière. Il fallait essayer quelque chose.

— Mettons les choses au point, dit-il. Je te dois combien ?

Le guide réfléchit un moment.

— Cent pesos, Señor, annonça-t-il presque timidement.

— Je vois. Tu peux attendre un peu ? Je vais encore avoir besoin de toi.

— Mais bien sûr, Señor. Rien ne presse.

Rogers sourit. Cent pesos, ce n'était rien pour lui, mais pour le guide… Alors, que ne ferait-il pas pour mille pesos ? Et si…

Rogers s'arrêta net. Il ne voulait pas penser. Il n'était pas en état de penser.

— Je te verrai plus tard et je te réglerai tout ça, dit-il au guide.

— Comme vous voudrez, Señor.

— Où est-ce que je pourrai te trouver ?

— Là-devant. Ou bien au bar en face.

— O.K.

Rogers se dirigea vers l'ascenseur. Le salon lui semblait plus que sombre maintenant. La porte de l'ascenseur s'ouvrit sans bruit. Sa lumière le guida.

— Quatrième, s'il vous plaît.

Debout devant la porte, il ne se rappelait pas être sorti de l'ascenseur, ni avoir parcouru le long corridor. Il introduisit la clef dans la serrure et cela lui prit si longtemps qu'il leva les yeux pour vérifier le numéro. Il se demandait si c'était bien la bonne chambre.

La porte finit par s'ouvrir. Il entra dans la pièce. Il fut presque aveuglé par la clarté éblouissante qui inondait la chambre. Il voulut fermer les volets, mais il s'affala de tout son long sur le lit et s'endormit aussitôt. Quand la sonnerie du téléphone le réveilla, les ombres du soir s'étaient déjà installées dans la pièce. Il tendit le bras et décrocha.

— Allô ?

C'était encore Butler. Il voulait savoir si Moreno avait appelé.

— Pas encore, répondit Rogers.

Ce fut tout. Butler avait raccroché. Il se leva, alluma la lampe, se regarda dans le miroir sans reconnaître le reflet pâle et effrayé qui lui faisait face.

Rapidement, il gagna la salle de bains et s'aspergea le visage d'eau froide. Ce fut alors que le téléphone sonna de nouveau. La sonnerie le fit sursauter. Si c'était Butler qui annulait tout... Il n'osait plus bouger.

La sonnerie retentit une nouvelle fois. Il y alla. Après tout, cela pouvait bien être Moreno. Il décrocha.

— Señor Rogers ?

— Oui.

— Moreno.

— Bon Dieu, c'est maintenant que vous appelez ?

— Désolé, mais il vaut mieux ne pas trop se précipiter dans ce métier.

— Oui, je sais. Alors, vous êtes prêt ? Où... ?

— Le village de Guadalupe. Un de mes hommes vous y trouvera.

— Où c'est, Guadalupe ?

— A une demi-heure de voiture de votre hôtel. N'importe quel guide vous y conduira.

— Et quand je serai là-bas ?

— Juste en face de l'église, de l'autre côté de la place, vous verrez une ruelle. La dernière maison de cette ruelle. Personne n'y habite, dit Moreno et il raccrocha.

Rogers reposa le combiné. Le sommeil avait dissipé les effets de l'alcool ; il avait l'esprit clair maintenant et il savait ce qu'il avait à faire. D'ailleurs, il l'avait su, depuis qu'il avait perdu l'argent à la maison de jeu.

Il vérifia que son revolver était bien chargé, le mit dans sa poche et se dirigea vers la porte. Un doute soudain le transperça. Il s'arrêta net. Il repartit vers la porte, puis revint sur ses pas, décrocha le téléphone et appela Butler.

— Tout est en ordre, dit-il. Moreno m'a contacté.

— Bien. J'attends que tu me fasses signe. Surtout, pas de bêtises, hein ?

— T'inquiète pas. Guadalupe, ça te dit quelque chose ?

— C'est un village à une trentaine de kilomètres d'ici, en plein désert. C'est là-bas ?

— Oui.

— Et alors ?

— Pas de problème de ce côté-là ?

— Non. Pourquoi ?

— Oh rien. Simplement, je me demandais pourquoi on ne faisait pas ça ici.

— C'est sans doute trop dangereux en ville, et puis, comme je te l'ai dit, Moreno est du genre prudent. Il ne prend pas de risques. Ça répond à ta question ?

— Oui.

— Bon. J'attends que tu me fasses signe, dit Butler et il raccrocha.

Le guide était sur le trottoir devant l'hôtel. Rogers passa la porte, le vit et l'appela.

— Ah, bonsoir, Señor. Vous voulez que je vous emmène quelque part ?

— Oui. Tu sais où se trouve Guadalupe ?

— Bien sûr.

— Je voudrais que tu m'y conduises.

— Pas de problème.

Le guide sourit et fit un geste en direction de sa voiture.

— A votre service, Señor.

Quinze minutes plus tard, ils laissaient derrière eux les dernières lumières de la ville ; la nuit se referma sur eux. Les deux hommes étaient silencieux. Finalement, Rogers dit :

— Je te dois cent pesos pour aujourd'hui, c'est bien ça ?

— Oui, Señor.

— Et pour les bières ?

— Douze pesos.

— Tout compte fait, ça ne fait pas beaucoup.

— C'était une bonne journée pour moi.

— Une bonne journée ?

— Très bonne même. Dans ce métier, on ne trouve pas un touriste tous les jours. Croyez-moi, ce n'est pas si facile de gagner sa vie ici.

Rogers se racla la gorge et hocha la tête.

— Ça te dirait mille pesos de plus ? demanda-t-il.

La voiture ralentit nettement. Le guide se retourna et sourit.

— Ça fait beaucoup de pesos, ça, Señor. Mais qu'est-ce que vous voulez que je fasse ?

— Tu me conduis à Guadalupe et tu la boucles.

La voiture ralentit encore davantage. Le guide ne souriait plus.

— Mille pesos ?... Rien que pour ça ?

Rogers sut que le moment était venu. Il sortit son revolver de sa poche et dit :

— Il va sans doute falloir que je m'en serve. Ne cherche pas à savoir pourquoi. Alors, c'est oui ou c'est non ?

Le guide jeta un coup d'œil sur le revolver. Finalement il hocha la tête et dit :

— Pour mille pesos, je suis aveugle, sourd et muet.

— Bien.

Rogers fit disparaître le revolver dans sa poche. Il était soulagé. La voiture roulait maintenant sur un chemin de terre plein d'ornières. Il faisait nuit noire. L'un et l'autre restèrent silencieux jusqu'au moment où ils atteignirent la place de Guadalupe. Un vieil homme était assis sur un banc. Il n'y avait personne d'autre en vue.

— Plutôt désert, fit remarquer Rogers.

— Oui. Ils se couchent tôt ici. Il n'y a rien d'autre à faire, répondit le guide et Rogers montra du doigt la ruelle de l'autre côté de la place.

— Prends cette rue, arrête-toi à la dernière maison et attends-moi dans la voiture.

— Bien, Señor.

La voiture fit lentement le tour de la place et s'engagea dans la ruelle que Rogers avait indiquée. Mal entretenue, celle-ci était pleine de nids-de-poule. Les maisons se dressaient noires et silencieuses. Le guide roula doucement pour s'arrêter enfin devant la dernière maison.

— Ici ? demanda-t-il, étonné, et non sans raison car les murs en adobe s'effritaient et le toit de chaume était à moitié effondré. Il n'y avait plus de porte.

Rogers scruta la maison. Il ne voulait pas y entrer, mais il n'avait pas le choix et il sortit son revolver. Descendu de voiture, il attendit un moment sans bouger, l'oreille aux aguets.

La nuit était silencieuse, mais, de la maison abandonnée émanait un silence plus profond encore. Rogers frissonna mais il avança.

Quand il atteignit l'entrée, il s'arrêta, retint sa respiration puis, redressant les épaules, pénétra dans la maison.

Il n'y faisait pas aussi noir qu'il s'y attendait. Là où le chaume s'était effondré, la lumière passait, éclairant les murs de l'immense pièce. Celle-ci était entièrement vide. Au fond se trouvait une autre porte. Rogers attendit, les yeux rivés sur cette porte. Soudain glacé, il se demanda s'il n'avait pas commis une erreur. Sa conversation téléphonique avec Moreno lui semblait bien lointaine. Il avait l'impression de l'avoir rêvée... Même sa présence ici, même la longue journée d'attente et d'angoisse qu'il venait de passer, rien de tout cela ne lui paraissait réel.

« Je vais me réveiller », pensa-t-il.

Un léger bruit le fit se retourner tout à coup. Le guide était là, devant lui, un revolver à la main.

— Qu'est-ce que tu fais ? dit Rogers.

Le guide eut un sourire.

— Lâchez votre revolver, Señor, et reculez, ordonna-t-il.

Rogers obtempéra. Le guide s'avança, ramassa le revolver et le glissa dans sa ceinture.

— Qu'est-ce que ça veut dire ? demanda Rogers.

— Vous ne devinez pas, Señor ?

— Bon Dieu, Moreno !

Le guide secoua la tête.

— Non, mais je travaille pour lui. C'est moi que vous deviez rencontrer ici.

Rogers se raidit, il voulut crier, mais aucun son ne sortit de sa bouche. Une fois encore, il crut rêver.

Alors, comme dans un rêve, il se jeta sur l'ombre devant lui, prêt à l'étrangler.

L'homme de main de Moreno appuya sur la détente.

Dying a Thousand Deaths.
Traduction de Sylvette Lemerle.

Pour éviter un scandale

par

TALMAGE POWELL

Mon cher ami,

Tout est parfaitement clair et simple et je n'évoque pour vous aujourd'hui cette affaire horrible que contraint et forcé. Je craindrais, sinon, que vous l'appreniez par cette presse à sensation dont les plus vils représentants de l'espèce humaine font leur pâture. Je frémis en pensant au mécanisme intellectuel de tels individus et préférerais mourir plutôt que supporter un scandale pareil.

Mon comportement, je vous le garantis, me vient de mes aïeux. Il fait partie de moi au même titre que le sang qui coule dans mes veines. Ma famille s'est installée aux Etats-Unis il y a deux cents ans et, depuis cette époque jusqu'à ce jour, jamais aucun scandale n'a souillé sa réputation. Du côté de mon père, je descends d'une lignée de professeurs et de médecins, du côté de ma mère, de philanthropes et de poètes. A un âge encore tendre, je témoignais déjà d'un goût très raffiné et ma chère maman ancrait profondément en moi l'orgueil de mon nom, Croyden, qu'il me faudrait préserver de toute tache.

L'accident, dites-vous ? Vous avez vu dans le journal la photo de ma petite femme, étendue sur le macadam, le corps complètement disloqué ? J'éprouve un certain malaise à évoquer cette photo et n'arrive pas à comprendre pourquoi les journalistes en font si grand cas. Je maintiens que certaines images ne devraient pas être mises sous les yeux du public.

Je vous relaterai les faits de l'accident, car il s'agit bien d'un accident, mon cher, parole de Croyden, mais sachez d'abord combien la situation était claire et simple.

Maintenant que vous êtes un peu renseigné sur mon milieu familial, vous pouvez, avec un petit effort d'imagination, vous représenter la maison dans laquelle j'ai grandi. Demeure dont la décoration révélait le goût le plus sûr et où ma mère interprétait Chopin et Schubert sur un piano à queue.

Je n'ai moi-même jamais joué de cet instrument comme l'aurait souhaité ma mère. Il m'était impossible de m'imaginer pianiste pour la simple raison que je n'aurais pas supporté de m'exhiber en public. Et quand bien même je m'y serais forcé, je n'aurais jamais été un bon musicien. Je suis trop méticuleux de nature. Depuis mon plus jeune âge, j'ai toujours noué mes lacets de chaussures de manière à ce qu'ils aient l'un et l'autre exactement la même longueur et suspendu mes pantalons en prenant garde de ne pas effacer leur pli. La bonne, d'ailleurs, se plaignait que ma chambre ne ressemblât pas à une chambre d'enfant. Elle disait que la pièce donnait l'impression de n'être pas habitée. Certes, c'était une grosse femme un peu coléreuse qui ne paraissait pas très intelligente, et j'en étais désolé pour elle.

Alors que je poursuivais mes études supérieures, mes chers parents moururent l'un après l'autre, à six mois d'intervalle. Ils quittèrent ce monde doucement, dans leurs lits, avec la plus grande discrétion.

Une fois la succession réglée, je m'aperçus qu'il me fallait cesser mes études et chercher du travail. Il y avait dans notre ville une vieille et excellente famille de banquiers dont les origines remontaient à une période reculée de l'histoire de notre province. J'eus la chance de trouver chez elle un emploi de comptable.

J'aimais mon travail. Je souffrais avec délice, penché

sur mes colonnes de chiffres. Des mois et des années s'écoulèrent ainsi. Ayant obtenu de l'avancement, je montrais beaucoup de prudence dans mon choix de nouveaux employés, car un scandale, même de nature personnelle, aurait immanquablement rejailli sur la banque. Je n'engageais donc que des individus de bonnes naissance et éducation, en un mot, des personnes de mon genre, mais ce n'était pas facile.

Je n'avais jamais accordé beaucoup d'attention aux femmes. J'étais fou de mes chiffres, me plaisais dans mon appartement où régnait un ordre parfait et me consacrais à mes passe-temps comme je le désirais : je collectionnais les timbres-poste, m'adonnais à des jeux numériques.

Althea fut la seule femme à qui j'aie jamais témoigné de l'intérêt. Douce et gracieuse, je la rencontrai chez mon patron, un jour où je faisais des heures supplémentaires. Une fois le travail terminé, elle nous servit le thé et m'adressa un tendre sourire. Elle n'était pas vraiment jolie, mais m'apparut très séduisante avec son petit visage à l'expression calme, ses yeux bleus et doux, ses cheveux brun foncé. Elle était la cousine de mon employeur.

Je fis une brève cour à Althea : un dîner, une soirée chez mon patron à regarder les meilleures émissions de télévision, une autre au concert, une promenade dans le parc un dimanche après-midi.

Mes pauvres passe-temps souffrirent de ces nombreuses diversions. Je n'avais pas négligé moins de cinq numéros de mes jeux. Ce fut au domicile de mon employeur, dans son bureau, que je demandai à Althea de devenir ma femme.

Avec un petit cri perçant, elle jeta ses bras autour de mon cou et m'embrassa goulûment, puis éclata en sanglots. J'étais décontenancé. Cette attitude lui ressemblait si peu. Voyant une étrange flamme briller dans son regard, j'hésitai. Mais Althea accepta très rapidement ma proposition.

Sur le chemin du retour, j'étais si préoccupé que j'en

oubliai d'acheter le journal. Je savais que chacun de nous recèle des facettes cachées qui apparaissent parfois à la lumière des circonstances. Or, ce soir-là, j'avais entrevu une nouvelle Althea. Une Althea au comportement un peu trop instinctif et emporté pour être de bon ton.

Cependant, avant que je n'aie eu le temps de retirer élégamment mon offre, elle avait déjà annoncé nos fiançailles. Quel terrible scandale aurait alors éclaté si j'étais revenu sur ma décision ! Nous nous mariâmes donc discrètement en présence seulement de ses proches et de quelques amis.

Nous nous installâmes dans mon appartement et, dès le premier jour, je compris que le ménage ne marcherait pas. Ses manières étaient inqualifiables. Le matin, elle se présentait à table en chemise de nuit et déshabillé transparent. Elle partait pour ses courses sans avoir établi la liste des achats à prévoir. Nous dînions souvent avec une demi-heure de retard. Enfin, elle n'était manifestement pas la douce et timide Althea que je croyais avoir épousée.

Et puis elle était bien trop sotte et inculte pour s'intéresser à mes passe-temps. Elle en était même jalouse !

J'étais désespéré, cher ami, littéralement aux abois. Rentrer chez moi au terme d'une journée de travail ne m'apportait plus la joie d'autrefois. Il me semblait avoir été arraché à un rêve et plongé en un affreux cauchemar. Que faire ? Où fuir ? Il n'y avait aucune solution, cher ami. Mon malheur était infini.

A la banque, bien sûr, je faisais bonne contenance. Jamais il ne me vint à l'idée de me comporter autrement. Pour autant qu'on jugeât sur l'apparence, tout allait bien dans mon ménage.

Mais je posais un regard de plus en plus critique sur notre couple et le jour où Althea détruisit mes jeux numériques, je compris que je ne pourrais plus longtemps supporter cette situation.

Ce soir-là, en m'approchant de la porte d'entrée je

l'entendis chantonner. Dans un instant de lassitude, je fermai les yeux et m'appuyai contre le mur. Puis j'ouvris la porte et restai sur le seuil, muet, pétrifié d'horreur.

L'appartement était méconnaissable. On avait changé tout le mobilier et la décoration. J'en avais mal aux yeux. Mes tempes battaient. Des meubles modernes aux couleurs criardes encombraient ma demeure.

— Bonsoir, darling ! dit-elle d'une voix chantante. Cela vous plaît ?

— Qu'avez-vous fait, Althea ? demandai-je en m'efforçant de garder mon sang-froid.

— Eh bien, j'ai refait l'appartement, chéri.

— Je le constate.

En trébuchant, je me rendis à la petite pièce dont, à une lointaine époque de bonheur, j'avais fait ma tanière. Je vous assure que j'eus presque une attaque cérébrale en y pénétrant. Le vent dévastateur avait soufflé jusque-là ! Tout avait disparu, mon bien-aimé bureau, les étagères en noyer sur lesquelles s'alignaient mes jeux numériques…

— Althea ! m'écriai-je. Qu'avez-vous fait dans cette pièce ?

— Eh bien, j'ai allégé un peu la décoration, darling. La vieille lampe n'éclairait plus suffisamment et vous fatiguait la vue. Quant au mobilier, il était nettement déprimant.

— Et mes jeux ?

— Ces vieux bouquins ? Oh ! je les ai jetés, chéri. Ça ne va pas, Horace ?

Evidemment que ça n'allait pas ! Elle ne pouvait pas comprendre, ne comprendrait jamais. Je reculai en titubant et repoussai son bras tendu. Son contact me répugna. J'aurais voulu ne jamais la connaître. Je souhaitais qu'elle se volatilisât comme un nuage de fumée.

— … Peut-être devriez-vous vous étendre, darling ?

Je levai les yeux vers elle. Elle voulait que je

m'asseye au salon dans un de ces horribles fauteuils rayés.

— Non, dis-je calmement. Je me sens bien.

— Vous en êtes certain ?

— Je ne le dirais pas si ce n'était pas le cas !

Et elle se mit à jacasser jusqu'à ce que je fusse au bord de la crise de folie.

L'appartement ouvrait sur un petit balcon que je n'avais jamais utilisé. Or, en pépiant, elle prit dans ses bras quatre coussins plats recouverts de plastique.

— Ouvrez-moi la porte-fenêtre, Horace ! dit-elle.

Tandis que j'obéissais, j'aperçus sur le balcon une table en fer forgé ronde et quatre chaises assorties. Les coussins, évidemment, leur étaient destinés.

Je me souviens d'avoir levé la tête. Un avion traçait une traînée blanche très haut dans le ciel et scintillait dans les rayons du soleil couchant. Les bruits étouffés de la ville montaient vers nous. A droite, des voitures roulaient sur la chaussée, un marchand de journaux était installé sur le trottoir.

Tout à l'extérieur était parfaitement normal, mais mon univers à moi était bouleversé. Et je savais que l'ordre ne pourrait être rétabli que d'une seule façon.

Ayant disposé les coussins sur les chaises, Althea recula pour avoir une vue d'ensemble. Elle était adossée à la balustrade.

Nous habitions au quatrième étage. En bas, du macadam.

Je m'approchai d'elle sans avoir l'air de rien, je la saisis à bras-le-corps et la précipitai dans le vide.

Un faible cri et elle eut quitté ce monde. J'étais libre. J'échappais à l'existence pitoyable à laquelle elle m'avait réduit.

Si vous saviez ma joie ! Evidemment, je ne pouvais la laisser paraître. J'avais maintenant à jouer un rôle mais, sachant combien la récompense serait grande, je trouvai le courage d'affronter ces pénibles heures. Après, l'appartement serait de nouveau comme si

Althea n'y avait jamais vécu, net et bien rangé. La vie serait belle.

Je me précipitai en hurlant sur le palier. Des portes s'ouvrirent, révélant les visages effarés des voisins.

— Ma pauvre femme ! dis-je en gémissant. Elle est tombée. Du balcon...

Puis je m'évanouis.

On me porta dans l'appartement, on me tapota le visage avec un linge humide. Les ordres s'entrecroisaient : « Appelez un médecin ! Non, une ambulance ! Faites venir la police ! » Comme ils étaient inefficaces ! Si je n'avais feint l'évanouissement, je n'aurais pu me retenir de leur exprimer mon mépris.

Après un certain temps, un grossier individu en uniforme de policier se fraya un chemin entre les voisins jusqu'à moi.

— C'est vous, Croyden ?

— Oui, dis-je, m'asseyant sur le bord du divan. Je suis Horace Croyden.

— Debout ! ordonna-t-il.

Levant les yeux vers lui, je protestai :

— Je viens d'éprouver un choc terrible, monsieur l'agent. Vous n'avez pas le droit...

— J'ai tous les droits, mon gars. Alors, on prétend qu'elle est tombée ?

— Bien sûr, elle est tombée.

— Faut pas jouer au plus malin avec moi. Tu l'as balancée du balcon. Il y avait justement un avion qui passait dans le ciel, et un petit marchand de journaux, qui te connaît, tu es son client, avait les yeux levés vers lui. Comme tous les gosses, il est fou d'aviation et il en a oublié un instant son boulot. Il regardait l'avion et imaginait ce qu'on voyait de là-haut, se disant qu'un jour, peut-être, il piloterait un de ces engins. Et puis il t'a vu ! Il a tout vu !

Un silence glacial tomba soudain sur l'appartement. Je restai assis, consterné. Sans voix.

— Pourquoi as-tu fait cela ? me demanda le flic.

— Elle... m'empoisonnait l'existence.

— Alors pourquoi ne pas l'avoir quittée tout simplement ?

J'avais visiblement affaire à un rustre qui ne comprendrait jamais. Et soudain, tous les visages tournés vers moi étaient comme celui du flic. Totalement dépourvus de sensibilité et de compréhension.

— La quitter ? m'entendis-je prononcer, atterré. La quitter… et m'exposer au terrible scandale d'un divorce ?

To Avoid A Scandal.
Traduction de Philippe Barbier.

Deux heures à tuer

par

ROBERT EDMOND ALTER

La grande route serpentait jusqu'au faîte de la colline escarpée. Des vitres de leur voiture, le regard des deux tueurs plongeait directement vers le sol bleuté du port entouré de falaises, autour duquel était blottie la petite ville méditerranéenne. Ses maisons blanchies à la chaux et aux toits d'ardoise faisaient penser à des fragments de sucre glacé. Ils pouvaient apercevoir d'en haut les minuscules bateaux de pêche amarrés dans l'eau gris argent et les tout petits promeneurs circulant, tels des fourmis, sur les quais et les places.

Katov, celui qui avait tiré le coup de feu mortel sur l'homme politique en visite, tambourina nerveusement des doigts sur le tableau de bord ; quand il s'adressa à son compagnon, ses yeux et sa voix trahissaient sa colère :

— C'est bien, on ne nous poursuit pas pour le moment. Dépêchons-nous.

Vologine, dont le temps de service remontait à la guerre civile d'Espagne, grogna et fit grincer le changement de vitesse. Son physique — il était trapu et très brun — s'accordait parfaitement avec son caractère et son humeur.

— Ils feront bien, gronda-t-il, de ne pas nous prendre en chasse. Autrement, je leur montrerai...

Katov le regarda, exaspéré par ses bravades hargneuses.

— Tu ne peux donc pas la boucler ! lança-t-il. Ils seront bientôt à nos trousses, c'est sûr. Ils vont téléphoner en avant, et la police sera là... l'armée aussi probablement.

Vologine conduisait en bataillant avec le volant au lieu de le manœuvrer normalement. La voiture fit une embardée et évita de justesse un garçon qui conduisait un bœuf en longeant le contrefort de la colline. Le garçon cria après Vologine, qui répliqua en l'engueulant et accéléra l'allure.

— Arrête de râler, dit-il à Katov. J'ai possédé les flics pendant vingt-quatre ans. Nous arriverons à la villa dans une heure.

— A condition d'éviter les barrages.

— Avant qu'ils n'aient eu le temps d'installer leurs barrages, nous serons en train de jouer au 421 dans la villa et je raflerai tout ton fric.

Vologine frôla une Mercedes-Benz qui arrivait en sens inverse, la forçant presque à quitter la route. Son conducteur klaxonna furieusement.

— Gros cochon ! marmonna Vologine d'une voix haineuse.

— Nous avons deux heures d'avance sur l'horaire, fit remarquer Katov, énervé. Le yacht ne viendra nous chercher qu'à 4 heures.

Vologine, regardant en avant, contourna brutalement un nid-de-poule en faisant crier les pneus et répliqua sèchement :

— On ne pouvait pas faire autrement. Nous avions l'ordre de l'abattre dès qu'il débarquerait. Ce n'est pas notre faute si le yacht du gouvernement est arrivé avec deux heures d'avance.

— Oui, mais c'est *nous* qui risquons d'en faire les frais.

Un vieillard cheminait sur la route et il s'en fallut d'un rien qu'il fût écrasé. Vologine ne lui accorda même pas un coup d'œil.

— Pourquoi es-tu toujours à te faire de la bile ? demanda-t-il.

Katov l'ignorait. Il se tracassait, mais n'y pouvait rien. Ils étaient restés pendant deux jours dans la sale petite chambre en location qui avait vue sur le quai, et l'inquiétude l'avait tourmenté. Le bâtiment officiel était entré dans le port et s'était amarré près de la bouée. Puis, l'homme politique avait débarqué, suivi d'un groupe de dignitaires de moindre importance.

Des agents du service secret et des policiers en tenue avaient repoussé les badauds qui se trouvaient sur le quai. Vologine, regardant par la fenêtre, la mine renfrognée, avait grondé :

— Des larbins, tous des larbins. Quel plaisir j'aurais à leur envoyer du plomb à titre de souvenir !

Katov, agité et couvert d'une transpiration nerveuse, l'avait poussé de côté pour braquer son fusil par la fenêtre, visant la victime avec la lunette télescopique. L'homme politique était apparu aussi nettement et aussi réel qu'un acteur sur un écran de cinéma. Katov avait pointé exactement sur sa poitrine les fils croisés de l'objectif... mais en était resté là, sans tirer.

— Je crois qu'on ne devrait pas le tuer, avait-il murmuré. On est trop en avance sur l'horaire. Nous serons coincés deux heures durant dans cette villa déserte pendant que les flics nous chercheront.

— Qu'est-ce que tu veux dire ? avait rétorqué Vologine, stupéfait. Nous ne sommes pas libres d'agir à notre guise. On n'a pas le choix. Notre ordre est de l'expédier dès qu'il mettra pied à terre. Donne-moi ton flingue si tu manques de cran.

Mais Katov n'éprouvait aucun scrupule à tuer. Il revint vers la fenêtre et pointa de nouveau la lunette sur l'homme politique qui était toujours là, en bas, serrant des mains et riant. Katov pouvait même distinguer ses lèvres qui remuaient. D'un doigt crispé il avait pressé la détente.

Alors qu'ils s'enfuyaient de l'immeuble, ils avaient croisé une femme visiblement enceinte qui montait l'escalier. Vologine l'avait bousculée, mais Katov avait pris garde de la toucher et murmuré en passant : « Excusez-moi. »

Une fois installés dans leur voiture, Vologine avait dit :

— Nous aurions bien fait de la buter. Elle va leur donner notre signalement.

Katov n'avait rien répondu. « Comme c'est étrange, pensait-il, je viens de descendre un homme, et tout de suite après j'ai failli heurter une femme qui mettra bientôt au monde une nouvelle vie. Je suppose que ça rétablira l'équilibre. » Pourtant, Vologine avait raison. Ils auraient dû la liquider, elle aussi. Il commença à s'inquiéter de plus belle.

Quarante-cinq minutes s'étaient écoulées et la route montait toujours. La montagne était aride, striée de pierre ponce avec, çà et là, des plaques de lichen semblables à une lèpre verte. Katov était malade d'angoisse. A chaque tournant il s'attendait à se trouver face à un barrage et il tenait sa main droite sous sa veste, touchant la crosse du Mauser logé dans l'étui accroché sous son aisselle.

Vologine, qui serrait le volant comme si c'eût été le cou d'un ennemi, sourit en jetant un coup d'œil à Katov, dévoré d'inquiétude.

— Tu vois. C'est comme je l'avais dit : aucun problème. On arrivera à la villa dans une quinzaine de minutes.

A ce moment précis : *PLAM!* Le pneu arrière gauche éclata et la voiture vira brutalement vers le bord extérieur de la route, Vologine manœuvrant violemment le volant et Katov hurlant :

— N'appuie pas sur le frein!

Le véhicule fit une embardée qui se termina par une secousse et s'immobilisa. Katov passa sur son visage une main tremblante afin de s'essuyer la bouche. Le premier contretemps avait été d'abattre l'homme politique en avance sur l'horaire ; le deuxième, de croiser la femme enceinte et de ne pas la supprimer ; et maintenant, cet avaro. « Qu'est-ce qui va encore nous arriver ? pensait-il. Quelque chose, certainement... je le sens. »

Vologine lâcha une bordée de jurons et se pencha par la portière pour regarder le pneu dégonflé.

— C'est à n'y pas croire, grommela-t-il, je n'avais pas crevé une seule fois depuis la guerre.

Katov parcourut la montagne du regard, et ses yeux exprimaient un découragement profond. Un chemin de terre plein de hautes herbes s'amorçait à sa droite, et il l'étudia, réfléchissant en se passant la langue sur les lèvres.

Vologine s'écarta de la portière et dit d'un ton décidé :

— Cela n'a aucune importance. De toute façon, nous sommes très en avance sur l'horaire. On n'a pas à s'en faire pour dix minutes passées à changer le pneu.

— Un barrage, répliqua son complice, peut aussi être installé en dix minutes, et ça tournerait très mal pour nous.

— Tu te feras de la bile quand nous arriverons dessus, d'accord ? Donne-moi un coup de main.

Mais Katov avait foi en la prudence. Il en avait assez. Il ouvrit la porte de la voiture et mit pied à terre.

— On recherche deux hommes en auto, dit-il. Tu pourras peut-être passer seul. Moi, je vais couper à travers le bled.

Vologine, sidéré, s'exclama :

— T'es cinglé ? A pied, ils te ramasseront comme un lapin avec une patte cassée. Reviens.

Katov secoua la tête et s'éloigna en lui criant :

— Je te reverrai à la villa, à condition que nous réussissions tous les deux à passer. Bonne chance !

— Katov..., tu es fou !

Katov ne prêta aucune attention à ces paroles. Il traversa la route en courant et se glissa dans l'abri offert par le ravin broussailleux. Il menait depuis dix ans le métier le plus dangereux du monde ; il n'allait pas maintenant gâcher sa vie en se lançant tête baissée dans un piège. La prudence s'imposait. Vologine était un idiot qui comptait beaucoup trop sur sa chance.

Il souleva des nuages de poussière en descendant non sans mal la pente du ravin, pour atteindre une vallée peu profonde. L'endroit était désert et en friche. Toute culture avait cessé des années auparavant, lors de l'invasion des puissances de l'Axe.

Katov se hâta de traverser un terrain divisé en carrés, qui avaient autrefois produit des olives, du raisin et des céréales. Les cabanes des paysans, à l'abandon, n'étaient plus que des carcasses béantes aux toits effondrés envahies par la bardane, dégradées par la rouille et la moisissure. Cela lui convenait parfaitement. Pour le moment, l'essentiel était de ne pas être vu.

Laissant derrière lui la vallée, il entreprit d'escalader les collines dénudées. Au-dessus de lui, le soleil embrumé chauffait comme un feu de forge et tout n'était que poussière âcre et schiste glissant. Il s'arrêta, hors d'haleine pour regarder sa montre : elle marquait 3 heures. Ce serait tangent, car il devait absolument arriver à la villa à 4 heures. Il était bien placé pour savoir que les gens du yacht n'attendraient pas. Il jura à mi-voix et reprit sa montée. Il se sentait déprimé par l'idée qu'il était mal payé, qu'on l'exploitait ; il regrettait de n'avoir pas choisi un autre métier, un job comportant la sécurité.

Il déboucha soudain dans une plaine broussailleuse où s'élevait une construction en ruine, très étendue — jadis un palais — bien antérieure à la naissance du christianisme. Mais l'Histoire, mise à part la période à laquelle s'intéressait l'organisation qui l'employait, n'avait aucun sens pour Katov. Il aperçut un chemin situé en contrebas des ruines et, afin de gagner du temps, prit le parti de couper à travers l'antique palais. Il franchit une cour intérieure au dallage dégradé, gravit un large perron et passa sous une voûte.

Il poursuivit sa marche au hasard des couloirs silencieux, passa par un appartement royal, des thermes aux baignoires encastrées et des pièces aux murs troués qu'entouraient d'imposantes colonnes noires.

Soudain, il se sentit perdu et fronça les sourcils en regardant autour de lui la disposition compliquée des pièces et des couloirs. Il se trouvait dans un labyrinthe. « C'est idiot, se dit-il, reviens sur tes pas. Voyons... faut-il tourner à droite ? Non, je ne reconnais rien. Bien, alors va vers la gauche. » Il consulta sa montre : 3 h 20. C'était grave, vraiment très grave. Il accéléra l'allure et arriva trois minutes après dans une salle aux colonnes noires. Il était revenu à son point de départ.

Katov regarda d'un air découragé les murs couverts de lichen. Se rappelant qu'il se vantait d'être l'homme qui n'était jamais tombé dans un piège, il ressentait amèrement le ridicule de sa situation.

Un bruit bizarre troubla la solitude poussiéreuse des ruines vieilles de quatre mille ans. Katov sursauta, tourna la tête et fut immédiatement fixé. C'étaient les freins d'une voiture qui crissaient sur la route. Il entendit le claquement, affaibli par la distance, d'une portière qu'on refermait et se mit à crier.

Une voix, pas trop éloignée, répondit :

— Où êtes-vous ?

— Ici, je n'arrive pas à sortir.

— Continuez à appeler.

Katov se dirigea vers la voix, sa main droite sous sa veste, en contact avec la crosse du Mauser. L'arrivant avait une voiture, et c'était justement ce qu'il fallait à Katov. Il contourna un angle et faillit se jeter contre un policier en uniforme.

Pendant un long moment, ils restèrent figés, ressemblant à deux statues oubliées dans les ruines. Puis, le policier demanda :

— Qui êtes-vous ? Que faites-vous ici ?

— Je... je suis un touriste. Je me suis égaré.

— Comment êtes-vous arrivé ici ? Je n'ai pas remarqué d'auto sur la route.

La gorge de Katov se contracta, mais il réussit à esquisser un sourire.

— J'ai grimpé jusqu'ici à pied, à partir du village où je vis pour le moment.

— Quel village ? Vous voulez parler de Vikiros ?

Katov, saisissant la balle au bond, répondit :

— Oui.

Le policier porta la main, d'un geste machinal, sur le rabat de son étui à revolver et déclara :

— Je voudrais voir vos papiers. Vikiros n'est plus qu'un tas de ruines à l'abandon depuis 1942.

Katov continua à sourire et inclina posément la tête en disant :

— Je les ai justement sur moi.

Le coup de feu du Mauser provoqua un tonnerre d'échos en chapelet. Le policier bascula en arrière, comme foudroyé par l'explosion d'une grenade. Il était déjà mort lorsqu'il chut sur les vieilles dalles.

⁂

Un sourire sardonique se voyait sur le visage de l'homme en uniforme qui sortit des ruines et se fraya un chemin à travers la brousse jusqu'à la voiture en stationnement sur le chemin de terre. Il était 3 h 45. Il restait donc à Katov quinze minutes pour atteindre la villa déserte. Il ouvrit la portière du véhicule, s'installa à l'intérieur et prit le temps de se coiffer correctement de la casquette du policier. Il vérifia sa tenue dans le rétroviseur et elle lui parut très satisfaisante. Il ne put retenir un petit rire en mettant le moteur en marche.

La villa s'élevait à l'extrémité d'un promontoire et, bien que délabrée, restait encore fortement assise sur le sol rocheux du littoral. Katov s'engagea en toute confiance dans l'allée d'accès boisée. Après avoir pris un tournant, il aperçut à travers le feuillage les pierres calcaires des murs qui luisaient au soleil. Il se demandait si Vologine avait également réussi à passer, quand il entendit soudain un coup de feu.

Il freina à fond, saisit son arme, ouvrit la portière et s'accroupit sur la route, observant les fourrés avoisinants. Il repéra une autre voiture de police à l'arrêt dans l'allée, devant la vieille villa. Un deuxième coup de feu retentit à proximité.

Perplexe, Katov resta immobile. Sous son uniforme, ce n'était pas lui qu'on pouvait rechercher. Par ailleurs, les poursuivants n'avaient pu découvrir le policier tué par lui, car il avait dissimulé le cadavre dans les ruines.

Donc, Vologine devait avoir atteint la villa ; il se trouvait quelque part dans le voisinage et l'attendait. Mais il n'était pas arrivé seul : sur sa route, il avait rencontré la force publique. « J'en étais sûr ! se dit Katov, furieux. Quel imbécile sans cervelle ! Il ne peut jamais se tirer d'affaire. Maintenant, je vais être obligé de l'aider. »

Le dos courbé, il courut se réfugier dans les fourrés et avança petit à petit pour se rapprocher des murs de la vieille bâtisse. Enfin, il s'arrêta, essoufflé, et regarda autour de lui. Il aperçut un policier armé, debout derrière un pin. L'homme lui fit signe de se baisser et lui cria :

— J'ai suivi l'un des assassins jusqu'ici. Il s'est planqué quelque part dans le patio. Maintenant que vous êtes là, nous allons pouvoir le coincer.

Katov acquiesça d'un signe de tête, tout en déplorant d'être trop loin du policier pour se risquer à tirer sur lui. Mais il ne pouvait se permettre de tenter sa chance avant d'être pratiquement sûr de réussir. Une idée lui vint à l'esprit : il ferait semblant de s'emparer de Vologine, et lorsque le policier ne serait plus sur ses gardes...

Katov agita le bras et entreprit de se glisser à travers les broussailles pour atteindre l'extrémité nord du mur croulant du patio. Il entendit Vologine et le policier faire feu l'un sur l'autre, et ricana. Quelle bonne surprise il allait faire à son ami !

Il rampa jusqu'au mur et leva la tête pour regarder à l'intérieur du patio. L'endroit était vaste et revenu à l'état sauvage, comme le jardin secret d'un conte de fées. Il aperçut Vologine à une cinquantaine de mètres, le dos courbé. Il était accroupi derrière une statue de marbre, observant les alentours dans l'attitude tendue d'un tireur cherchant une cible.

Katov, tout en le regardant, se mit à escalader le mur. Il vit Vologine qui se redressait soudain et levait son arme. Mais le policier fut plus prompt. Une détonation retentit dans les broussailles et la tête de Vologine se renversa. Il pivota sur lui-même de façon bizarre, ses jambes s'emmêlèrent et il s'écroula sur les dalles.

Katov n'en croyait pas ses yeux. Alors que tout prenait si bonne tournure ! Ce Vologine, quel impulsif à la gâchette trop facile ! Enfin, la partie n'était pas encore perdue. Peut-être Vologine n'était-il pas mort. De toute façon, l'essentiel était de se rapprocher du policier pour le prendre au dépourvu et le flinguer.

Katov se hâta de se frayer un passage à travers les herbes folles. Vologine, un filet de sang coulant de ses lèvres, souleva la tête et le vit s'avancer vers lui. Vologine allait mourir comme il avait vécu : dans la haine.

Katov n'eut même pas le temps d'appeler : la balle de son complice l'atteignit en pleine poitrine.

Il s'abattit sur le sol, tenta de se redresser, s'efforça de crier vers son ami ; mais ses bras étaient devenus inertes et la seule chose qui lui vint à la bouche fut un liquide chaud au goût saumâtre.

Comme si sa voix venait de très loin, il entendit Vologine hurler :

— Attrape ça en souvenir de moi, sale larbin du capitalisme !

Schedule for An Assassination.
Traduction de F. W. Crosse.

Un vrai massacre

par

C. B. Gilford

Assis dans la salle de séjour, silencieux, l'épouse et l'amant attendaient le mari.

La femme était petite mais de proportions harmonieuses. Sa longue chevelure, qui semblait de laque noire, encadrait un visage à la carnation ivoirine où luisaient des yeux verts un peu obliques et largement fendus. Elle portait pour tout vêtement un déshabillé vaporeux qui laissait deviner la grâce et les rondeurs de son corps.

L'homme, par contre, n'offrait rien d'extraordinaire en soi. Maigre et bronzé, il avait des yeux bruns assortis à ses cheveux plaqués et luisants de brillantine. Il avait tombé la veste et jeté celle-ci sur le dossier d'une chaise où, bientôt, sa cravate était allée la rejoindre. Sa main droite se crispait nerveusement sur la crosse d'un petit automatique noir, calibre 32.

Sur le manteau de cheminée, la pendulette orientale sertie de jade égrena un carillon argentin dans le lourd silence de la pièce.

— Neuf heures, dit l'homme. Il devrait être là, non ?

— Voyons, Tony chéri, lui rappela-t-elle, son avion n'était annoncé que pour huit heures trente et l'aéroport est à quarante minutes d'ici. D'ailleurs, rien ne t'oblige à garder le revolver au poing durant toute notre attente.

— Très peu pour moi d'être pris au dépourvu s'il arrive en courant pour me tomber sur le râble.

— De toute façon, ce n'est pas dans cette pièce mais dans la chambre à coucher que les choses vont se passer. Nous ferions mieux de nous y installer dès maintenant. C'est là qu'il est censé te surprendre à le cocufier.

— Je sais, je sais, fit-il avec lassitude, les yeux fixés sur le tapis.

— Allons-y donc, dit-elle en se levant.

Docilement, il la suivit. Dans la pièce obscure, elle alla s'allonger de flanc sur le lit où elle prit une pose alanguie mettant en relief la courbe voluptueuse de ses hanches. Mais Tony n'eut pas un seul regard pour ce déploiement de charmes. Il s'assit à l'écart, tout au bord du fauteuil, la main gauche pendante et le 32, canon baissé, oscillant comme un pendule au bout de ses doigts.

— Tu n'as pas l'air très décidé à te servir de ce revolver, dit-elle, d'un ton de reproche.

— Non, je ne le suis pas du tout, admit-il. Je n'ai jamais tué personne.

— Et alors ?

— Peu d'hommes ont tué de sang-froid un de leurs semblables, et ça me dégoûte de faire ça.

— Mais, chéri, tu ne le feras pas vraiment de sang-froid. Bruce a quasiment crié à tous les échos qu'il te tuerait s'il me surprenait dans tes bras. Dès lors, qui s'étonnerait d'apprendre que mon mari furieux en soit venu à te placer en état de légitime défense ? Si nous voulons continuer à être amants, nous devons le supprimer.

— Il y a d'autres moyens.

A vrai dire, une peur bleue le tenaillait. La femme, elle, espérait que l'avion de son mari n'aurait pas un retard trop important. *Pourvu que Tony ne se dégonfle pas avant la minute décisive !* songea-t-elle. Ce moment-là, elle aussi le redoutait ; mais, d'autre part, elle était possédée d'une haine que son amant n'aurait pu partager : envers elle, Bruce avait eu trop souvent la main légère et le poing lourd.

— Quels autres moyens ? demanda-t-elle.

Il ne daigna pas lui répondre. Ni même la regarder.

— Dois-je comprendre que tu serais capable de m'abandonner à Bruce sans rien tenter, comme s'il n'y avait jamais rien eu entre toi et moi ? interrogea-t-elle alors.

Toujours prostré dans une attitude qui était l'image de l'indécision, il regardait fixement le revolver.

— Tony, réponds-moi !

Elle jeta un coup d'œil au petit réveil, sur la table de nuit. Si l'avion était arrivé à l'heure, déjà un taxi aurait dû déposer Bruce devant la porte.

— Tony, nous savons que c'est un risque à courir, mais au fond, il est mineur. Et puis, nous étions d'accord pour considérer que l'enjeu en valait la peine. Des dizaines de personnes savent que Bruce a proféré contre toi des menaces de mort. Elles savent également qu'il a un permis de port d'arme, qu'il est constamment armé et que, même en voyage, il emporte son revolver dans sa valise. Tous ces gens n'ignorent pas non plus que Bruce m'a confié ce 32 afin que je puisse m'en servir éventuellement comme arme défensive lorsque je suis seule à la maison. Et ils trouveraient tout naturel qu'un homme se défende à arme égale. En conséquence, pour l'opinion publique, tu auras riposté à un coup de feu par un autre. Qui pourrait savoir que c'est toi qui as tiré le premier et qu'après coup nous avons refermé la main du mort sur la crosse du revolver, appuyé son doigt sur la détente et tiré ainsi plusieurs fois ?

Tony se tourna farouchement vers sa maîtresse et jeta l'arme sur le lit, à côté d'elle.

— Si tu crois que le recours à ce calibre est la meilleure solution, lui lança-t-il comme un défi, eh bien, tu t'en serviras toi-même !

Elle affecta d'ignorer le geste et l'arme.

— C'est *toi* qu'il a menacé de mort, chéri, pas moi.

C'est sur *toi* qu'il tirera et c'est donc *toi* qui devras tirer sur lui.

Il se leva du fauteuil, traversa la pièce pour aller à la fenêtre, et plongea son regard au-dehors.

— Pas de Bruce en vue, dit-il d'une voix sourde.

— Reprends le revolver. C'est toi qui dois t'en servir.

Il lui fit face. Dans la pièce obscure, et vue du lit sur lequel Angela était toujours étendue, la silhouette de Tony se découpait comme une ombre démesurée sur le store. Il paraissait presque enclin à tuer sa maîtresse plutôt que le mari initialement désigné comme victime.

— Tu n'oublies qu'un détail, lui fit-il observer.

— Quoi donc, chéri ?

— Tu es censée savoir à quelle heure ton mari va rentrer — et néanmoins tu reçois ton amant comme si tu tenais à être surprise dans ses bras... Autrement dit, comme si tu désirais voir les deux hommes se battre...

Elle secoua la tête.

— Non ? reprit-il avec une obstination des plus âpres. Et pourquoi donc ?

— Bien sûr, nous savons tous deux l'heure approximative de son retour. Mais nous nous aimons éperdument. Aussi, ce soir était pour nous une soirée d'adieu — du moins, pour une période indéterminée — et la passion qui nous embrase nous a fait perdre la notion du temps... La passion, chéri, tu sais ce que c'est...

Derechef il se détourna d'elle pour reprendre sa faction à la fenêtre. Lentement, les minutes s'écoulèrent... Il annonça enfin :

— Un taxi vient de s'arrêter devant la porte.

— Tu ferais bien de reprendre le revolver.

— Un homme descend. C'est peut-être Bruce. Il entre dans l'immeuble...

— Tu n'as plus le choix, Tony. Si tu ne le tues pas, c'est lui qui t'aura.

Quittant la fenêtre, il vint se camper devant le lit, puis se pencha vers l'instigatrice :

— C'est folie de ma part ! grogna-t-il.

Mais il se saisit de l'arme.

Ils avaient laissé de la lumière dans la salle de séjour. Le hall aussi était éclairé. Mais la chambre à coucher demeurait obscure. Ces dispositions étaient conformes au plan. Bruce passerait sans transition de la vive lumière à l'obscurité presque totale. Ce qui devait assurer nettement l'avantage à l'homme guettant son rival dans l'ombre.

L'épouse vit son amant se tapir derrière le fauteuil, où il s'immobilisa en position de tir.

— N'hésite pas, chéri, murmura-t-elle. Car Bruce, lui, fera vite.

Au bout de quelques secondes, un martèlement de pas se fit entendre dans le vestibule et se rapprocha de l'appartement. La porte fut ouverte, puis refermée. Ensuite ce fut le silence absolu, angoissant... Bruce hésitait ; ça ne lui ressemblait guère. Angela se le représentait, avec ses larges épaules, la tension de tout son corps trapu, ramassé sur lui-même comme prêt à bondir, la perplexité de son mufle de dogue.

Mais Bruce agit alors d'une manière inattendue. Au lieu d'aller retrouver directement sa femme dans la chambre à coucher, il l'appela de la salle de séjour :

— Angela !

Elle ne sut vraiment que faire. Mais elle se garda de répondre. Il fallait que Bruce vînt se faire abattre là. Ce n'était pas dans le living qu'il devait être tué d'une balle tirée « par légitime défense ».

— Angela ! tonna Bruce.

Mais il n'obtint toujours pas de réponse.

— Angela, je sais que tu es là... avec ton zig. J'ai reconnu sa voiture garée à deux pas d'ici.

Elle faillit pousser un cri de rage. Quelle bêtise de la part de Tony ! Tout comme s'il avait voulu mettre Bruce en garde, lui offrir une chance d'avoir le dessus !

— Angela, reprit Bruce d'un ton radouci, je n'ai pas spécialement envie d'aller jeter un coup d'œil au tableau obscène que vous formez là, tous les deux. Je préfère que tu viennes faire un brin de causette *ici.*

N'aie crainte. Je ne suis nullement surpris... ni en rogne. Oui, j'en suis arrivé au stade de l'indifférence. Aussi, nous pouvons discuter.

Mais Bruce n'était pas parvenu à donner le change. Son langage conciliant recélait sûrement un piège. Au vrai, Bruce était ulcéré. Quoique intelligent, il était mauvais acteur.

En outre, il perdait rapidement patience. Irrité par le silence persistant, il se rua soudain vers la chambre à coucher, au mépris des possibilités d'embuscade. Les amants le virent apparaître à l'angle du couloir, encore en pardessus et le chapeau sur la tête. Il s'arrêta net sur le seuil de la pièce obscure et allongea le bras en quête du commutateur. Sa carrure obturait tout l'encadrement de la porte. D'évidence, il n'était pas armé.

Angela connut un moment de panique tandis que son époux cherchait à tâtons le commutateur. Elle redoutait que Tony flanchât à l'ultime seconde. Elle regretta de ne pas s'être mise à l'affût tout près de lui afin de pouvoir s'emparer du revolver et en faire elle-même usage en cas de défaillance de l'indécis.

Mais l'arme aboya à l'instant même où Bruce tournait l'interrupteur. La chambre s'inonda de lumière juste à point nommé pour permettre à Angela de voir le visage ahuri, hébété de Bruce que le projectile avait atteint. Si ce n'était par un coup d'adresse, c'était par un coup de chance mais, en tout cas, la balle était bien placée. Angela vit un petit trou rond dans le pardessus, du côté gauche de la poitrine. Puis le corps s'écroula comme une masse.

Elle s'en approcha vivement. Bruce était tombé à plat ventre, mais elle parvint à le tourner légèrement afin de tâter la région du cœur. Sans aucun doute, il était mort.

Elle leva les yeux vers Tony. Il restait planté là, dans une immobilité tragique, le canon du revolver encore pointé vers l'endroit où Bruce s'était tenu. Ses traits s'étaient figés en un masque livide.

Avec précaution, la veuve enjamba le cadavre et

courut à la salle de séjour. Bruce transportait toujours son revolver dans la plus petite de ses valises. Angela savait exactement où il le rangeait, pour l'avoir souvent aidé à faire ses bagages... Toujours à la même place, juste sous...

Elle faillit alors hurler de détresse : Bruce était revenu à domicile *sans bagages !* Fébrile, elle se mit à chercher partout... notamment derrière les chaises et derrière le sofa. Rien, nulle part ! Elle étouffa un nouveau cri de désespoir en se plaquant la main sur la bouche.

Peut-être les bagages étaient-ils encore dans le taxi ? Mais que dire au chauffeur afin qu'il lui livre au moins la mallette ? Elle se précipita à la fenêtre, passa la tête entre les pans du store et plongea son regard dans la rue. Pas de taxi. La rue était sombre et déserte ; pour Angela, elle avait un aspect sinistre.

Absorbée dans ses réflexions, elle regagna lentement la chambre à coucher.

— Son revolver n'est pas ici, annonça-t-elle.

Tout d'abord, Tony parut ne pas saisir la portée de cette lacune dans l'exécution du plan.

— Que veux-tu dire par : *n'est pas ici ?*

— Bruce le transportait généralement dans sa mallette. Mais il est revenu sans aucun bagage.

— Pourtant, tu m'avais assuré que...

— Et toi qui l'avais vu descendre du taxi ! coupa-t-elle d'un ton mordant. Tu aurais pu m'avertir qu'il rentrait les mains vides ! Après tout, il était probablement sincère en déclarant qu'il se fichait pas mal de nos amours. Il ne faisait peut-être que passer à la maison, s'il avait décidé de ne pas reprendre la vie commune.

— Possible. Mais alors, où sont ses valises ?

— On a dû forcément les embarquer dans l'avion... et les débarquer après l'atterrissage. Les aurait-il laissées à l'aéroport ?

— A l'aéroport !... Bon sang !

— Mais oui, à la consigne ; auquel cas, il doit avoir sur lui le billet de dépôt...

Tony n'avait pas attendu la fin de la phrase. Déjà penché sur le défunt, il inventoriait les poches du mort : clefs, argent, mouchoir et autres articles usuels... Mais aucun billet qui eût confirmé l'hypothèse d'un dépôt de bagages à la consigne de l'aéroport. Tony, haletant, s'assit à même le parquet, il tremblait visiblement de tous ses membres.

— Bruce a pu faire porter ses valises à l'hôtel, dit Angela après un nouveau moment de réflexion. S'il comptait ne pas coucher ici, il lui aurait bien fallu loger quelque part.

Tony leva vers elle un visage en sueur, à l'expression implorante :

— Ce ne doit pas être impossible à trouver... commença-t-il.

— A condition de savoir à quel hôtel il avait réservé une chambre ! S'il s'était rendu à Londres, à Paris ou ailleurs, je saurais le nom de l'hôtel. Mais un homme ne loge pas à l'hôtel dans sa propre ville.

Ils échangèrent un long regard, mais sans amour ni désir. Leurs yeux n'exprimaient plus que terreur. Une terreur égoïste. De part et d'autre, chacun tremblait uniquement pour soi et non pour l'être chéri naguère.

Tony s'essuya le visage et le cou. Il transpirait abondamment. Par endroits, sa chemise était trempée de sueur. Il était manifestement en proie à une peur abjecte.

— Que faire ? se lamenta-t-il, gémissant comme un chien battu.

Angela fut prise d'une folle envie de s'agenouiller auprès du défunt, de le secouer en une tentative de le rappeler à la vie, de lui dire qu'elle ne l'avait pas aimé à son mérite... Certes, il l'avait battue maintes fois, mais lui, au moins, avait été un homme, un vrai... et, en ce moment, elle avait grand besoin de protection virile.

— Angela, suppliait Tony, il faut que tu trouves un moyen de nous tirer de là !

Ce pleutre devenait écœurant de veulerie. Il était obtus et n'avait aucune maîtrise de soi. Tel un gosse effrayé après coup, il laissait maintenant peser sur les épaules de la femme tout le poids du crime qu'ils avaient prémédité ensemble.

Mais la matière grise d'Angela n'était pas encore à court de trouvailles :

— Si Bruce ne t'a pas menacé avec un revolver, dit-elle soudain, il a pu le faire autrement.

— Comment ça ?

— A mains nues, suggéra-t-elle d'un ton amer. Bruce était deux fois plus costaud que toi. Il aurait pu te tordre le cou d'une seule main.

Tony était invulnérable aux blessures d'amour-propre.

— Pourrions-nous faire croire que nous nous sommes battus, lui et moi ? demanda-t-il.

— Pourquoi pas ? Nous dirons que Bruce a vu rouge, qu'il s'est rué sur toi et t'aurait sûrement démoli si tu n'avais pu t'emparer de mon revolver afin de te défendre. Pour la vraisemblance, il va falloir mettre la pièce à sac comme si elle avait été le théâtre d'un combat sans merci...

De nouveau il s'était mis à exécuter les directives d'Angela avant même qu'elle les eût entièrement exprimées. Elle lui donna carte blanche pour les dégâts matériels. Il se déchaîna dans la chambre à coucher, envoya les lampes se briser sur le parquet, balaya d'un revers de bras l'arsenal féminin que supportait la coiffeuse, culbuta des chaises, tira violemment sur les stores qui, en partie arrachés à leurs anneaux, pendirent de façon grotesque aux fenêtres de la pièce ravagée...

— Ça ira ? haleta-t-il lorsque enfin il arrêta le massacre et se tourna vers elle comme un gamin penaud quémandant l'approbation d'une adulte.

Elle l'avait observé avec un détachement froid et calculateur. A présent qu'elle détaillait la scène de dévastation, elle comprit d'instinct qu'il manquait encore la touche finale au tableau.

— C'en est assez pour faire croire que Bruce a vu

rouge, admit-elle avec calme. Mais on trouverait invraisemblable que tu t'en sois tiré sans une égratignure...

Médusé, il la fixa puis son regard refléta une incrédulité perplexe.

— C'est à toi que Bruce en voulait, et non à l'ameublement de la chambre, précisa-t-elle.

Tandis qu'il restait immobile, les bras ballants, Angela ramassa l'une des lampes qu'il avait projetées à terre. Elle la soupesa, avec l'intention évidente de s'en servir comme d'un casse-tête.

— Oh ! non, protesta-t-il d'une voix plaintive. Non, Angela, je t'en prie !...

— A toi de choisir entre un bobo et la chaise électrique.

Elle brandit la lampe, visant Tony à la tête. Une seconde, il resta cloué sur place, attendant le coup, telle une victime vouée au sacrifice. Mais à l'instant où elle passa aux actes, il leva instinctivement le bras pour parer le coup et le fit dévier un peu. Néanmoins, le pied de la lampe lui érafla la joue et il recula en chancelant, jusqu'au mur. Il s'y adossa, encore étourdi. Un filet de sang lui coulait sur le menton.

Elle posa la lampe et observa son œuvre d'un œil critique. La police les croirait-elle, à présent ? Rien qu'un seul coup ? Un dé à coudre de sang ?

— Pourquoi as-tu esquivé ? lui reprocha-t-elle, furieuse.

— Tu aurais pu me fendre le crâne, geignit-il.

Elle n'éprouvait aucune compassion.

— Nous devons donner l'impression que Bruce t'aurait mis en pièces, dit-elle. Or, malgré cette estafilade, nous en sommes encore loin. Une lampe ne peut constituer une arme meurtrière.

Cette fois elle enjamba sans hésiter le cadavre de son mari et courut à la cuisine. Elle farfouilla parmi les couteaux... et finit par choisir le plus grand de tous. Elle regagna la chambre.

Tony poussa un cri strident au vu de l'arme redoutable dont Angela s'était munie. Encore adossé au mur, il frissonna de la tête aux talons ; ses yeux écarquillés fixaient la lame luisante.

— Avec ça, Bruce aurait pu t'étriper, assura-t-elle. Nul n'en douterait.

— Qu'est-ce que tu comptes en faire ?

— Il faut que tu saignes, idiot ! Ton sang doit couler...

Sans hâte, mais résolument, elle marcha vers lui. Elle vit alors qu'il n'était nullement disposé à se soumettre. Il allait parer le coup de lame comme il avait fait dévier le coup de lampe. Très bien. Leur version du drame n'en paraîtrait que plus authentique.

— D'après notre topo, Bruce m'avait manqué en tirant un coup de feu, plaida-t-il en désespoir de cause. N'aurait-il pu échouer en m'attaquant au couteau ?

— Lâche ! lui jeta-t-elle d'un ton cinglant. Sale froussard ! Tu as la trouille !

Elle se lança vers lui. Il tenta de se dérober par un pas de côté et, en même temps, de saisir le poignet d'Angela. Mais elle avait prévu la parade. Aussi visa-t-elle le bras de l'homme et non la poitrine — comme l'eût fait Bruce. La pointe de l'arme pénétra juste au-dessous du coude, et le geste de défense qu'il fit en levant le bras accrut la force du coup. La lame lui laboura la chair jusqu'au biceps, près de l'épaule.

Quand le couteau échappa en tournoyant à la main d'Angela, elle ne fit pas un geste pour le rattraper. Elle recula d'un pas pour juger du dommage. Ce dommage, Tony en mesurait également l'étendue, d'un œil horrifié. Ce n'était qu'une coupure superficielle, mais déjà le sang coulait le long du bras blessé, ruisselait jusqu'au bout des doigts d'où il s'égouttait sur le tapis.

— A la bonne heure ! dit-elle, satisfaite. Ça paraît plus convaincant.

Avec lenteur il détourna les yeux de son bras

sanglant et porta son regard vers Angela. Son visage était déformé par la rage.
— Ça te réjouit, hein ? fit-il avec hargne.
— Eh oui...
— Ravi de te l'entendre dire, grinça-t-il.
Il avait les yeux hagards et sa voix prenait une acuité hystérique.
— Mais pourquoi serais-je le seul ? Pourquoi Bruce s'en serait-il pris uniquement à moi ?
— Parce que tu es celui qu'il avait menacé de mort, lui rappela-t-elle.
Il secoua la tête.
— Tu oublies qu'après nous avoir surpris ensemble au domicile conjugal ton mari outragé aurait pu entrer dans une colère noire et tourner sa fureur meurtrière également contre toi.
Elle comprit alors où il voulait en venir.
— Bruce ne m'aurait jamais fait le moindre mal, mentit-elle.
— De toute façon, il serait juste que nous supportions à parts égales les inconvénients qui résultent du crime, Angela, dit-il en pesant sur les mots. C'est moi qui ai appuyé sur la détente, d'accord ; mais en réalité, cet assassinat est ton œuvre autant que la mienne. J'estime donc que nous devons partager absolument tout ce qui en découle.
Sur ce, il alla ramasser le couteau.
— Oh ! non ! fit-elle, en se retenant de hurler.
— Ça doit paraître *vrai,* non ? reprit-il, narquois et inexorable.
— Que vas-tu faire ?
— Il faut que tu saignes, et ton sang va couler, répliqua-t-il en une sinistre paraphrase des paroles prononcées, un peu plus tôt, par la jeune femme.
« Par où fuir ? » se demanda-t-elle, éperdue. Campé entre elle et la porte, il lui barrait le passage. Et la lame — un véritable couteau de boucher ! — pointa vers elle, menaçante...
« Il n'aura pas le cœur de le faire », se dit-elle alors.

Il était trop épris de sa chair tendre et satinée, pour la taillader.

— Voyons, Tony, je t'en supplie...

— Il faut un partage équitable, mon ange.

Il bondit sur elle, la plaquant au mur et l'écrasant de tout son poids. Du bras gauche, il lui paralysa le cou et les épaules, à l'étouffer, tandis que sa main droite, libre, tenait le couteau levé...

— Pas au visage, Tony ! Je ne veux pas être défigurée !

Mais ce n'était plus le Tony aimant et docile dont elle avait l'habitude. En cette effroyable minute, elle était aux prises avec une bête humaine, un animal blessé et furieux de voir son propre sang répandu.

— Comprends donc, ma chère, dit-il avec une raillerie féroce. Bruce, jaloux, aurait pu t'en vouloir d'être belle au point d'affoler d'autres hommes. Il aurait pu vouer à la destruction cette beauté, plutôt qu'en tolérer plus longtemps le partage. Une idée géniale que j'ai là, pas vrai ?

La pointe du couteau entailla la joue d'Angela. Fut-ce la douleur aiguë qu'elle ressentit ou la terreur d'être à jamais défigurée ? Toujours est-il qu'à cet instant crucial elle puisa dans son petit corps de femme une force soudaine qui lui permit de repousser l'agresseur.

A partir de ce moment, l'instinct prit entièrement le pas sur la raison : la jeune femme agit aveuglément, sans plus réfléchir aux conséquences de ses actes. Le revolver était resté sur le sol, parmi les débris de la desserte. Elle plongea de ce côté et s'empara de l'arme. Sans prendre le temps de se remettre debout, elle se retourna sur le dos et fit feu. Elle appuya frénétiquement sur la détente jusqu'à ce que l'arme ne rendît plus qu'un déclic.

La pièce retentissait encore des échos de cette fusillade quand Angela perçut un autre bruit. On cognait à la porte, à coups sourds, sans répit. Mais l'esprit d'Angela ne répondit pas immédiatement à l'appel. Personne, à sa connaissance, ne pouvait lui rendre visite à pareille heure de la nuit.

— Tony... dit-elle machinalement.

Alors, une certaine lucidité lui revint... Tony gisait là où il s'était abattu, en travers du lit, une tache pourpre allait s'élargissant sur le drap, en une progression lente mais continuelle... Et il restait muet.

Quel gâchis ! Comment vais-je pouvoir expliquer tout cela ?

Le problème suractiva ses facultés mentales, absorbant toute son attention. Cet effort de concentration l'isola avec ses pensées dans un monde à elle, un monde où elle avait deux cadavres sur les bras. *Réfléchis bien... Concentre-toi...*

Ma pauvre figure... Non, oublie ta figure... Voyons, Angela, il faut pouvoir tout expliquer... Qui a tué Bruce d'un coup de revolver ? Tony, bien sûr — quoique ses empreintes soient déjà sur le couteau... Mais qui a poignardé Tony ?... Bruce, naturellement... Seul Bruce a joué du couteau... Dès lors, ce sont les empreintes de Bruce que l'on doit trouver sur le manche... Reprends donc le couteau à Tony et mets-le dans la main de Bruce, en veillant aux empreintes digitales... Bon. Mais alors, le revolver ?... Qui a vidé le chargeur sur Tony ?... Pas toi, Angela... Tu as été la cause et le témoin de cette tuerie — mais c'est tout... Donne le revolver à Tony... Il a tiré une balle mortelle sur Bruce... Mais qui donc a tiré sur Tony ?... Quelles sont en définitive, les empreintes que doit porter le revolver ?

L'imbroglio demeurait inextricable. Quand la porte de rue eut volé en éclats et qu'un policier vint s'immobiliser sur le seuil, observant d'un œil ahuri les manœuvres bizarres de cette femme s'affairant entre deux cadavres dans un décor de carnage, Angela se tourna vers lui comme vers un oracle :

— Dois-je retirer le revolver de la main de Tony ? lui demanda-t-elle. Non, n'est-ce pas ?... Paraîtrait-il plus vraisemblable que j'aie tué l'un des deux hommes ?...

Mais je n'ai tué ni l'un ni l'autre. Tony, blessé, a tué Bruce d'une balle au cœur... Faut-il que j'efface mes empreintes et rende le revolver à Tony ?... Suis-je horriblement défigurée ?

Don't call it Murder.
Traduction de Jean Laustenne.

Meurtre au ralenti

par

RICHARD HARDWICK

Dès notre arrivée, nous découvrîmes la raison de l'appel presque inintelligible de Gus Johnson. Bernie Hibler — ou plus exactement la dépouille mortelle que son âme avait quittée brutalement peu de temps auparavant — était assis, adossé au mur, à l'intérieur de son hangar à bateau. Il avait été ligoté à l'une des grosses poutres soutenant la charpente de l'abri rudimentaire et son assassin avait pris soin de le bâillonner comme de lui bander les yeux avant de l'abattre d'un coup de feu en pleine poitrine.

— Je n'ai touché à rien, jura Gus en s'adressant au shérif. Dès que je l'ai découvert, je suis allé à la maison et je vous ai téléphoné.

Gus Johnson était un vieux solitaire qui tenait une boutique d'articles de pêche à trois ou quatre cents mètres de là, au croisement avec la grand-route.

Dan Peavy hocha la tête et se pencha pour examiner le corps.

— Il est encore chaud, Peter, déclara-t-il en se redressant et se tournant vers moi. Il ne doit pas être mort depuis longtemps. Comment l'avez-vous découvert ? demanda-t-il à Gus.

Le vieil homme vacillait sur ses jambes, probablement en partie à cause du choc qu'il avait éprouvé lors de sa découverte macabre, mais principalement en raison de l'alcool qu'il avait ingurgité récemment et dont les effluves se répandaient autour de lui chaque fois qu'il ouvrait la bouche.

— Vous savez, shérif, avec ce maudit vent de nordet qui souffle depuis près d'une semaine maintenant, la clientèle est rare et je profite de mon chômage forcé pour rattraper un peu de mon sommeil en retard...

— Et pour lever le coude de temps à autre, ajouta le shérif ironiquement.

— Un peu, concéda Gus, mais, attention, jamais plus qu'il ne faut ! La modération en toutes choses, c'est ma devise. Enfin, pour revenir à votre question, depuis ce matin, j'ai passé le temps à somnoler. Vers 3 ou 4 heures, cet après-midi, je me suis réveillé. J'ai bu une petite goutte et je m'apprêtais à me recoucher lorsque j'ai entendu une détonation. Apparemment, le coup de feu avait été tiré du côté de chez Hibler. Sur le moment, je me suis dit que c'était Bernie qui avait tué un renard ou un autre nuisible — il y en a beaucoup par ici — et je me suis tranquillement rendormi.

— Vous avez dit qu'il était entre 3 et 4 heures ? lui demandai-je. Comment le saviez-vous ?

Le vieil homme haussa les épaules.

— Oh, par déduction, en quelque sorte, répondit-il. Voyez-vous, j'avais bu un autre petit verre à 2 heures — j'avais regardé ma pendule — et, plus tard, quand cette maudite voiture m'a réveillé à nouveau, il était exactement 4 heures et demie. Donc, logiquement, il devait être entre 3 et 4 quand il y a eu ce coup de feu.

— Quelle voiture ? questionna le shérif.

— La sienne, bien sûr ! Elle est sortie du chemin de Hibler comme si elle avait le diable à ses trousses et ne s'est même pas arrêtée au stop de la grand-route ! Elle a pris le virage sur les chapeaux de roues et quand elle est passée devant chez moi elle roulait déjà à plus de cent à l'heure ! Avec tout le vacarme qu'elle a fait, il y avait de quoi réveiller un mort.

Dan Peavy fronça les sourcils.

— *Elle !* C'était donc une femme qui conduisait cette voiture ?

— Je croyais vous l'avoir déjà dit, s'étonna Gus Johnson. Je l'ai tout de suite reconnue. C'était Mme Hammond !

— Mme Hammond ? répétai-je avec incrédulité. Mollie Hammond ?

Mollie était l'une des plus charmantes jeunes femmes du comté de Guale. Une jeune femme qui avait été très durement éprouvée récemment par la disparition tragique de son mari. Deux mois plus tôt, Sam Hammond, alors qu'il roulait sur l'ancienne route, avait négocié un peu trop rapidement un virage particulièrement dangereux. Le chêne centenaire, sur le tronc duquel sa voiture s'était enroulée, s'en était tiré sans grand dommage, mais Sam n'avait pas survécu.

Au lendemain des obsèques, Mollie avait appris que son mari avait investi tout l'argent qu'il possédait dans une affaire avec Hibler. Une affaire dont il avait espéré un gros bénéfice, mais, une fois son associé disparu, Hibler avait prétendu qu'elle n'avait pas marché et que la totalité du capital avait été dépensée en pure perte.

— C'était bien Mme Hammond, confirma Gus, et c'est justement parce que c'était elle que j'ai commencé à me poser des questions. D'après ce que j'ai entendu dire, il y avait un lourd contentieux entre elle et Hibler, aussi n'avait-elle guère de raison de lui rendre une visite amicale. Comme je n'ai pas le téléphone, j'ai pris ma camionnette et je suis descendu ici.

— Qu'en pensez-vous, Peter ? me demanda mon patron, Dan Peavy.

— La même chose que vous, sans doute, répondis-je. Pour la plupart des gens, Hibler l'a dépouillée d'une manière absolument honteuse. Il n'est donc pas impossible qu'elle l'ait tué et je suis curieux d'entendre ce qu'elle dira pour sa défense.

— Vous ne l'aviez pas entendue arriver ? questionna-t-il en se retournant vers Gus.

Le vieil homme secoua la tête.

— Non. Elle devait rouler beaucoup plus lentement et comme je vous l'ai dit…

— Je sais, l'interrompit le shérif. Vous cultiviez alternativement votre paresse et votre cirrhose.

Bernie Hibler n'était pas exactement un ermite, mais il affectionnait tout particulièrement sa tranquillité. Sa maison était située à vingt-cinq kilomètres du chef-lieu du comté, sur une butte isolée qui dominait la Rivière du Français. Quant à son hangar à bateau il était bâti en bordure d'une laisse de basse mer, à une trentaine de mètres environ en contrebas. A l'intérieur, il était aménagé comme la plupart des hangars à bateaux qui parsèment la côte du comté de Guale où l'amplitude des marées dépasse souvent deux mètres. Il comportait une galerie supérieure fixe, reliée par une échelle à un ponton flottant qui servait à amarrer le bateau.

La cale était vide, ce qui incita le shérif à demander à Gus s'il savait où se trouvait le bateau de Hibler.

— Comme le temps était mauvais, lui répondit-il, il en a profité pour le mettre en cale de radoub aux ateliers municipaux.

Dan Peavy jeta un coup d'œil autour de lui. La galerie ressemblait à n'importe quelle autre galerie. Les murs étaient tapissés de filets et de cordages divers et une demi-douzaine de cannes à pêche étaient suspendues à des pitons. Par terre, un grand seau à appâts était posé entre une boîte d'accessoires de pêche et une canne tout équipée. Une canne qui semblait avoir été jetée là avec précipitation, car sa ligne était emmêlée et son hameçon, au bout duquel un morceau de crevette était accroché, s'était pris dans les planches à claire-voie du ponton et reposait maintenant sur la vase, deux mètres plus bas. Quels qu'eussent été ses autres défauts, Bernie Hibler avait été un pêcheur compétent et il était impensable qu'il ait pu se montrer aussi peu soigneux de son matériel.

— Vous devriez aller voir dans la maison également, déclara Gus. J'y suis entré pour vous téléphoner et jamais de ma vie je n'avais vu un désordre pareil !

Le vieil homme se gratta la tête et, après un instant de silence, questionna d'une voix hésitante :

— Croyez-vous avoir encore besoin de moi, shérif ? Je ne suis pas très bien dans mon assiette et...

Dan Peavy hocha la tête machinalement, le sourcil froncé et le regard fixé sur le corps recroquevillé.

— Vous pouvez disposer, Gus, répondit-il. Simplement, restez chez vous ou faites en sorte que l'on puisse vous joindre rapidement au cas où nous aurions besoin de vous.

Visiblement soulagé, Gus Johnson se dirigea vers sa camionnette et le shérif se tourna vers moi.

— Je ne comprends pas pourquoi son assassin a pris la peine de le bâillonner et de lui bander les yeux, déclara-t-il comme s'il se parlait à lui-même. Vous aviez appelé Stebbins avant notre départ du bureau, n'est-ce pas ?

— Oui, acquiesçai-je. D'ailleurs le voici, ajoutai-je après avoir jeté un coup d'œil en direction de la grand-route que je pouvais voir depuis l'endroit où je me trouvais.

— Parfait. Pendant qu'il examinera le corps, vous appellerez le bureau et demanderez à Jerry d'aller cueillir Mme Hammond et de l'amener directement ici.

Entre-temps le corbillard noir de la morgue municipale s'était arrêté devant le hangar et le docteur Stebbins, le seul et unique médecin du comté qui exerçait également la fonction de coroner, en descendit et s'approcha à grands pas rapides.

— Un meurtre ! grommela-t-il en posant sa serviette à côté du cadavre. Il ne manquait plus que ça ! Si cela continue, le comté de Guale va devenir aussi peu sûr que les bas quartiers de New York ou de Chicago !

— Quand serez-vous en mesure de me donner approximativement l'heure du décès ? questionna Dan Peavy.

— Est-ce important pour l'enquête ?

Le shérif hocha la tête.

— Nous avons déjà un suspect et l'heure du crime pourrait constituer l'un des éléments susceptibles de l'incriminer ou de le disculper.

— Une autopsie sera nécessaire pour la déterminer de manière exacte, répondit-il, mais je vais voir si je peux tout de suite vous donner une première fourchette.

Tandis qu'il se penchait sur le corps, je sortis et appelai Jerry à la radio. Une fois la mission que m'avait confiée le shérif remplie, je le rejoignis et, laissant Stebbins terminer son examen, nous montâmes tous les deux à la maison de Hibler.

Gus Johnson n'avait pas exagéré. Tout était sens dessus dessous. Les tiroirs des meubles étaient ouverts, leur contenu éparpillé sur le sol et pas un placard, pas une penderie n'avait échappé à la curiosité de l'assassin. A l'évidence, il avait cherché quelque chose — à moins qu'il ait simplement voulu donner le change.

— L'argent est peut-être le mobile du crime, suggérai-je. Ce n'était un secret pour personne que Hibler avait toujours une grosse somme en liquide chez lui.

— Peut-être... Cependant, murmura Dan, je n'arrive toujours pas à comprendre pourquoi il a été ligoté et bâillonné avant d'être abattu. Une telle mise en scène est bizarre, surtout de la part d'un simple cambrioleur. Un coup de fusil aurait suffi pour le neutraliser.

— A propos de fusil, m'étonnai-je, je n'en vois nulle part. Pourtant, il devait bien en avoir un, ne serait-ce que pour tuer les renards.

— Il en avait un, affirma Dan. Un calibre 12 à canon double et, vous avez raison, le râtelier est vide.

— Le meurtrier l'a sans doute emporté...

— A moins que ce soit la meurtrière ? murmura-t-il d'une voix dubitative.

Silencieusement, nous redescendîmes au hangar. Le Dr Stebbins venait juste de refermer sa serviette.

— Il est 6 h 5 maintenant, déclara-t-il après avoir regardé sa montre, et, compte tenu de la température du corps, de la rigidité cadavérique et du temps de coagulation du sang, il était probablement encore en vie à 2 heures mais mort aux alentours de 4. Cela vous suffit-il, shérif ?

Dan Peavy soupira.

— C'est déjà une bonne approximation, mais je crains que cela ne soit pas suffisant pour innocenter Mme Hammond. Au contraire.

Le vieux praticien haussa un sourcil étonné.

— Mollie ? Que vient-elle faire dans tout ceci ?

— C'est notre suspecte, lui répondis-je et je lui répétai ce que Gus nous avait dit.

— Je parierais n'importe quoi que ce n'est pas elle ! s'exclama-t-il. Une fille comme elle, c'est impensable !

— Pourquoi en êtes-vous si sûr ?

— Je... bredouilla-t-il. Elle n'en est tout simplement pas capable !

— Pour le moment, déclarai-je d'une voix pleine d'espoir, c'est sa parole contre celle de Gus. A condition, du moins, qu'elle nie être venue ici...

— Et Gus lui-même ? suggéra le médecin, puis, d'un seul coup son visage s'illumina. Je vais vous dire par qui vous devriez commencer votre enquête ! s'écria-t-il. Fred Trent ! Ce bon à rien a plusieurs fois menacé Hibler de lui faire la peau. Il y a des témoins. Tel que je le connais, c'est avec une joie sadique qu'il l'aurait abattu et il aurait même sans doute fait durer le plaisir.

Dan Peavy secoua la tête.

— C'est à lui que j'ai pensé dès que j'ai appris que l'on avait tué Hibler, mais...

— Il l'a toujours détesté, l'interrompit le médecin d'une voix tout excitée, et le procès qu'il a perdu contre lui voici quelques mois a dû être la goutte d'eau qui a fait déborder le vase !

A l'issue de ce procès, Fred Trent avait été condamné à payer cinq cents dollars de dommages et intérêts à Hibler. En réparation des dégâts qu'il avait occasionnés à sa voiture lors d'une collision dont le tribunal lui avait fait porter l'entière responsabilité.

— Le problème, objecta le shérif, c'est qu'il a un alibi en béton.

— En béton ? Ça n'existe pas !

Dan Peavy soupira.

— Hélas, si. Je suis personnellement garant de lui. Depuis une semaine, il est au service de la municipalité et aujourd'hui il a travaillé toute la journée à repeindre l'intérieur de la prison.

Lorsque Jerry arriva en compagnie de Mollie, Stebbins était reparti ; à l'endroit où avait été le corps de Hibler, il ne restait plus que quelques taches de sang et un vague contour tracé à la craie blanche.

— Je ne savais pas ce que vous lui vouliez, chef, déclara Jerry. Je lui ai simplement dit que vous désiriez la voir.

— A quoi cette convocation rime-t-elle ? questionna la jeune femme d'une voix contrariée en mettant pied à terre.

Mollie Hammond était une charmante créature, du genre alangui, avec de grands yeux noisette et un regard inquiet. En la voyant, on ne pouvait s'empêcher d'imaginer à quoi elle eût ressemblé avec une coiffure moins stricte et un léger maquillage.

— Vous êtes venue ici cet après-midi, n'est-ce pas ? attaqua Dan d'emblée.

Elle fronça les sourcils.

— Pourquoi me demandez-vous ça ?

— Quelqu'un a vu votre voiture sortir d'ici aux alentours de 4 heures et demie, répondit-il. Un certain Gus Johnson qui tient une boutique au croisement avec la grand-route.

Elle se redressa, comme si elle se préparait à subir une épreuve.

— Je ne le nie pas, shérif, admit-elle. C'était effectivement ma voiture.

— Il s'est passé quelque chose dans ce hangar cet après-midi, madame Hammond, fis-je observer. Quelque chose de grave.

Elle hocha la tête et son regard évita le mien.

— Je… je sais, bredouilla-t-elle. M. Hibler est mort… assassiné.

— Je suppose que vous connaissez les droits qui sont les vôtres, déclara Dan Peavy solennellement. Désirez-vous ne parler qu'en présence de votre avocat ?

La jeune femme blêmit.

— Ce n'est pas moi qui l'ai tué ! s'exclama-t-elle. C'est pour cela que je roulais si vite. Après l'avoir découvert dans ce hangar, baignant dans une mare de sang, j'ai perdu la tête. Je... jamais je n'avais vu quelque chose d'aussi horrible !

— Pourquoi êtiez-vous venue ici ? questionna le shérif. Vous n'étiez guère de ses amies, si j'en crois ce que je me suis laissé dire...

— C'est lui qui m'a appelée pour me demander de venir le voir, expliqua-t-elle d'une voix tremblante. Il était environ 4 heures quand il m'a téléphoné. Il m'a déclaré qu'il voulait réparer les torts qu'il avait envers moi. Il voulait que je vienne tout de suite, car il avait peur de changer d'avis. Sur le moment, j'ai d'abord cru à une mauvaise plaisanterie et après qu'il a eu raccroché, j'ai composé son numéro afin de m'assurer que c'était bien lui que j'avais eu au bout du fil. Comme ça sonnait, mais que personne ne décrochait, je me suis finalement décidée à obéir à son injonction — après tout, je ne risquais rien, sinon de me sentir ridicule. En arrivant ici, j'ai frappé à la porte de la maison. Sans résultat... Cependant, il devait y avoir quelqu'un puisque le portail sur la route était ouvert et j'ai pensé qu'il était peut-être dans son hangar à bateau... Il y était effectivement. Attaché à une poutre, au milieu d'une mare de sang.

— Il vous a téléphoné à 4 heures précises ? questionnai-je.

Elle hocha la tête.

— Je me souviens d'avoir regardé ma pendule. Il n'y a guère que sept ou huit kilomètres de chez moi jusqu'ici et je suis partie immédiatement après avoir essayé de le rappeler.

— Etiez-vous seule quand vous avez reçu son coup de fil ?

— Oui. Depuis… depuis que Sam s'est tué, j'ai eu de la peine à joindre les deux bouts et j'ai été obligée de prendre des travaux de couture à domicile. J'étais en train de terminer un ouvrage lorsqu'il m'a appelée.

Dan Peavy se caressa le menton.

— Il n'est pas nécessaire que je vous dise ce que vont penser les gens, n'est-ce pas, madame Hammond ?

— Ils croiront que je l'ai tué ? Mais c'est faux ! protesta-t-elle. Je vous jure qu'il était déjà mort à mon arrivée ici !

— Pourquoi ne pas nous avoir prévenus ! lui reprocha Jerry. Cela aurait paru déjà moins compromettant pour vous.

— Je… j'étais terrorisée. Je savais que tout le monde m'accuserait et je… je me suis imaginé qu'il valait mieux que personne ne sache que j'étais venue ici. A… allez-vous m'arrêter ? questionna-t-elle avec inquiétude en se tournant vers le shérif.

— Non, répondit-il d'une voix neutre. Pour le moment, Jerry va simplement vous ramener chez vous, mais, cependant, vous êtes priée de ne pas quitter le comté jusqu'à nouvel ordre.

A 11 heures, le soir même, le Dr Stebbins apporta le rapport d'autopsie au bureau du shérif. Un rapport confirmant que le décès était intervenu entre 2 et 4 heures de l'après-midi.

— Je n'ai pas réussi à réduire la marge, s'excusa-t-il en tendant la feuille à Dan Peavy. Cela vous suffira-t-il ?

— Il le faudra bien…

— J'ai noté deux ou trois détails qui pourraient vous intéresser, ajouta-t-il en s'asseyant. Notamment une ecchymose à la base du crâne, sans doute consécutive à un coup assené au moyen d'un objet contondant et avec une violence suffisante pour faire perdre connaissance à une personne normalement constituée.

— Ce qui expliquerait que l'assassin ait eu le loisir de le ligoter, de le bâillonner et de lui bander les yeux avant de l'abattre, suggéra Jerry.

— Deuxièmement, poursuivit le médecin, l'étude balistique m'a révélé un détail bizarre. La balle a pénétré dans la poitrine au niveau de la base du sternum et est ressortie dans le dos au milieu de l'omoplate, c'est-à-dire avec un angle de près de trente degrés de bas en haut. Ce qui, si l'on admet que Hibler a été abattu à l'endroit où se trouvait son cadavre, laisserait supposer que le meurtrier était couché par terre quand il a tiré. D'après mes calculs, le fusil ne pouvait pas être à plus de quinze ou vingt centimètres du sol.

— Une autre explication est possible, proposai-je en saisissant un horaire des marées et le compulsant. Tenez, regardez ! La mer était basse cet après-midi à 4 h 42. Si Hibler a été tué, disons une heure plus tôt, le niveau de l'eau était assez bas pour qu'un homme debout sur le ponton flottant — s'apprêtant peut-être à monter dans une barque — soit en mesure d'épauler un fusil en posant l'extrémité du canon sur le rebord de la galerie.

— Ce serait beaucoup plus plausible, convint Jerry.

Le shérif hocha la tête.

— Certes, murmura-t-il, mais à mon goût il y a trop de détails bizarres dans cette affaire. Peter, demain matin vous patrouillerez le long de la Rivière du Français en compagnie de Jerry. Peut-être réussirez-vous à trouver quelqu'un qui a vu quelque chose.

— Quelque chose ? répéta Jerry. Quel genre de chose, chef ?

— Un bateau, par exemple, lui répondit le shérif. Un bateau qui se serait approché ou éloigné de chez Hibler.

A cet instant précis, il y eut un crissement de pneus dans la rue. Une portière claqua et Gus Johnson entra en trombe dans le bureau.

— Je viens juste de me rappeler quelque chose, shérif ! s'exclama-t-il. Je me demande comment je n'ai pas pensé à vous en parler tout à l'heure. Une autre voiture est venue chez Hibler aujourd'hui ! La vieille guimbarde de Trent !

— J'avais raison ! s'écria le Dr Stebbins en frappant du plat de la main sur le bureau. Je vous l'avais bien dit !

Dan Peavy leva la main pour réclamer le silence.

— A quelle heure était-ce, Gus ?

— A quelle heure ? Oh, aux environs de 7 heures et demie, ce matin. Il était le quart quand je me suis réveillé et j'étais en train de prendre mon petit déjeuner quand je l'ai vu s'en aller.

Le shérif se retourna vers le médecin.

— Il ne pouvait pas être mort depuis si longtemps, n'est-ce pas ?

Stebbins secoua la tête, visiblement déçu.

— Non... concéda-t-il à contrecœur. Je puis m'être trompé d'une heure ou deux, à la rigueur, mais pas de six.

Dans la nuit le vent de nordet tomba et, au lever du soleil, le lendemain matin, le ciel était bleu et limpide, avec une faible brise du sud. Jerry et moi mîmes à l'eau la vedette municipale et nous entreprîmes de remonter la rivière en nous arrêtant à chaque ponton, chaque embarcadère, partout où nous étions susceptibles de rencontrer un éventuel témoin. Sur l'eau, nous ne croisâmes qu'un seul bateau, celui d'un pêcheur de crabes et, la veille, personne n'en avait vu d'autre en dehors du sien.

Jerry et moi, nous le connaissions bien. Il s'agissait d'un brave homme répondant au nom de Lewis et habitant une petite maison sur la route de Cypress City.

— Qui cherchez-vous ? nous demanda-t-il quand nous le hélâmes.

— Nous ne savons pas exactement, lui répondit Jerry. Le type qui a tué Hibler.

A cette nouvelle, le visage du pêcheur exprima une franche stupéfaction.

— Hibler ? s'exclama-t-il. On l'a tué ? Quand cela s'est-il passé ?

— Vous lirez tous les détails dans le journal, lui dis-je pour couper court à une conversation qui pouvait durer et ne nous apprendrait rien. Il faut que nous poursuivions notre enquête.

— Et si c'était lui, Peter ? suggéra Jerry quand nous fûmes hors de portée de ses oreilles. Il était le seul à être sur l'eau hier. Il aurait très bien pu se glisser subrepticement dans le hangar de Hibler et y commettre son mauvais coup en toute tranquillité. S'il était là aujourd'hui, c'était peut-être simplement pour donner le change, pour ne pas risquer d'attirer l'attention en changeant ses habitudes.

— Peut-être... mais et tous les autres à qui nous avons parlé ? objectai-je. Avec le peu de circulation qu'il y avait sur la rivière hier, n'importe qui possédant une barque aurait pu aller et revenir de chez Hibler sans être vu.

Le visage de Jerry se renfrogna et il jura entre ses dents. Je savais à quoi il pensait, car j'avais pensé la même chose chaque fois que l'une des personnes que nous avions rencontrées avait répondu par la négative à nos questions. Peu à peu, la nasse se refermait autour de Mollie...

Nous avions commencé tôt et il était 9 heures et demie quand nous arrivâmes au bureau. Au moment où je refermais ma portière, la voiture de Fred Trent s'arrêta derrière la nôtre.

— Alors, c'est à cette heure que vous arrivez au travail ? gouailla-t-il en mettant pied à terre.

— Nous sommes sur le terrain depuis 6 heures ce matin, répliqua Jerry, mais vous-même, vous vous relâchez, il me semble...

— Je n'avais pas trop la forme en me levant, répondit-il en guise d'explication. J'ai même bien failli ne pas venir du tout.

Dan Peavy nous accueillit sur le seuil de son bureau.

— Je voudrais avoir un mot en particulier avec vous, Trent, déclara-t-il en le découvrant dans notre sillage.

— Avez-vous réussi à capturer l'assassin de Hibler ? questionna ce dernier tout en retirant sa veste.

— Vous êtes déjà au courant ?

Il hocha la tête.

— Oui. Je me suis arrêté pour prendre un café dans un bar avant de venir ici, expliqua-t-il. Tout le monde ne parlait que de ça. Quand on voit quelqu'un, on ne sait jamais ce qui va lui arriver la minute d'après.

— Que voulez-vous dire par là ? lui demandai-je.

— J'ai vu Hibler hier matin, déclara-t-il en se retournant vers moi. Je me suis arrêté chez lui aux environs de 7 heures, avant de venir prendre mon travail ici. Pour lui donner les vingt-cinq dollars que ce maudit juge m'a contraint à lui verser tous les mois jusqu'à extinction de ma dette. Voici le reçu qu'il m'a donné, ajouta-t-il en fouillant dans l'une de ses poches d'où il sortit un bout de papier qu'il tendit au shérif. C'est sans doute sa dernière signature.

Dan Peavy y jeta un coup d'œil rapide. Nous n'avions trouvé aucun argent, pas plus dans les poches du cadavre que dans le reste de la maison. A moins que Hibler se fût rendu en ville dans la journée, il aurait dû être en possession au moins de ces vingt-cinq dollars. Selon toute apparence, il y avait donc eu également vol.

— De quoi vouliez-vous me parler, shérif? questionna Trent au bout de quelques instants de silence.

Dan Peavy se caressa le menton dubitativement.

— Ce n'est plus nécessaire, répondit-il en soupirant. Vous m'avez déjà dit tout ce que je voulais savoir. Peut-être pourriez-vous retourner à vos pinceaux, maintenant ?

Le shérif rendit visite à la banque locale et apprit par son directeur que Hibler y avait un compte. Quand il évoqua les rumeurs selon lesquelles son client avait toujours une grosse somme en liquide chez lui, le banquier hocha la tête avec componction.

— Elles sont parfaitement exactes, affirma-t-il. Il était en permanence à l'affût de la bonne affaire et aimait donc avoir de l'argent immédiatement disponible.

— Avez-vous une idée, même approximative de son montant, et de l'endroit où il le mettait ?

— Pour ce qui est de l'endroit, répondit le directeur, je n'en sais pas plus que vous, mais pour la somme je pense que ce n'est pas trop m'avancer si je vous dis qu'il avait au moins deux mille dollars en petites coupures. Peut-être plus, mais deux mille était un minimum au-dessous duquel il ne descendait pas.

Je songeais à Mollie qui était contrainte d'accepter des travaux de couture pour survivre. Deux mille dollars devaient représenter une véritable fortune pour elle. Sans parler de son désir de se venger d'un homme qui l'avait volée odieusement... Pour Gus Johnson et pour le pêcheur de crabes une pareille somme aurait sans doute constitué également un véritable pactole.

— Votre enquête avance ? s'enquit le banquier.

— Pas à pas, mais sûrement, répondit Dan avec circonspection.

— Il y a des gens en ville affirmant que l'affaire est claire comme de l'eau de roche, déclara le directeur avec une feinte indifférence. Mme Hammond aurait avoué avoir été chez Hibler au moment où il a été abattu...

Dan Peavy resta impassible.

— Je ne puis rien vous apprendre de plus que ce que je vous ai dit, répondit-il. Nous avançons et nous espérons arriver bientôt à un résultat.

— Tout cela n'est pas très bon pour Mollie, constatai-je lorsque nous sortîmes de la banque.

— Non, acquiesça Dan pensivement. Il n'y a rien de pire que la rumeur publique dans une affaire criminelle... C'est étrange comme les gens, même s'ils sont incapables de trouver la solution de la plus simple des charades, s'imaginent être des Sherlock Holmes méconnus dès qu'il s'agit de découvrir l'auteur d'un meurtre.

Une telle réflexion n'attendait pas de réponse et je restai silencieux. Je ne partageais que trop son opinion à ce sujet.

Quand nous arrivâmes au bureau, nous y trouvâmes le Dr Stebbins en compagnie de Jerry.

— J'ai du nouveau au sujet du corps de Hibler, déclara le médecin à notre entrée. Il n'y a pas de changement pour l'heure du décès, mais par contre les marques laissées par les liens sur ses poignets et sur ses chevilles m'ont semblé assez anciennes, comme s'il avait été ligoté pendant un long moment avant d'être abattu.

— Depuis combien de temps environ ? questionna Dan tout en se servant un verre d'eau.

— C'est difficile à dire, répondit en hésitant Stebbins. Tout dépend des efforts qu'il a faits pour se libérer...

Le visage pensif, le shérif s'assit sur le rebord de son bureau.

— Ce qui me trouble le plus dans ce crime, murmura-t-il en soupirant, c'est la peine que le meurtrier a prise pour ficeler, bâillonner et bander les yeux de sa victime. Un malfaiteur ordinaire aurait peut-être tué Hibler après l'avoir assommé — dans la mesure où il aurait craint d'être reconnu par lui — mais il n'avait aucune raison de se livrer à une pareille mise en scène.

— Pour moi, déclara Jerry de but en blanc, la solution du problème est limpide et je m'étonne qu'aucun de vous n'y ait pensé.

— Ah bon ? s'enquit le shérif sur un ton vaguement ironique.

— Tout cela n'est qu'un écran de fumée ! De même que la canne à pêche, le seau et la boîte d'accessoires. Ils ont été mis là dans un seul but : nous égarer en nous lançant sur plusieurs pistes.

— C'est bien possible, acquiesçai-je. Toutes les

bizarreries que nous avons constatées n'ont de sens que dans une telle hypothèse.

— Je veux bien, admit Dan. Mais si nous nous en tenons aux faits constatés, il reste encore bien des points obscurs. Comment, par exemple, notre suspect numéro un, Mollie Hammond, a-t-elle eu le temps et la patience d'éparpiller tant de faux indices avant de s'enfuir d'ici en faisant un tintamarre suffisant pour réveiller cette vieille éponge de Gus Johnson ?

— C'est simple également, déclara Jerry. Ce n'est pas elle qui a tué Hibler.

Il me suffit de voir Jerry lorsqu'il poussa la porte du bar. La lueur qui brillait dans ses yeux quand il se hissa sur le tabouret à côté du mien était à elle seule éloquente.

— Peter...

C'était la fin de l'après-midi et j'avais des projets pour la soirée.

— Tais-toi ! l'interrompis-je en levant les deux mains en un geste défensif. Tu as une idée, n'est-ce pas ?

Il hocha la tête, révélant une pomme d'Adam proéminente et animée d'un mouvement spasmodique.

— Pas une idée ordinaire, déclara-t-il d'une voix dont il maîtrisait mal les intonations, une idée géniale ! Ecoute-moi ! Pour le moment, et si nous écartons l'hypothèse du vagabond, de l'inconnu, nous disposons de deux personnes ayant eu un mobile pour tuer Hibler. Mollie et Fred. Jusque-là, tu es d'accord, n'est-ce pas ?

— Oui, mais...

— Trent ayant un alibi, il ne nous reste plus que Mollie. D'autre part, poursuivit-il, si nous nous plaçons sur le plan de l'opportunité, un troisième larron entre en scène : Gus Johnson. Gus Johnson qui n'avait pas d'animosité à l'égard de Hibler, mais qui a très bien pu le tuer simplement pour s'approprier son argent.

— Certes, mais...

— Ceci dit, toi et moi, nous connaissons Mollie,

m'interrompit-il, et nous avons l'intime conviction qu'elle est incapable de tuer qui que ce soit, surtout d'une manière aussi horrible. Tu es toujours d'accord, n'est-ce pas ?

— Bien sûr...

Un sourire triomphant éclaira le visage de mon jeune collègue.

— Dans ce cas, s'exclama-t-il, tu dois arriver logiquement à la même conclusion que moi !

Je le regardai fixement pendant une seconde ou deux.

— Je vois, murmurai-je. Tu estimes que, en procédant par élimination, Gus est le seul coupable possible. Tout cela, c'est très bien, mais laisse-moi te rappeler une chose : aux Etats-Unis un homme est présumé innocent tant que sa culpabilité n'a pas été démontrée. C'est une règle immuable et, jusqu'à présent, tu ne m'as pas fourni l'ombre d'une preuve pour étayer tes belles déductions.

Un petit rire amusé s'échappa des lèvres de Jerry.

— Tu as tout à fait raison, admit-il, mais comme chacun sait, il n'est pas de criminel qui n'ait son point faible. Il suffit de le découvrir pour envoyer le gars derrière les barreaux. C'est là qu'intervient l'idée géniale qui m'est venue.

Je me levai et donnai une pièce de cinquante cents à Thelma pour payer le café que j'avais consommé.

— Je me méfie de tes idées, déclarai-je. Il m'est déjà arrivé plusieurs fois d'en pâtir et, comme on dit, chat échaudé craint l'eau froide. Si tu le permets, je vais donc te laisser en tête à tête avec ton projet et vaquer à mes propres occupations. J'ai promis à Juanita de l'emmener au cinéma ce soir et c'est le genre de promesse que je m'en voudrais de ne pas tenir.

Déjà en le quittant, je savais que sa maudite idée me poursuivrait pendant toute la durée du film.

La tête de Juanita posée sur mon épaule, je regardais sans le voir le grand écran du « drive-in ».

— Que peut-il bien être en train de faire ?

— Qui cela, Peter ? murmura Juanita tout en piochant dans le sac de pop-corn sur ses genoux.

— Heu... ? Oh, excuse-moi, ma chérie, je pensais tout haut.

Juanita se serra tendrement contre moi et c'est cet instant-là que choisit le directeur du cinéma pour frapper à la vitre de ma portière.

— Monsieur Miller, il y a un message pour vous. Il faut que vous rappeliez le café Bon Air. Si vous le désirez, vous pouvez utiliser le téléphone sur le comptoir du bar.

Juanita se redressa brusquement.

— C'est Thelma qui t'appelle ?

— Je ne sais pas, répondis-je. C'est peut-être important. Attends-moi, je reviens tout de suite.

Je composai le numéro du petit café en face du bureau du shérif et Thelma me dit que Jerry avait laissé une enveloppe pour moi.

— Il savait que tu serais au cinéma, m'expliqua-t-elle, et il m'a fait lui promettre de l'appeler à 10 heures et demie. Je... d'abord je ne voulais pas, Peter, mais tu comprends...

Je ne la comprenais que trop bien. J'avais eu un flirt assez poussé avec elle et je me doutais de ce qu'elle devait penser.

— Pourrais-tu ouvrir l'enveloppe et me lire ce qu'il y a à l'intérieur ? lui demandai-je.

— Jerry m'a dit que c'était personnel...

Ma tension commença à monter. Après le film, j'avais envisagé d'emmener Juanita faire une promenade sur la plage. Rien n'est plus propice qu'un clair de lune au-dessus de la mer pour...

— Il y a un client qui vient d'entrer, Peter, déclara Thelma. Il faut que je te laisse. Tu devrais quand même venir prendre cette lettre. On ne sait jamais, c'est peut-être important...

Quand je m'arrêtai devant le café Bon Air, Juanita avait eu le temps de me faire amplement comprendre qu'elle n'était pas plus satisfaite que moi du contretemps.

J'entrai dans le bar et Thelma me tendit immédiatement l'enveloppe, mais non sans avoir jeté un coup d'œil réprobateur en direction de ma voiture à l'intérieur de laquelle Juanita avait allumé le plafonnier et se remaquillait ostensiblement.

Le mot de Jerry était aussi bref que sibyllin.

« *Je suis en train de travailler le point faible de Gus. Viens me rejoindre dès que tu auras lu ceci et tu auras l'occasion de voir un véritable détective à l'œuvre.*

Jerry. »

C'en était trop pour ma curiosité. Je froissai le bout de papier et le mis dans ma poche. En sortant du café, je remarquai qu'il y avait de la lumière dans le bureau du shérif. Lui aussi poursuivait l'enquête. Même si elle était minime, il y avait une chance pour que Jerry fût réellement sur une piste. Je n'avais pas le choix.

— Il n'y a pas de pépin, n'est-ce pas ? s'enquit Juanita en me souriant par la vitre baissée.

— C'est-à-dire...

Aussitôt son visage se ferma et ses lèvres se pincèrent.

— Nous n'allons plus à la plage ?

Son ton s'était fait brusquement dur et cassant.

— Le meurtre de Hibler...

Je n'eus pas le loisir d'en dire plus.

Elle ouvrit sa portière avec violence, me renversant presque au passage.

— D'accord, monsieur Miller ! D'accord, j'ai compris !

— Juanita ! Laisse-moi t'expliquer... Juanita !

— Notre don Juan local aurait-il perdu son pouvoir de séduction ? s'enquit une voix acide derrière moi.

Je n'eus pas besoin de me retourner pour savoir que c'était Thelma.

Je traversai la rue en luttant contre un certain

nombre de pulsions irraisonnées qui, si je n'y avais pris garde, m'auraient poussé à commettre des actes contraires au serment que j'avais prêté de toujours respecter et faire respecter la loi.

Dans le bureau de mon supérieur, je défroissai le billet de Jerry et le lui tendis.

— Je n'ai aucune idée de ce qu'il a derrière la tête, déclarai-je sans chercher à dissimuler ma mauvaise humeur, mais en tout cas, avec cette histoire, il a déjà réussi à me gâcher une soirée qui s'annonçait particulièrement prometteuse et j'espère pour lui qu'il aura un résultat concret à présenter pour sa défense.

Il était près de minuit lorsque le shérif et moi nous arrivâmes à la cabane de Gus Johnson. La lune était haute dans le ciel et sa lumière blafarde éclairait presque comme en plein jour la rivière et les marais. La voiture de Jerry était garée à côté de la camionnette de Gus et une lampe brillait derrière la fenêtre sans rideau de la petite boutique.

Dès que nous coupâmes le moteur, l'étroit habitacle de notre véhicule s'emplit d'une étrange cacophonie produite par une voix grave et une autre plus aiguë, tout aussi dissonante l'une que l'autre, qui s'efforçaient sans succès de chanter en chœur une variante de « Bluetail Fly ».

— Que diable signifie ce charivari ? grommela Dan.

Je commençais à avoir de solides soupçons quant à la nature de l'idée géniale de Jerry, mais il était désormais inutile de les formuler, puisque quelques secondes seulement nous séparaient de la vérité.

La porte était ouverte et nous entrâmes.

Gus et Jerry étaient assis à une vieille table bancale. Face à face et la tête rejetée en arrière, ils hurlaient leurs insanités d'une voix aussi enrouée que celle de deux vieux roquets un soir de pleine lune.

Devant eux, il y avait deux verres et une bouteille presque vide du meilleur bourbon. Jerry avait effectivement trouvé le point faible de Gus.

En nous apercevant, il se leva maladroitement, le visage barré d'un sourire idiot.

— Regarde qui voilà ! s'exclama-t-il en secouant son compagnon de beuverie qui continuait imperturbablement son concert. Nous avons de la visite ! Où sont donc tes bonnes manières ? Sors-leur deux verres pour qu'ils puissent trinquer avec nous !

— Inutile, déclara Dan d'un ton sec. Je crois préférable que vous rentriez avec nous, Jerry.

Notre jeune collègue fit le tour de la table en se tenant à son rebord afin de consolider un équilibre plus que précaire.

— J'ai réussi ! murmura-t-il quand il fut plus près de nous. Il a avoué. Asseyez-vous tous les deux et tâchez de vous faire oublier. Il est dans une telle euphorie que je ne serais pas étonné s'il me répétait ce qu'il m'a dit, même devant témoins.

— Avoué ?

— Oui, acquiesça Jerry en hochant la tête. Quand j'ai senti qu'il était mûr, je lui ai demandé tout simplement si, entre nous, ce n'était pas lui qui avait abattu Hibler. Il s'est esclaffé et m'a donné une bourrade avant de m'affirmer que j'avais deviné juste et qu'il en était très fier. Mais taisez-vous maintenant et écoutez...

La démarche hésitante, le corps penché en avant comme s'il luttait contre un vent contraire, il retourna à la table, saisit la bouteille de bourbon et en versa les dernières gouttes dans le verre de Gus.

— A la tienne, mon vieux ! Bois et raconte-moi encore une fois comment tu as réussi à l'avoir, ce vieux renard ! Un coup pareil, ça mérite de figurer dans les archives !

Gus but d'un trait, s'essuya la bouche avec le revers de la main et se leva.

— Plutôt que de te raconter, je vais te montrer, déclara-t-il d'une voix épaisse. Attends-moi une seconde...

En titubant, il poussa la porte d'une pièce adjacente

et réapparut au bout d'un instant armé d'un fusil à canon double.

— Sortons ! Suivez-moi dehors !

— Dan, murmurai-je, il n'est pas très prudent de le laisser en possession de cette arme. Un accident est si vite arrivé...

— Pour le moment, il n'est pas menaçant, me répondit-il. Voyons d'abord où il veut en venir. Après tout, nous avons peut-être sous-estimé Jerry...

A sa deuxième tentative, Gus réussit à trouver la porte d'entrée, Jerry, le shérif et moi, nous lui emboîtâmes le pas. Dehors, il prit la direction de la rivière et s'arrêta à l'extrémité d'un petit ponton de bois auquel une barque était amarrée. Jerry mit un bras sur ses épaules, nous décocha un clin d'œil entendu et suggéra :

— Vas-y, mon vieux, c'est le moment. Montre-nous comment tu l'as descendu !

Gus hocha la tête, épaula son fusil en le pointant en direction des marais et appuya sur les deux détentes en même temps.

Dans un bruit de tonnerre, les canons de l'arme crachèrent une volée de plombs dans la nuit et, sous l'effet du recul, Jerry et Gus partirent à la renverse et tombèrent avec un grand plouf dans les eaux limoneuses de la rivière.

Jerry fut le premier à refaire surface.

— Vous l'avez entendu ! cria-t-il d'une voix triomphante tout en toussant et en crachant l'eau qu'il avait involontairement ingurgitée. Alors, qu'en dites-vous ? N'avais-je pas raison ?

La tête de Gus émergea à son tour et je réussis à saisir son bras avant qu'il ne coule de nouveau. Dan était allé au secours de Jerry et, à nous deux, nous réussîmes à les hisser sur les planches du ponton.

— Passez-lui les menottes, shérif ! réclama Jerry d'une voix aiguë dès qu'il eut retrouvé la terre ferme. Vous l'avez entendu ! C'est de cette manière qu'il a abattu Bernie Hibler !

— Bernie ? répéta Gus qui vacillait de droite et de gauche et s'efforçait de chasser l'eau qui lui était entrée dans les oreilles. Bernie ?

Il éclata de rire et fut obligé de se raccrocher à Jerry pour ne pas perdre l'équilibre.

— Tu croyais que c'était de Bernie dont je parlais ? questionna-t-il entre deux hoquets comme s'il s'était agi de la meilleure plaisanterie qu'il eût entendue depuis longtemps. Pourquoi ne l'as-tu pas dit plus tôt ? Je ne vois pas pourquoi je serais allé descendre ce pauvre Bernie qui était l'un de mes meilleurs clients ! Non, c'était du cerf que j'ai abattu en 53 dont je te parlais ! Le plus gros qui ne se soit jamais aventuré dans le comté de Guale. Bien sûr, la chasse était fermée, mais il y a prescription, n'est-ce pas ?

Il appuya son démenti d'une bourrade amicale et entreprit laborieusement de remonter vers sa maison en compagnie de son nouvel ami.

— Je parie que tu as encore une bouteille ou deux de ce bourbon dans le coffre de ta voiture !

Le shérif, bon prince, accorda la matinée du lendemain à Jerry ; malgré quoi, lorsque celui-ci arriva au bureau à deux heures de l'après-midi, il n'était pas encore tout à fait dans son assiette. Son mal de tête n'avait de pair que son désir de glisser sur ses prouesses de la veille. Cependant, j'étais bien décidé à remuer le fer dans la plaie.

— As-tu déjà eu l'occasion de contempler un véritable détective à l'œuvre ? lui demandai-je perfidement.

Pour la troisième fois, il venait de se servir une tasse de café très noir.

— Laisse tomber, Peter, me suggéra-t-il en grimaçant. Je pense toujours que c'est lui qui a fait le coup, seulement ce vieux renard est plus malin que je ne le pensais. Il est parvenu à se reprendre au dernier moment ; mais la prochaine fois je ne le manquerai pas.

A cet instant, le shérif entra et immédiatement je devinai qu'il y avait du nouveau. Il ne souriait pas, mais son regard luisait comme s'il anticipait quelque chose...

— Cela m'est venu alors que je déjeunais, déclara-t-il en tapant amicalement sur l'épaule de Jerry. Sans vous en rendre compte, je crois bien que vous m'avez apporté la solution du problème qui nous préoccupe. Venez avec moi, allons vérifier si mon hypothèse résiste à l'épreuve des faits !

— Vous voulez dire que Gus est le meurtrier ? Mais comment...

— Ce n'est pas le moment de poser des questions, mais d'agir, l'interrompit-il. Peter, pendant notre absence, vous resterez ici au bureau et vous vous assurerez que Trent termine correctement son travail de peinture. J'aurai peut-être besoin de vous pour rassembler les suspects si mon plan se déroule comme je l'espère.

J'avais travaillé pendant assez longtemps avec lui pour savoir que lorsqu'il prenait ce ton-là, c'était inutile de discuter. Je restai donc au bureau, comme il me l'avait ordonné.

Pour passer le temps, je m'occupai de mettre à jour les inévitables paperasseries auxquelles tout fonctionnaire de police est astreint, puis j'appelai Juanita et m'efforçai de panser un peu sa susceptibilité blessée. Il fallut une bonne dizaine de minutes pour que son ton s'adoucisse, mais finalement elle consentit à me pardonner et accepta mon invitation à dîner pour le vendredi suivant.

Dan appela vers 4 heures et, à sa voix, je sus que sa piste se précisait.

— Peter, me demanda-t-il, je voudrais que vous m'ameniez Mollie et Fred chez Hibler. A 5 heures précises. D'accord ?

— Mais...

— Ne me posez pas de questions inutiles, m'interrompit-il. Contentez-vous de suivre à la lettre mes instructions.

Pour Fred Trent, il n'y avait pas de problème. Il était toujours là, en train de repeindre les murs d'une cellule. J'appelai Mollie et lui annonçai que j'allais venir la chercher dans une demi-heure.

— Pour aller où ? questionna-t-elle. Vous m'arrêtez ?

Me représentant ses grands yeux noisette dilatés par l'anxiété, je m'efforçai, sans grand succès, de trouver une explication rassurante à ma démarche.

— Ne vous inquiétez pas, Mollie. Le shérif a une idée à propos de ce maudit meurtre et, il a probablement jugé que la présence des principaux témoins était nécessaire…

Fred fit plus de manières pour poser ses pinceaux et fermer ses pots de peinture.

— Mais que voulez-vous donc que j'aille faire là-bas ? protesta-t-il. Je travaille, moi ! Je suis payé à la tâche et je n'ai pas le temps d'aller courir la campagne comme d'autres que je connais.

Par nature, je n'ai jamais été particulièrement patient.

— Ecoute, Trent, lui répliquai-je, c'est sur un meurtre que nous enquêtons, pas sur le vol d'une tablette de chocolat ! Si le shérif me demande de lui amener quelqu'un, je le lui amènerai, bon gré, mal gré, et je te conseille donc de t'abstenir de toute récrimination.

Il marmonna encore un peu entre ses dents, mais, dompté, il entreprit de nettoyer son pinceau.

Cependant, pour être franc, moi aussi j'étais intrigué et me demandais pourquoi Dan m'avait ordonné de le lui amener. Apparemment, il n'avait aucune part dans cette affaire, à moins qu'il ait eu un complice… ?

En compagnie de Trent, je me rendis au domicile de Mollie. Elle nous attendait sur le pas de sa porte.

Dès qu'elle fut montée, je redémarrai et pris la route conduisant chez Hibler.

Le trajet se déroula en silence. Mollie était trop anxieuse pour avoir envie de participer à une quelconque conversation et quant à Fred il paraissait furieux de cette perte de temps qui lui était imposée. Pour ma part, j'aurais bien voulu bavarder un peu, ne fût-ce que pour détendre l'atmosphère, mais ce n'est guère facile lorsqu'on n'obtient que des monosyllabes en guise de réponses.

Nous arrivâmes cinq minutes avant l'heure dite. En entendant le moteur de notre voiture, le shérif sortit du hangar à bateau. Jerry était là également, ainsi que Gus Johnson.

— Ah, maintenant que vous êtes tous arrivés, nous allons enfin pouvoir commencer, déclara-t-il avec satisfaction. Si mes déductions sont exactes, nous devrions avoir bientôt la solution de l'énigme.

— Vraiment ? déclara Trent avec mauvaise humeur. Alors, si vous êtes aussi près du but, pourquoi ne vous êtes-vous pas contenté de convoquer celui ou celle que vous présumez coupable ?

Le shérif sourit et indiqua d'un geste de la main le hangar derrière lui.

— Comme l'a dit judicieusement quelqu'un, répondit-il, une image vaut mieux que tous les discours du monde. Suivez-moi. Nous allons procéder à une reconstitution du crime, tel qu'à mon avis il a été commis.

A l'intérieur, les taches de sang et les marques de craie étaient toujours là. Rien n'avait changé depuis la dernière fois où j'étais venu... hormis un détail.

Un fusil à canon double était posé sur le rebord de la galerie. Un fusil pointé en direction de l'endroit où le corps de Hibler avait été retrouvé. Il était légèrement incliné et sa crosse était coincée entre le seau d'appâts et la boîte d'accessoires.

Le shérif se retourna vers nous à la manière d'un guide s'apprêtant à commenter la visite d'un monument historique. Le regard de ses yeux gris fit le tour de notre petit groupe et s'arrêta sur Trent.

— Le fusil que vous voyez est celui de Hibler, déclara-t-il. Celui que nous avions cherché en vain dans la maison.

— Où diable l'avez-vous trouvé ? questionna Gus.

— Un instant, l'interrompit-il en levant la main. Procédons par ordre. Prenons d'abord la première hypothèse. Si c'était Mme Hammond qui avait commis ce meurtre…

— Je vous jure que ce n'est pas moi qui l'ai tué, shérif ! s'écria Mollie d'une voix blanche.

— Ce n'est qu'une hypothèse, l'apaisa-t-il. Je reprends donc. Si c'était Mme Hammond qui avait commis ce meurtre, elle aurait pu jeter l'arme n'importe où, loin d'ici, une fois son forfait accompli. La laisser sur place ne pouvait être que dangereux pour elle ; or nous l'avons retrouvée à sept ou huit mètres seulement de la victime.

— Je ne comprends pas ! s'exclama Gus. Pourtant vous aviez déjà passé toute la maison et les alentours au peigne fin et…

— Nous avions oublié la rivière, lui répondit-il. C'était là que se trouvait le fusil. Enfoui dans la vase. Ce doit être l'heure, non ? questionna-t-il en se retournant vers Jerry.

— Oui, acquiesça ce dernier en consultant sa montre.

— Alors, installe le dispositif, ordonna-t-il.

Jerry saisit la canne à pêche qui se trouvait par terre à l'emplacement où elle était lorsque le crime avait été découvert et en glissa l'extrémité entre le pontet et la queue de détente du fusil, puis il se recula.

— Cela va partir d'une seconde à l'autre, déclara-t-il.

La ligne pendait toujours vers le ponton, son hameçon accroché entre les planches, mais la marée étant basse elle était presque tendue.

— Que tout le monde regarde bien ! intima le shérif.

J'ouvris la bouche pour poser une question, mais une succession d'événements rapides m'en empêcha.

Tout d'abord, il y eut le fracas du coup de feu, lorsque, à la suite d'un brusque retrait de l'eau, la ligne acheva de se tendre, puis, sous l'effet du recul, le fusil tomba sur le ponton et disparut dans l'eau ; enfin, Fred Trent poussa un cri, tourna les talons et se précipita vers la porte.

Il venait d'atteindre la grand-route, lorsque Jerry et moi le rattrapâmes avec la voiture de patrouille.

Fred Trent avoua avoir tué Hibler pour se venger de lui et, accessoirement, pour lui voler son magot. Après lui avoir donné les vingt-cinq dollars qu'il lui devait, il était parti mais s'était arrêté derrière un bosquet quelques mètres avant la grand-route. Là, il était descendu de voiture et était revenu à pied. Par une fenêtre ouverte, il avait vu Hibler serrer soigneusement dans un coffre métallique les billets qu'il lui avait donnés. Connaissant ses habitudes, il avait patiemment attendu qu'il sorte et l'avait alors assommé avec une matraque.

Son geste n'avait rien eu d'irréfléchi. Depuis plusieurs jours, son plan était prêt.

Il avait traîné le corps inanimé au hangar, l'avait solidement attaché à une poutre, lui avait bandé les yeux et l'avait bâillonné. A ce moment, la marée commençait seulement à monter et il n'avait donc eu aucune difficulté pour mettre en place son appareil de mort en tendant la ligne juste suffisamment pour que le coup parte une heure environ avant la marée basse de l'après-midi. Une fois l'ingénieux dispositif en place, il était retourné à la maison, avait pris l'argent de sa victime et tout mis sens dessus dessous avec l'intention de brouiller les pistes pour faire croire à un vulgaire cambriolage. Ensuite il était allé tranquillement prendre son travail à la prison, pensant qu'ainsi il aurait un alibi que personne ne pourrait mettre en doute.

A 4 heures, cet après-midi-là, comme à son habitude, il avait traversé la rue et était entré au café Bon Air où il avait commandé un demi. Tandis que Thelma le servait, il avait appelé Mollie depuis la cabine. Connaissant le contentieux qu'il y avait entre elle et Hibler, il savait qu'elle serait une suspecte idéale. A peu près au moment où il lui parlait, son dispositif avait fonctionné et tué Hibler sur le coup.

Fred Trent étant sous les verrous, le shérif consentit à répondre à quelques questions.

— Qu'est-ce qui vous a mis sur la piste ? lui demandai-je avec curiosité.

— D'abord, déclara-t-il en souriant paternellement à Mollie, je n'arrivais pas à croire qu'une jeune femme aussi charmante que Mme Hammond ait pu commettre un crime aussi horrible. Ensuite, il y avait tout cet attirail de pêche sur la galerie — Hibler était un trop fin pêcheur pour perdre son temps par un vent de nordet. Enfin et surtout, c'est la conduite inhabituelle de Trent qui m'a mis la puce à l'oreille. Pendant toute la journée, il avait travaillé pour ainsi dire sans interruption, ce qui ne lui ressemblait vraiment pas.

Il sourit et jeta un coup d'œil en direction de Jerry avant de poursuivre.

— Je le soupçonnais donc, mais je n'arrivais pas à comprendre comment il avait réussi son coup. C'est seulement hier soir, chez Gus, que le déclic s'est produit. Plus exactement, quand il est tombé dans l'eau avec Jerry. Comment avais-je pu ne pas penser à la rivière ? C'était là, dans la vase, que se trouvait l'arme du crime. J'en ai eu immédiatement la certitude.

Mollie Hammond se pencha par-dessus le bureau et l'embrassa impulsivement sur les deux joues.

— Peu importent les détails, shérif, déclara-t-elle avec une lueur de reconnaissance dans le regard. Le principal est que vous ayez réussi.

Elle était belle quand elle souriait, très belle. Je remarquai également qu'elle avait une nouvelle coiffure et qu'elle était maquillée. La disparition de Sam était encore trop récente, mais dans un mois ou deux...

Un peu de concurrence ne ferait pas de mal à Juanita et Thelma.

Slow Motion Murder.
Traduction de Louis de Pierrefeu.

TABLE

Achevé d'imprimer en juillet 1999
sur les presses de l'Imprimerie Bussière
à Saint-Amand (Cher)

POCKET - 12, avenue d'Italie - 75627 Paris Cedex 13
Tél. : 01-44-16-05-00

— N° d'imp. 1230. —
Dépôt légal : novembre 1985.

Imprimé en France

ALFRED HITCHCOCK

présente

HISTOIRES À VOUS FAIRE DRESSER LES CHEVEUX SUR LA TÊTE

Ce nouveau recueil d'histoires ne manque pas de présenter l'habituelle variété de genre qui a fait en la matière la renommée d'Alfred Hitchcock. Mais à la lecture de certaines d'entre elles, le titre français s'est brusquement imposé.

Qu'il s'agisse de la « novelette » de Richard Deming, du *Coup monté* par Douglas Farr, des *Malencontres* de Robert Edmond Alter, des *Feux de l'amour* de Fletcher Flora, toutes vous feront dresser les cheveux ! Et quant à celle d'Henry Slesar, elle mérite on ne peut mieux le « *Chapeau !* » qui la coiffe.

ALFRED HITCHCOCK

présente

HISTOIRES PRÉFÉRÉES DU MAÎTRE ES CRIMES

Dans ce nouveau recueil amoureusement préparé à votre intention, il y a un certain nombre d'histoires pour lesquelles j'ai une préférence encore plus marquée que pour les autres. Par exemple celle qui, à partir d'un chat blanc impassible, fait terriblement boule de neige... Celle où deux archéologues peu recommandables exhument une étrange statue, celle encore de Slesar où telle est prise qui croyait prendre...

Ces histoires s'achèvent toutes — *in cauda venenum !* — sur une méchante surprise. Mais ça n'est une mauvaise surprise que pour leurs protagonistes et, en ce qui vous concerne, vous aurez tout lieu, je crois, de les trouver bonnes !

ALFRED HITCHCOCK

présente

HISTOIRES À DONNER DES SUEURS FROIDES

« Histoires à donner des sueurs froides » que *Le fantôme au grand cœur* ou *Les yeux fermés ?* Certains lecteurs le contesteront peut-être mais ils reconnaîtront aussi que dans cette nouvelle livraison je suis resté fidèle à mon cocktail d'humour et d'effroi... Et parmi les histoires rassemblées dans ce volume il en est une surtout qui m'a glacé le sang, même en cette seconde lecture.

C'est bien simple : rien que d'y repenser encore, je sens effectivement mes tempes s'humecter, mon estomac se nouer et mon dos parcouru de frissons...

Je vous laisse deviner laquelle.

ALFRED HITCHCOCK

présente

HISTOIRES ABOMINABLES

On connaît dans le monde entier le nom du grand metteur en scène Alfred Hitchcock, son visage poupin, orné d'un triple menton et éclairé de deux yeux malicieux.

En dehors de tous les films qui ont fait sa renommée, il a adapté pour la télévision un très grand nombre d'histoires qu'il a réunies par la suite en recueils.

Quelques-unes des histoires que présente ici le maître incontesté du suspense sont typiquement policières, donc fortement assasonnées d'arsenic ; d'autres sont macabres et cruelles, ou encore relèvent du fantastique et du surnaturel.

Mais un humour typiquement « Hitchcockien » n'est jamais absent de cette anthologie qui, comme le dit si bien l'auteur, peut se comparer à un soufflé, car « elle reflète parfaitement le goût de la personne qui a choisi et mélangé les ingrédients ».

ALFRED HITCHCOCK

présente

HISTOIRES TERRIFIANTES

Toutes les histoires que j'ai réunies dans ce recueil, nous dit Alfred Hitchcock, sont associées au sentiment délicieux de la peur.

Quelques-unes d'entre elles m'ont littéralement terrifié. D'autres m'ont profondément troublé et m'ont laissé une impression de malaise intense.

D'autres enfin m'ont secoué de frissons ou m'ont glacé jusqu'à la moelle des os à mesure que j'avançais dans leur lecture.

Quelques-unes ont produit simultanément sur moi tous ces effets.

C'est pourquoi je vous invite à partager avec moi ces émotions d'autant plus exquises qu'on en fait l'expérience chez soi, entre les bras d'un bon fauteuil.